키세
나이트
Kishe, The Dragon Knight

키세 나이트 1

김우인 판타지 장편 소설

초판 1쇄 찍은 날 § 2003년 6월 30일
초판 1쇄 펴낸 날 § 2003년 7월 10일

지은이 § 김우인
펴낸이 § 서경석

편집장 § 문혜영
편집 § 장상수 · 유경화
마케팅 § 정필 · 강양원 · 이선구 · 김규진 · 홍현경

펴낸곳 § 도서출판 청어람
등록번호 § 제1081-1-89호
등록일자 § 1999. 5. 31
어람번호 § 제1-0395호

주소 § 경기도 부천시 원미구 심곡1동 350-1 남성B/D 3F (우) 420-011
전화 § 032-656-4452 팩스 § 032-656-4453
E-mail § eoram99@chollian.net

ⓒ 김우인, 2003

값 7,500원

ISBN 89-5505-730-X 04810
ISBN 89-5505-729-6 (SET)

김우인 판타지 장편 소설

키세 나이트

Kishe, The Dragon Knight

빈손의 기사 **1**

도서출판 청어람

목차

케릭스 틴들랜드:데라즈 왕국의 용기사. 일명 키세 나이트. 이 이야기의 주인공.

셰샤크 레샬린드:케릭스와 동기인 키세 나이트. 정열적인 성격의 소유자.

마즈렉 카리안:역시 키세 나이트로 셰샤크와는 동갑.

아자리안:골드 드래곤. 케릭스의 네 번째 파트너로 그를 죽음에서 구원하고 사망.

카이리온:블루 드래곤. 케릭스의 첫 번째 파트너였다.

하이리안 틴들랜드:케릭스의 아버지로 현직 키세 나이트로 복무 중.

케리안 틴들랜드:케릭스의 나이 차이 많이 나는 남동생.

시엘 랜드리크:키세 나이트 단장.

데라즈 키세리언:데라즈 왕국의 초대 왕이자 다크 드래곤과 계약했던 최고의 기사.

빈즈:눌리안인 용병.

린슨:슈테른 출신의 용병. 케릭스에게 슈테른 어를 가르쳐 준다.

프롤로그

살금살금. 검은 머리가 덥수룩한 소년 하나가 걸어가고 있었다.

소년은 주위를 살피며 발걸음을 옮기고 있었다.

무릎은 바닥을 기어 더러워져 있었고 새하얀 소매 끝은 먼지투성이가 된 지 오래였다.

유모의 눈을 피해 창틀을 넘어 도망 나온 소년은 눈앞에 우뚝 솟아 있는 담을 바라보았다.

엄밀한 의미에서 말하자면 일단은 '성벽' 이지만 소년이 방금 빠져 나온 곳이 성이라기보다는 저택으로 불리듯, 그것은 성벽이라기보다는 그냥 조금 커다란 저택의 낮은 담에 불과했다.

손바닥을 비비며 소년은 회심의 미소를 지었다.

'이 정도는 간단하다구.'

순간 소년은 담을 향해 폴짝 뛰었다.

“도련님!”

“으앗!”

머리가 뒤흔들릴 것만 같은 커다란 목소리에 소년은 그만 그 자리에서 얼어붙었다.

“우. 우아아아—앗!!”

불안정한 자세로 매달려 있던 담에서 소년은 그대로 떨어져 내렸다.

털썩—

“위험하지 않습니까!!”

“에. 에헤헤헤헤헤헤.”

가벼운 소년을 품에 답삭 안아 든 늙은 남자의 얼굴을 정면에서 바라보며 그는 가벼운 웃음을 흘렸다.

“헤헤, 필…….”

“또 이렇게 단정치 못한 모습으로 어딜 가시는 거지요?”

집사인 필이 엄한 표정으로 소년을 내려다보았다.

“아니, 나는 그냥 잠깐 볼일이 있어서.”

깐깐해 보이는 집사의 얼굴을 보고 소년은 꼼지락꼼지락 더러워진 옷자락을 숨겼다.

그것을 보고 필이 소년을 바닥에 내려놓았다. 그리고는 꼼꼼하게 무릎에 묻은 흙먼지들을 털어내기 시작했다.

“케릭스 도련님, 이렇게 바지를 더럽히면 누가 힘들게 고생을 해야 한다고 했습니까?”

“그, 그러니까 그게 메이랑, 제이니랑…….”

케릭스는 집안일을 하는 하녀들의 이름을 하나하나 꼽기 시작한다.

“맞습니다. 케릭스 도련님께서 이렇게 하루에 세 벌씩 바지를 더럽

히면 고생하는 것은 케릭스 도련님이 아니라 열심히 저택의 구석구석을 쓸고 닦아야 하는 하녀들이지요. 청소도 바쁜데 바지를 세 벌이나 세탁을 하게 하다니 너무하다고 생각하지 않으십니까?"

"그러니까 난……."

뭔가 열심히 변명할 말을 찾지만 엄한 집사 필의 눈 아래에서는 그것도 잘되지 않는다.

"케릭스 도련님!!"

"으. 으응."

"주인님께서 돌아오시기 전에 어서 깨끗한 의복으로 갈아입으십시오. 도련님을 돌보는 것도 제 일 중 하나입니다. 이런 모습으로 계시면 제가 주인님께 면목이 없습니다."

"으으응."

실상, 케릭스를 돌보는 것은 집사인 필로이딘보다는 케릭스의 유모의 일이다. 하지만 그 유모의 일까지 모두 총괄하는 것이 총집사의 일. 그러니까 케릭스의 아버지가 없는 이상 케릭스는 집사 필의 말에 따라야 하는 것이다.

"알았어. 들어갈게. 하지만 아주 잠깐만이라도 좋으니까……."

휘익— 하고 집사의 눈이 도끼눈이 된다.

마치 '무슨 말을 해도 소용이 없습니다' 라고 말하는 것 같다. 하지만 케릭스는 용감하게 입을 열었다.

"갔다 와서 씻고 옷 갈아입고 얌전하게 할 테니까. 응?"

필은 케릭스가 무엇을 바라는지 익히 알고 있다.

이런 탈주극이 하루 이틀의 소행은 아니기 때문이다.

"안 됩니다."

"필, 나 얌전히 있는다니까."

두 손을 모으고 천진난만한 눈동자를 필에게 향한다.

"미루론은 지금도 혼자 있잖아. 응? 내가 가서 잠깐만 이야기를 해 주면 기운을 차릴 거야. 부탁해, 필."

"안 된다니까요."

"그러지 말고 피—일. 아버님이 돌아오시기 전까지만 있을게. 응? 응? 그래 봐야 곧 저녁 시간이잖아. 아버님은 저녁때까지는 오신다고 했으니까. 그때까지만 갔다 올게, 부탁이야."

새파란 눈동자에 까만 머리카락, 천진난만함이 가득한 얼굴.

애절하게 애원하는 케릭스를 바라보며 필은 한숨을 내쉬었다.

이전부터 이 저택의 모든 사람들 중에 케릭스가 이렇게 부탁하는데 그 부탁을 안 들어주었던 사람은 없었다.

그만큼 사랑받고, 또한 보살핌을 받으며 커온 케릭스다.

어리광이라기보다는 어린아이다운 고집이며, 또한 나름대로의 순수한 마음에서 이러는 것을 필은 잘 알고 있다.

결국 필은 한숨을 내쉬며 허락을 할 수밖에 없었다.

"알겠습니다. 단. 정말 잠깐입니다. 가서 이야기를 조금 해주시고 바로 돌아오십시오. 아시겠습니까? 주인님께서 돌아오시기 전에 꼭 방으로 돌아가셔야 합니다."

"응!!"

주의를 들으면서도 케릭스는 고개를 끄덕이느라 정신이 없다.

"약속하십시오."

"응! 약속할게! 꼭!!"

필이 내미는 손가락에 자신의 손가락을 대는 듯 마는 듯 걸어 보이고는 케릭스는 신나게 뛰어갔다.

허락을 받았으니 굳이 담을 넘을 필요도 없다고 생각하고는 당당하게 걸어가는 것이다.

그런 케릭스를 바라보며 필은 웃음 섞인 한숨을 내쉴 수밖에 없었다.

"누가 주인님의 피를 이어받지 않았다고 할까 봐 저러시는 건가. 아직 일곱 살밖에 되시지 않았는데도 벌써부터……."

케릭스가 뛰어가는 곳을 잠시 더 바라보고 있던 필의 얼굴에는 자신도 모르게 미소가 떠올라 있었다. 하지만 그 미소는 다음 순간 우울한 표정으로 변해 버렸다.

"그래도, 아직 어리시니 마음의 상처를 입지 않으셨으면 좋겠는데……."

필의 마음속에 걱정스러움이 가득 차 오르고 있었다.

모퉁이를 돌아 인적이 드문 곳을 케릭스는 숨을 몰아 내쉬며 달리고 있었다.

케릭스의 목적지는 자신이 살고 있는 저택에서 먼 거리는 아니지만 어린아이 걸음으로는 꽤 달려야 하는 거리다.

사실 또래의 어린아이들은 이런 거리를 혼자 다니거나 하지 않는다. 그럼에도 불구하고 케릭스가 홀로 다니는 것을 필이 허락한 이유는 다른 데 있었다.

"미루론―!!"

숨이 턱까지 차 오르는데도 케릭스는 목청껏 상대의 이름을 불렀다.

"미루론― 나왔어!!"

헉헉 숨을 몰아 내쉬며 케릭스는 돌로 만들어진 담의 한 틈으로 몸을 들이밀었다. 딱 어린아이 한 명의 몸이 통과할 만한 좁은 공간이다.

"푸아—"

좁은 틈에서 숨을 몰아 내쉬며 막 고개를 빼는데 머리맡으로 거센 바람이 불어왔다.

"우웃—!"

더운 듯하면서도 어딘가 모르게 촉촉함이 가득한 바람.

머리카락과 옷자락을 마구 날리는 바람에 행여 몸이 날아갈까 봐 케릭스는 얼른 옆의 벽에 매달렸다.

한두 번 당해본 것은 아니기 때문이다.

그렇게 마치 매미처럼 벽에 매달린 채 케릭스는 실눈을 조그맣게 떴다.

그치지 않고 불어오는 바람 속에 희미하게 보이는 것은 케릭스 정도는 한 발에 밟아 뭉개 버릴 수 있을 정도로 커다란 그 무엇이었다.

그것을 바라보며 케릭스는 미소를 지었다.

'헤헤, 오늘은 기운이 좀 있나보네.'

눈에 무언가가 들어간 듯, 눈을 몇 번 깜박이는 동안 거세게 불어오던 바람이 잦아들었다.

바람이 그치자마자 다시 구멍으로 어깨를 통과시키려는데 이번에는 아까와는 정반대로 시원한 바람이 얼굴로 밀려왔다.

"……!!"

순간 몸이 조금 뒤로 밀려 나갔다.

"미, 미루론, 그만 해. 나야, 나!!"

눈에 보이는 것은 하늘을 덮어버릴 듯한 거대한 피막.

“날갯짓은 나중에 하라니까!!”

퍼덕퍼덕 하는 날갯짓 소리가 커 케릭스의 목소리 같은 것은 묻혀 버렸지만 상대는 용케도 그 작은 케릭스의 목소리를 들은 듯, 잠시 후 날갯짓이 잦아들고 바람도 함께 거대한 날갯죽지 아래로 숨어버렸다.

“헤헤. 고마워, 미루론.”

포옹— 하고 구멍에서 마악 엉덩이가 빠져나오는 순간 머리맡으로 푸우웅— 하고 거센 콧김이 밀려왔다.

“우엣. 미루론, 머리에 튀잖아!”

케릭스는 헝클어진 머리를 손가락으로 쓸어 올리며 방긋 웃어 보인다.

케릭스의 머리에 방금 콧김을 푸웅— 하고 내뿜은 상대는 커다란 눈을 껌벅이며 케릭스를 바라보고 있었다.

“오늘은 기분이 좋은가 봐.”

얼른 구멍에서 몸을 빼고는 케릭스는 그 상대에게 다가갔다.

작은 손이 뻗어 닿은 곳에는 단단한 강철과 같은 비늘이 꿈틀거리고 있었다.

“미루론.”

쩌억— 하고 그 미루론이라 불린 것이 입을 열었다.

작은 케릭스 정도는 한입에 삼켜 버릴 것만 같은 커다란 입과 케릭스의 다리보다 더 두꺼운 이빨이 들여다보였다.

강철같은 비늘은 옅은 붉은색으로 전체가 새빨간 기운을 품고 있는 것처럼 보인다.

그리고 다시 펼쳐지는 거대하고 두터운 검붉은 날개.

케릭스의 앞에 있는 것은 다름 아닌, 커다란 붉은 드래곤이었다.

지상 최강의 생물 중 하나이며, 이제는 그 수조차 얼마 되지 않는다는 레드 드래곤 중의 하나다.

케릭스는 날개를 퍼덕이며 자꾸만 바람을 만들어내는 미루론을 보며 자랑스러운 듯, 미소를 지었다.

"역시 미루론은 날개를 펼치고 있을 때가 제일 멋있어."

푸우웅― 하는 콧김 소리가 다시 들려왔다.

마치 '시건방진 소리는 그만 해' 라고 하는 듯했다.

"어? 내 말을 무시하는 거야, 미루론?"

크르르륵― 하는 대답 소리가 목구멍 속에서부터 들려온다.

그것은 어딘가 모르게 그렇다― 라고 긍정하는 소리 같았지만 케릭스는 들은 척도 안 하고 멋대로 지껄였다.

"헤헤헤. 내가 오니까 좋다는 소리지?"

케릭스는 커다란 이빨도 무섭지 않은지 쩌억― 벌린 입 옆을 돌아 미루론의 목에 매달렸다.

"오늘은 아버님이 오실 때까지 내가 옆에 있어줄게. 그러니까 아프지 마, 미루론."

토닥토닥, 작은 손으로 케릭스는 미루론― 정확하게 말하자면 작은 집채만한 크기를 가진 드래곤의 목을 두드려 주었다.

잘 모르는 사람이 본다면 아무 이상도 눈치 챌 수 없겠지만 아주 어릴 때부터, 마악 걸음을 시작할 때부터 미루론을 보아온 케릭스는 미루론이 이전과는 달리 힘이 없다는 것을 잘 알고 있었다.

일 년 전만 해도 미루론이 날갯짓을 시작하면 그 곁에 가기는커녕 몇십 미터씩 멀리 바람에 밀려 나가곤 했었다.

하지만 지금은 조금 몸을 지탱하긴 힘들어도 곁에 서 있을 수 있는 것이다.

"오늘은 뭐 했어, 미루론? 나는 검술 훈련도 하고 또 책도 읽었어. 아참! 오늘 나 데라즈 왕국의 전설적인 기사 키세리언에 대한 글을 읽었어. 알고 있어? 그의 계약자는 흑룡이었다는 거 말이야."

미루론이 듣고 있는지 아닌지는 알 길이 없지만 케릭스는 열심히 떠들었다.

겉으로는 듣고 있지 않는 척해도 알고 보면 아주 귀를 기울여 듣고 있다는 것을 잘 알고 있기 때문이다.

"나 흑룡은 한 번도 본 적 없는데 미루론은 본 적 있어?"

푸르르르― 하고 미루론이 고개를 흔들었다.

"흥. 안 듣고 있는 척하더니 역시 듣고 있었구나?"

조금씩 미루론을 놀리는 것도 케릭스의 취미였다.

"화룡도 있고 수룡도 있고 풍룡도 있고 지룡도 있는데 왜 흑룡은 하나도 없는 걸까? 이상하지 않아?"

케릭스는 미루론의 한쪽 눈을 빤히 바라보았다.

화룡답게 미루론의 눈은 깊이를 알 수 없을 정도로 새빨간 불꽃의 색을 하고 있다.

"키세리언의 계약자는 흑룡이었다는데 나도 한번 다크 드래곤을 보고 싶어. 언젠가 내가 기사가 되면 내 계약자는 흑룡이었으면 좋겠는데."

중얼중얼, 케릭스는 계속 흑룡에 대한 이야기를 떠들었다. 오늘 그가 읽었던 이야기에 나오는 흑룡에 대한 이야기를 말이다.

한참을 그렇게 떠들고 있는데 케릭스의 머리만한 미루론의 눈이 스르륵 감기는 것이 보였다.

평소라면 절대 감는 일이 없을 눈이다.

케릭스는 왠지 마음이 아파졌다.

건강한, 전성기의 드래곤은 한 달에 하루밖에 잠을 자지 않으며 잘 때도 절대 경계를 늦추지 않는다.

하지만 요즈음의 미루론은 이틀에 한 번 꼴로 눈을 감는다.

"응. 조금 자. 내가 지켜줄게, 미루론."

대답은 들려오지 않지만 케릭스는 몇 번이나 미루론의 목덜미를 두드려 주며 말을 걸었다.

드래곤 나이트와 계약한 드래곤은 절대 자신의 주인을 제외하고는 곁을 허락하지도, 말을 걸어주지도 않는 법이다.

대답은 잘 해주지 않지만 케릭스가 곁에 있는 것을 허락해 주는 것만으로도 까다로운 드래곤으로서는 대단히 특이한 경우인 것이다.

미루론이 케릭스를 특별히 대하는 것은 그가 자신의 계약자의 아들인 탓도 있겠지만 그보다는 노쇠한 드래곤이기 때문일지도 몰랐다.

푸우우우— 하고 코에서 뜨거운 김이 새어 나온다.

이전에는 뜨거워서 그것을 정면으로 맞는 것도 불가능했었다는 것을 케릭스는 잘 알고 있었다.

케릭스는 몇 번이나 미루론의 목덜미를 두드려 주었다.

바라는 것은 언제까지라도, 비록 더 이상 날지 못해도 미루론이 자신이 클 때까지 옆에 있어주었으면 하는 것이다.

"미루론, 얼른 나아. 그래서 내가 어른이 돼서 기사가 되면 이번에는 내 계약자가 되어줘. 응?"

이루어질 수 없는 소원이라는 것을 알면서도 케릭스는 같은 말을 몇 번씩 미루론에게 들려주었다.

미루론이 조금이라도 기운을 차리길 바라면서…….

"우, 우웅."

졸린 눈을 비비면서 케릭스는 눈을 떴다.

분명, 미루론의 옆에서 같이 잠들었던 것 같은데 어느새 케릭스는 자신의 방 침대 위에 누워 있었다.

누군가 발견해서 옮겨놓았음에 틀림없다.

"아버님인가?"

사실 미루론의 옆에서 무사히 케릭스를 데려올 수 있는 사람은 세상에서 단 한 명밖에 없다.

아버지에게로 생각이 미치자 케릭스의 얼굴이 갑자기 하얗게 질렸다.

"으앗— 저녁 시간 까먹었네."

벌떡— 하고 케릭스는 자리에서 일어났다.

"아우. 어떻게 하지."

부산스럽게 자리에서 일어나 케릭스는 얼른 밖으로 뛰어나갔다.

"제이니— 나 일어났어."

케릭스는 유모의 이름을 부르며 식당으로 뛰어갔다.

"어? 왜 아무도 없지?"

평소라면 식사 시간을 어겼다고 국자를 들고 뛰어나와야 마땅할 하녀들의 모습이 보이지 않았다.

뿐만이 아니다. 몸이 약해서 언제나 해가 잘 드는 방에서 나오시지 않다가 식사 때에만 모습을 보이는 어머니의 모습도 보이지 않았다.

"이상하네."

마치 세상에 케릭스 단 한 사람을 제외하고는 아무도 없는 듯한 적막이 주위에 감돌고 있었다.

어지간한 것에는 겁을 내지 않는 케릭스지만 지나칠 정도의 고요함은 그에게 두려움을 심어주기에 충분했다.

"……."

아무리 씩씩하고 명랑하다지만 역시 일곱 살밖에 되지 않는 어린아이인 것이다.

"아버님— 어머님— 필!! 메이! 제이니!!"

입에서 나오는 대로 사람들의 이름을 부르며 케릭스는 밖으로 뛰어나갔다.

커다란 소리가 아무도 없는 저택 안에 울려 퍼졌다.

그리 크지 않은 홀을 지나서 저택의 문을 박차고 지나갔다.

"아버님—"

저택 앞의 공터에는 아무도 없었다.

그곳에 홀로 우뚝 선 케릭스는 두려움에 떨며 주위를 둘러보았다.

"아버님— 어?"

다시 한 번 아버지를 부르다 말고 케릭스는 퍼뜩 고개를 들었다.

멀지 않은 곳에서 인기척이 느껴졌기 때문이었다.

평소에는 불빛이라고는 있을 리가 없는 곳이 환하게 밝혀져 있었기 때문이다.

그곳은 저택에서 멀지 않은 미루론의 보금자리였다.

"무슨 일이지?"

아른아른거리는 횃불들이 몇 개나 눈에 보였다.

케릭스는 그 횃불들이 아른거리는 곳으로 뛰어가기 시작했다.

설명할 수 없는 이상한 느낌이 케릭스를 사로잡고 있었다.

'뭔가 이상해.'

미루론은 케릭스의 아버지 하이리안 틴들랜드와 케릭스를 제외하고는 아무도 그의 보금자리 근처에 접근시키지 않았었다.

그나마 케릭스의 경우도 케릭스의 아버지가 없을 때만 가까이 오는 것을 허락하는 정도였다.

그럼에도 불구하고 지금 미루론의 보금자리 근처에는 열 개가 넘는 횃불들이 넘실거리고 있는 것이다.

'아니야. 아닐 거야.'

꼭 쥔 주먹 안이 식은땀으로 축축해져 가고 입 안은 바싹바싹 타 들어간다.

불안감이 이유 모를 공포로 변해가고 있었다.

'아버님―'

자신도 모르게 마음속으로 아버지를 부르며 케릭스는 사람들이 모여 있는 곳으로 뛰어갔다.

그리고…….

"케릭스 도련님, 오시면 안 됩니다."

"필!!"

"어서 돌아가십시오. 저희들도 곧 저택으로 돌아갈 겁니다. 어서―"

엄한 필의 목소리에도 아랑곳하지 않고 케릭스는 그에게 달려들었다.

"아버님은? 미루론은? 어떻게 된 거야?"

"도련님!"

필이 케릭스의 앞을 막아서려는데 순간 필의 뒤쪽에서 나직한 목소리가 들려왔다.

케릭스의 아버지였다.

"괜찮네, 필."

"주인님!!"

"그 아이도 언젠간 한 번쯤은 겪게 될 일일 수도 있으니까."

"그렇지만 주인님. 아무래도……."

"틴들랜드 가문의 아이는 강해야 하네. 케릭스, 이리 오너라."

필의 뒤에서 케릭스의 아버지가 손을 내밀었다.

"아버님."

케릭스는 그의 아버지가 내민 손을 붙잡았다.

거칠지만 굳센, 기사인 아버지의 손이었다.

"이리 오너라, 괜찮으니까."

"아버님……."

"미루론에게 인사를 해주렴. 미루론은 너를 각별히 생각했으니 작별 인사를 하고 싶을 거다."

"……."

고집을 부리며 달려들었을 때와는 전혀 다르게 케릭스의 다리는 이상하게도 잘 움직여지지 않았다.

한 발자국 앞으로 걸어나가는 것이 너무 힘이 들 정도로 말이다.

"미루론, 누가 왔는지 봐줘. 내 아들이야."

케릭스의 아버지는 너무나 상냥한 목소리로 눈을 감고 있는 붉은색의 드래곤에게 말을 걸었다.

아들인 케릭스에게도 그렇게 다정하게 말한 적이 드물 정도로 무뚝뚝한 하이리안이다. 그런 그가 진심을 담아 말하고 있다는 것은 주위를 둘러싼 모두가 느낄 수 있었다.

아버지의 손을 잡은 케릭스는 자신도 모르게 부들부들 떨기 시작했다.

아무도 설명해 주지 않았지만 자신이 지금 어떤 자리에 있는지 느낄 수 있었기 때문이다.

'미루론…….'

"내 아들에게 언제나 친절했다는 것을 알고 있었네. 고마웠어."

드래곤에게 있어서 계약자 이외의 인간에게 곁을 허락하는 일은 드문 정도가 아니라 사실 있을 수 없는 일이다.

그 때문일까? 하이리안의 목소리를 들은 미루론이 살며시 눈을 떴다.

자신의 행동을 계약자에게 용인받았다는 기쁨 때문인지, 아니면 그저 단순히 눈을 뜨고 싶었던 것인지 아무도 알지 못했지만 말이다.

이유를 알 수 있는 것은 오로지 단 한 사람, 드래곤의 계약자뿐이다.

"그래, 언제나 고마웠네."

무슨 말이라도 들은 듯, 하이리안이 따스한 미소를 지으며 그의 드래곤을 바라보았다.

그는 차가워지기 시작한 드래곤의 코에 손을 대었다.

언제나 불이 붙을 것같이 뜨거웠던 피부다.

"물론, 나는 자네가 떠나면 아주 슬플 걸세."

스윽― 거대한 드래곤의 머리가 자신의 코에 닿아 있는 인간의 손에 마치 애교라도 부리듯 움직였다.

그런 하이리안의 다른 한 손을 잡고 있던 케릭스는 자신도 모르게 그 손을 놓아버렸다.

왠지 자신이 끼어들어서는 안 될 것 같은 기분이었다.

분명 케릭스의 아버지 하이리안은 드래곤과 함께 그들만이 나눌 수 있는 언어로 작별의 인사를 나누고 있는 것이다.

케릭스는 끼어들 수 없는 드래곤과 그의 계약자라는 절대적인 영역 속에서 말이다.

"……."

흐읍― 하고 케릭스는 숨을 들이쉬었다.

잘못하면 울컥하고 울음이 쏟아져 나올 것 같았다.

아버지는 언제나 사내아이는 울어서는 안 된다고 가르쳤었다.

울어선 안 된다고, 케릭스는 속으로 계속 다짐했다.

"미루론……."

심장이 에이는 듯한 하이리안의 목소리가 들려온다.

차마 울음소리를 섞지 못해 더욱더 안타까운 목소리였다.

눈물은 흘리고 있지 않았지만 하이리안은 마음속에서 울고 있었다.

그리고 그런 하이리안의 목소리는 기어코 케릭스의 눈에서 눈물을 흘리게 했다.

케릭스는 눈물을 훔쳤다.

몇 번이고, 몇 번이고 우는 얼굴을 보이지 않기 위해서.

자신의 계약자와 그의 아내와 아들, 그리고 그를 보필하는 사람들에 둘러싸여 미루론은 조용히, 그에게 허락되었던 오랜 시간을 마치려 하고 있었다.

틴들랜드 가의 기사들과 5대에 걸쳐 계약을 해온 레드 드래곤.

그의 몸에서 서서히 불꽃의 기가 사그라들기 시작했다.

"고마웠어. 정말로……."

하이리안은 다시 눈을 감는 미루론을 보며 이를 악물었다.

이제는 힘에 겨워 눈도 제대로 뜨지 못하는 드래곤이다.

그럼에도 불구하고 미루론은 마지막으로 하이리안이 무엇인가를 해 주길 기다리고 있었다.

망설이고, 또 한 번 망설이다가 하이리안은 결심했다.

이제 끝이 온 것이라고, 스스로에게 들려주며 말이다.

그는 굽혔던 어깨를 일으키며 일어섰다.

하이리안이 일어서자 미루론이 아주 조금이지만 다시 눈을 떴다.

미루론의 미간에 손을 대고, 하이리안은 한 번 크게 안타까움의 한숨을 내쉬었다.

"미루론……."

그런 그를 미루론은 한없이 깊은 눈으로 바라보았다.

"…계약자 하이리안 틴들랜드는… 레드 드래곤 미루로니언과 맺은 계약의 해지를 원한다."

나직한 하이리안의 말이 끝나기가 무섭게 미루론이 눈을 깜박였다.

그가 무슨 말을 자신의 계약자에게 건넸는지는 아무도 알 수가 없다.

그리고 다음 순간, 사라락— 하고 그의 손끝에 닿아 있던 드래곤의 피부가 사라지기 시작했다.

"……!!"

눈앞을 흐리는 눈물을 다시 한 번 닦아내던 케릭스는 너무나 놀라 그 자리에 얼어붙어 버렸다.

사락사락 소리를 내며 드래곤의 거대한 몸이 사라지고 있었다.

그것은 손에 잡히는 유형의 존재에서 붉은색으로 반짝이는 무형의 존재가 되어 하늘로 떠오르기 시작했다.

자연과 함께 태어난 드래곤은 죽으면 모두 다시 자연으로 돌아간다고 한다.

그 말처럼 불꽃의 기를 가지고 태어난 레드 드래곤 미루론은 따스한 온기가 되어 자연으로 돌아가고 있었다.

눈앞을 가득 채우던 거대한 몸체는 순식간에 불꽃의 조각이 되어 대기 속으로 녹아들었다.

그것을 놀라다 못해 경악의 눈으로 바라보고 있던 케릭스는 미루론의 몸이 녹아 사라지고 난 자리에 무엇인가 붉은색의 덩어리 같은 것이 남아 있는 것을 발견했다.

"……."

그리고 그 덩어리 쪽으로 다가가는 그의 아버지 하이리안 틴들랜드의 모습이 케릭스의 눈에 비추어졌다.

그는 그 붉은 덩어리로 다가가 그것에 손을 대었다.

그제야 케릭스는 그 덩어리가 어딘가 모르게 책에서 보았던 '심장'이라 불리우는 것과 비슷하게 생겼다는 것을 깨달았다.

"미루론……."

그 덩어리에 손을 대고 한 방울 눈물을 흘리는 남자 하이리안 틴들랜드.

그의 진한 슬픔이 케릭스에게까지 거세게 밀려오고 있었다.

케릭스는 더 이상 그 자리에 서 있을 수가 없었다.

아무리 해도 눈에서 눈물이 흘러나왔다. 악문 잇사이에서 울음소리가 새어 나오려 했다.

"도, 도련님! 어딜 가십니까!"

갑자기 자리를 박차고 어디론가 달려가는 케릭스에게 필이 소리를 쳤지만 케릭스는 그것을 들은 척도 하지 않고 달려가기 시작했다.

보고 있는 것조차 할 수 없었다.

미루론이 없어진 자리에서 눈물을 흘리는 아버지의 모습에 무엇인가 자꾸만 겹쳐 보이는 것을 견딜 수가 없었다.

'싫어… 마지막이 그런 것이라면 난 싫어!!'

케릭스와 마찬가지로 똑같은 검은 머리카락을 가진 그의 아버지 하이리안의 모습은 언젠가 자신이 겪어야 할 그대로일지도 모른다.

'싫어—!'

등 뒤를 따라오는 묵직한 공기의 흐름.

그것은 아버지의 슬픔이었고 또한 언젠가 케릭스도 그대로 이겨내야 할지도 모를 슬픔이었다.

케릭스는 달려나갔다.

아무것도 보이지 않는 새카만 들판으로 있는 힘껏 달려나갔다.

무서운 그 무엇인가를 피해 필사적으로…

돌부리가 발에 채이고 풀뿌리가 발목을 붙들었다.

하지만 케릭스는 미친 듯이 앞도 보지 않고 뛰어갔다.

'싫어— 싫어!!'

슬픔이라는 것이 가슴속에서 새어 나와 온몸을 채우고 눈에서 흘러넘쳤다.

아무렇지도 않게 생각했던 일이 사실이 되어 다가올 때의 그 무서운 감각을 케릭스는 체험했던 것이다.

오싹한 오한이 온몸을 뒤덮어오고 있었다.

일생을 함께하다시피 한 존재를 잃는다는 것은 얼마나 무서운 일일까?

'그런 것은 필요없어.'

아주 어린 시절, 말을 하고 걷기 시작했을 때부터 꿈꾸어왔던 일이었다. 언젠가는 아버지처럼, 데라즈 왕국의 용감한 나이트가 될 것을 말이다.

'나는 기사 같은 건 되지 않을 테야!!'

그때였다.

퍼억—!

눈을 감고 달려가던 케릭스는 갑작스럽게 눈앞을 가로막는 무엇엔가에 부딪쳐 그 자리에서 나뒹굴었다.

"……."

작은 소년의 몸은 풀밭 위에서 몇 번이나 구른 후에야 멈추었다.

차가운 공기가 옷깃 사이로 스며들었다.

"……흑."

무릎까지 자라 있는 풀들이 작은 몸을 온통 가리고 있었다.

케릭스는 결국 참고 참았던 울음을 터뜨려 버렸다.

애써 참고 있던 눈물이 마구 쏟아져 내리기 시작했다.

아주 어릴 적, 아버지에게 꾸중을 듣고 호되게 맞았던 이후 처음으로 터뜨리는 울음이었다.

"윽. 으흑. 흑. 우… 우아아—앙!!"

두 손으로 얼굴을 가리고 케릭스는 울기 시작했다.

고요한 넓은 풀밭은 곧 어린아이의 울음소리로 가득 찼다.

그렇게 얼마를 울었을까?

혼자 대성통곡을 하며 울어대던 소년의 울음이 조금씩 잦아들기 시

작하고, 풀밭에는 어린아이의 울음소리 대신 달빛을 받으며 울기 시작
하는 풀벌레 소리가 들려오기 시작했다.

찌륵찌륵 하는 벌레들의 울음소리를 듣고 있자니 케릭스의 마음도
조금씩 가라앉기 시작했다.

하늘은 끝을 알 수 없을 정도로 어두웠지만 동그랗게 뜬 달과 수없
이 반짝이는 조그마한 별들은 눈물에 젖은 눈에 너무나 아름답게 비추
어지고 있었다.

'미루론…….'

사라락, 바람에 풀이 움직이며 아름다운 소리를 들려주고 있었다.

그 풀숲에 혼자 오도카니 앉아 있는 소년은 하늘에 가득한 별을 보
며 눈물을 조금씩 말려가고 있었다.

그 고요한 풀숲의 소리 속에 갑작스럽게 잡음이 섞여들었다.

"무례하군. 나는 사과를 기다리고 있는데."

"…에?"

"사과를 기다리고 있다고 했다."

아직도 눈물로 얼룩져 있던 얼굴로 케릭스는 소리가 난 쪽을 돌아다
보았다.

"…어."

그곳에는 한 사람이 서 있었다.

하늘에서 비추는 달빛을 조금도 반사하지 않는 새카만 머리카락을
가진 남자였다.

밤하늘이 그대로 내려와 박힌 듯한 어두운 눈 속에서 반짝이는 것은
조그마한 별.

달빛처럼 흰 얼굴이 아니었다면 그대로 어둠이라고 불려도 이상스

럽지 않을 정도로 온통 검은 사람이었다.

케릭스는 몇 번이나 눈을 깜빡이며 남자를 바라보았다.

훤칠한 키의 남자는 새카만 망토를 온몸에 감은 채 우뚝 서서 케릭스를 내려다보고 있었다.

"갑작스럽게 와서 부딪쳐 놓고 울음을 터뜨리다니. 사과를 받아야 할 쪽은 내 쪽이다."

"죄, 죄송합니다."

남자의 밑도 끝도 없는 박력에 밀려 케릭스는 얼결에 사과를 하고 말았다.

"정말이지 상대할 거리가 못 되는군, 어린아이란."

츳— 하고 혀를 차는 소리가 들려왔다.

그 소리에 케릭스는 비로소 정신이 들었다.

무조건적인 비난에는 발끈하는 성격이었기 때문이다.

"무, 물론 부딪친 것은 제 쪽입니다만, 방금의 말씀은 실례입니다, 기사님."

끝에 붙인 호칭은 그의 망토 자락 한쪽으로 삐죽 튀어나온 검을 보고 한 말이었다.

어디까지나 모르는 상대에겐 언제나 예의 발라야 한다는 가르침에 충실한 케릭스였다.

"기사? 내가?"

"네. 검을 가지고 계시잖아요."

"흐응……."

케릭스의 '실례'라는 말에는 전혀 마음 쓰고 있지 않은 듯, 남자는 그 뒤에 붙인 호칭에만 주의를 기울이고 있었다.

“기사라. 이 내가?”

“틀리다면 죄송합니다. 하지만 할 말은 해야겠어요. 부딪친 것은 분명 제 잘못이었고 사과를 했습니다. 그런데도 기사님께서는 제가 어린아이라고 이유없이 비난을 하셨습니다.”

“비난이라?”

“네.”

“이봐, 꼬마. 비난이라는 단어는 그런 데 붙이는 게 아니야. 시건방진 꼬마군.”

“이것 보세요!!”

“시끄러워. 조용하게 명상을 하고 있는데 먼저 방해를 한 것은 네 쪽이다, 꼬마.”

“사과했지 않습니까!! 전 이유가 있어서 울었을 뿐입니다!”

불끈해서 달려들 듯 소리치고 있는 케릭스를 보며 남자는 비웃는 듯한 미소를 지었다.

그것에 막 케릭스가 발끈하려는데 남자가 물었다.

“내 공간에 뛰어들어 소란을 피울 만한 정당한 이유가 있다면 용서해 주겠다.”

“예?”

“이유가 뭐지?”

“그, 그건…….”

일곱 살밖에 되지는 않았지만 모르는 사람 앞에서 그만 펑펑 울어버렸다는 사실에 케릭스는 수치심 비슷한 것을 느끼고 있었다.

그런데 그 이유까지 대답해야 한다니 케릭스는 왠지 자존심이 상했다.

하지만 앞에 서 있는 남자는 정말로 진심으로 케릭스에게 그가 운 이유를 묻고 있는 것이다. 왠지 모르겠지만 케릭스는 이 사람이 정말로 진심으로 이유를 묻고 있다는 것을 알 수 있었다.

그의 태도는 어딘가 모르게 지나칠 정도로 당당했기 때문일지도 모른다.

한마디로 케릭스를 말 한마디 못하게 하는 것은 케릭스의 아버지가 가진 박력 그 이상이었다.

"그, 그건……."

"말 못할 이유는 없다고 보는데?"

남자가 재촉을 했다.

케릭스는 그의 재촉에 얼결에 입을 열었다.

"미, 미루론이 죽었… 어요."

"미루론? 애완 동물이라도 죽은 건가? 그런 이유로 내 공간을 침범했다는 건가?"

티껍다는 듯이 말하는 남자를 보고 있자니 케릭스는 왠지 부아가 치밀어 올랐다.

'도대체 이 사람은 뭐야!! 저 태도는!! 무례한 사람 같으니라구!!'

"미루론은 애완 동물 같은 게 아니야!! 미루론은 아버님의 드래곤이라고!"

순간 남자의 눈에 날카로운 빛 같은 것이 스쳐 지나갔다.

"드래곤?"

"그래!! 미루론은 아버님의 드래곤이야. 아버님의 평생 전우이자 친구였다구!! 그리고 내 친구였어!! 친구가 죽었는데 좀 울면 안 돼? 그리고 여긴 당신의 공간이 아니라 아버님의 영지야!! 침입자는 당신이라구!"

화가 치민 탓인지 케릭스는 조금 전의 예의 바름은 어딘가로 던져 버린 채 마구 대들고 있었다.

"당신은 친구가 죽었는데 눈물 한 방울 흘리지 않을 정도의 냉혈한 인 거야?"

"그렇군. 조금 전 불꽃의 정령들이 꽤나 시끄럽게 굴더니 그런 것이 었어."

"불꽃의 정령?"

케릭스의 눈이 휘둥그레졌다.

"그래."

"당신… 기사가 아니라 정령사였어?"

케릭스의 말에 남자가 피식— 하고 실소를 흘렸다.

"알 것 없다. 좋아. 그런 이유에서라면 네 무례를 용서해 주지. 하지 만."

케릭스의 질문을 일축하고 그는 말했다.

"내가 서 있는 곳은 내 공간이다. 알아듣겠나, 꼬마?"

전혀 논리에 안 맞는 말인데도 불구하고 그가 말하면 진실로 들리는 이유가 무엇인지 케릭스는 알 수가 없었다.

단어 한마디 한마디에서 이것만은 절대 진리다라는 무형의 압박감 이 느껴지고 있었다.

그런 이유 모를 압박감에 눌려 아무 말도 못하고 있는 케릭스를 바라보고 있던 남자가 갑자기 고개를 들었다.

그는 허공을 보며 무엇인가 소리나지 않은 말을 던지더니 케릭스를 다시 돌아보았다.

“곁에 있어줘서 즐거웠다고 전해달라는군.”

“…뭐?”

“내 친절은 여기까지다. 어서 네 공간으로 돌아가라.”

“…….”

“어서.”

가볍게 말하고 있었지만 케릭스는 그 말을 거역할 수 없었다.

케릭스는 주춤주춤, 뒷걸음질을 쳤다.

새카만 어두움이 남자의 주위에 내려앉고 있었다.

눈에 보일 만한 실체가 아닌데도 그렇게밖에 설명할 수 없는 기묘한 광경.

그 광경을 뒤로하고 케릭스는 저택으로 돌아가기 시작했다.

저택으로 돌아가는 케릭스의 머리에는 뭉클거리며 다시 피어오르는 미루론에 대한 슬픔과 함께 조금 전에 만났던 온통 새카만 어둠과 같았던 남자에 대한 의문이 가득 들어차 있었다.

그것은 케릭스가 일곱 번째로 맞는 어느 여름날의 일이었다.

하늘이 보이지 않을 정도로 높이 자란 침엽수, 그들의 바늘 같은 나뭇잎들 사이로 간간이 눈부신 햇살이 스며들어 오고 있었다.

숨을 쉴 때마다 스며들어 오는 것은 긴박감과 위험과 공포, 그리고 그것이 만들어내는 숨가쁨.

손에 쥔 검이 천근만근, 무겁게 내려앉고 있었다.

그러나 그보다 더욱더 무거운 것은 쉬지 못한 채 내리 치닫고 있는 두 다리였다.

바닥을 뒤덮은 작은 풀이 팔뚝보다 더 두꺼운 밧줄처럼 다리를 옭아매며 달리는 자의 발걸음을 더 더욱 무겁게 하고 있었다.

"셰샤크!"

소리를 질러 동료를 불렀지만 돌아오는 것은 나뭇등걸에 부딪쳐 오는 자신의 목소리뿐.

그는 달리고 또 달렸다.

얼마나 시간이 흘렀는지 알고 싶었지만 나무들로 가려진 하늘을 아무리 바라보아도 그것은 알 수가 없었다.

"셰샤크! 마즈렉!"

목은 이미 쉬어 제 음을 가지지 못한 소리는 그대로 주위를 맴돌고 그는 점점 더 궁지로 몰려갔다.

숲은 거대했다.

주위를 둘러보고 또 둘러보아도 똑같은 풍경뿐, 이미 방향조차 짐작할 수 없었다.

한참을 내달리던 그는 순간 우뚝— 그 자리에 멈추어 섰다.

"……이런."

입에서 흘러나오는 것은 나직한 절망, 또는 체념.

크르르르르르—

그의 절망에 괴물들의 나직한 위협 소리가 덧씌워졌다.

"젠장. 하고많은 곳 중에 하필이면 녀석들 소굴로 굴러 들어올 줄이야."

케릭스는 한숨을 내쉬었다.

스스로도 잘 알고 있었다. 이런 상황은 결국 자신이 고집을 피운 탓이다.

크르르르 하는 낮은 소리는 하나씩 둘씩 늘어나 이제 그의 앞에는 다섯 마리도 넘는 오크들이 그를 위협하고 있었다.

오크들의 더러운 숨결이 깨끗한 숲의 공기에 섞여 그에게 밀려왔다.

"퉤—"

마른침을 뱉어내고 케릭스는 오른손에 들었던 검을 치켜올렸다.

대륙의 어떤 뛰어난 검술사라 해도 오크 다섯 마리와 홀로 대적해서 살아남을 수 있는 사람은 없다.

그것은 누가 뭐래도 진리이고 그것에 이의를 제기할 자는 없다.

하지만 상대가 뛰어난 검술사가 아닌 다른 어떤 특별한 존재라면 이야기는 달라진다.

"후회하게 될 거라고 했던 녀석이 누구였더라?"

조악하게 만들어진 도끼들이 치켜 올라가고 오크들과의 거리가 조금씩 좁혀져 온다.

목숨이 달아나 버릴지도 모르는 절체절명의 상황인데도 이상하게 케릭스의 얼굴엔 공포감이라고는 털끝만치도 찾아볼 수가 없었다.

아니, 오히려 그의 얼굴에는 묘한 여유 같은 것이 감돌기 시작했다.

"그래도 나는 내가 정한 대로, 내 뜻대로 움직이겠다 이거야."

"쿠워어억!!"

거친 털을 솟구쳐 올리며 한 마리의 오크가 달려드는 순간 그는 재빨리 뒤로 한 걸음 물러나 그의 검을 땅바닥에 내리꽂았다.

"대지의 뜻과 함께하는 자. 그대의 계약자가 원하노니 지금 이곳에 그대의 모습을 드러내라. 지.룡. 소.환(Yellow Dragon Summons)!!"

"쿠워어어!!"

검의 손잡이를 잡은 손에서부터 짙은 황색의 빛이 뿜어져 나오는 순간, 케릭스를 향해 달려들던 오크들이 그 빛에 놀라 뒤로 물러서기 시작했다.

그리고 다음 순간, 풀과 낙엽들로 뒤덮여 있던 땅에서 흙바람 같은 것이 위로 솟구쳐 올랐다.

파아아— 하며 흙바람이 사방으로 퍼져 나가고 풍압에 못 이긴 오크들이 허둥지둥 뒤돌아 가려는데 그들의 뒤에 조금 전까지만 해도 흙덩이로만 보였던 거대한 형태가 순식간에 이동해 그들을 공격하기 시작했다.

쿠오오오오—

대지를 울리는 지룡의 브레스.

침엽수 사이로 줄기처럼 내리꽂히는 햇살에 빛나는 지룡의 황금빛 비늘이 눈이 부시도록 빛나기 시작했다.

"하앗—!!"

케릭스는 땅에 내리꽂았던 검을 빼 들고 그대로 앞으로 뛰어나갔다.

"비켜! 아자리안!!"

브레스를 맞고 비틀비틀 쓰러지는 오크의 목에 케릭스의 바스타드가 날아갔다.

"꾸웨엑!!"

"쿠헉—!"

순식간에 두 마리의 오크들이 지룡 아자리안과 케릭스의 앞에 나뒹굴었다.

"알고 있다니까, 아자리안! 하지만 네 도움은 그 정도면 됐어!!"

지쳤던 다리에 다시 힘이 돌아왔다.

검을 들고 있는 것만으로도 후들거리던 팔에 순간 머리에 쏠렸던 피가 휘몰아쳐 들어가고 케릭스는 그대로 도망치던 한 오크의 목에 자신의 검을 날렸다.

"쿠아아악!"

털썩— 쿠우웅—

도망치던 오크가 앞에 있던 나뭇등걸에 몸을 부딪치며 그 자리에 쓰러졌다.

"쿠오오—"

순간 뒤에서 지룡 아자리안이 날개를 퍼덕였다.

"알고 있다니까! 아자리안!"

옆으로 피했던 다른 오크 두 마리가 그에게 달려들고 있었다.

그때였다.

"케릭스! 고개 숙여!!"

어디선가 들려오는 목소리에 케릭스는 반사적으로 몸을 웅크리며 지면에 바싹 엎드렸다.

"카오—!"

바싹 엎드린 케릭스의 머리 위로 순간 뜨거운 바람이 거세게 휘몰아쳤다.

"크아아— 쿠워—!!"

더러운 오크 타는 냄새가 코를 찌르기 시작했다.

"크아아아아—"

뜨거운 바람이 지나가자마자 고개를 든 케릭스의 눈에 엄청난 고열에 타 그 자리에 쓰러지는 오크 두 마리의 형체가 들어왔다.

"셰샤크?"

그는 고개를 두리번거리며 동료의 이름을 불렀다.

"정신을 어디다 팔고 있는 거야, 케릭스!!"

위에서 목소리가 들려왔다.

어느 사이엔가 주위에 빽빽하게 들어차 있던 나무들 몇 그루가 바닥에 넘어져 있고 그 자리에는 온몸이 붉은 레드 드래곤 하나가 내려앉고 있었다.

그 레드 드래곤의 등에 타고 있던 남자는 한숨을 내쉬면서 케릭스를 바라보고 있었다.

"고맙긴 한데 나무들을 그렇게 베어버리면 어떻게 하냐, 세샤크."

"시끄러워. 죽을 뻔한 것을 살려주었는데 말도 많군. 그리고 나무들을 쓸어버린 건 내가 아니야. 마즈렉이 한 짓이다. 뭐, 정확히 말하면 마즈렉의 부탁으로 라웬이 한 것이지만."

그렇게 말하며 세샤크는 손가락으로 하늘을 가리켜보았다.

"리리너스가 했으면 다 태워 버리지 저렇게 깔끔하게 베어버렸겠어?"

그의 시선을 따라가자 하늘에서 날고 있는 하얀 드래곤 한 마리가 보였다.

"후우― 여하튼 무식한 데는 아무도 못 따라간다니까."

"시끄러워, 임마. 그러니까 애초부터 우리 말을 좀 들었으면 이럴 일이 없잖아. 얼마나 찾은 줄 알아?"

"잔소리는 적당히 해, 세샤크. 어이, 아자리안. 다친 데는 없어?"

툭툭툭, 몸에 묻은 흙과 풀들을 털어내면서 케릭스는 그의 파트너에게 물었다.

하나도 다치지 않았다는 대답이 들려왔다.

물론 케릭스에게만 말이다.

"다행이군. 수고했다. 괜히 불러서……."

굉장히 미안해하는 듯한 목소리였지만 케릭스는 여전히 그의 파트너를 바라보지 않고 있었다.

"나도 멀쩡하니까 혼자 돌아가. 여기라면 날아오를 수 있지?"

그는 그렇게 말하며 그의 친구의 파트너가 완전히 평지로 만들어 버린 공간을 가리켜 보였다.

"이봐, 케릭스. 너도 지쳤잖아. 고집은 적당히 피우고 같이 돌아가자."

"냅둬. 나 좋은 대로 살게. 아자리안의 등에 타고 돌아갈 거면 애초에 내 발로 걸어오지도 않았어."

"이봐, 케릭스."

세샤크가 화난 표정을 해 보였지만 케릭스의 표정엔 변함이 없었다.

"됐다니까!! 아자리안! 어서 돌아가!!"

뒤에서 표정없이 케릭스를 바라보고 있던 지룡 아자리안은 잠시 케릭스의 뒷모습을 바라보더니 아무 말 없이 그가 말하는 대로 숲의 빈터에서 날아오르기 시작했다.

잠시 후 고요함이 찾아온 숲에는 케릭스와 아직도 레드 드래곤의 등위에 타고 있는 세샤크만이 남아 있었다.

툭툭 하고 먼지들까지 깔끔하게 털어내는 케릭스를 보고 세샤크가 한마디 했다.

"고집 피우는 너나 네 고집을 그대로 들어주는 아자리안이나 결국 똑같구나. 여하튼……."

"시끄러워. 나는 아자리안의 등에 안전하게 똬리 틀고 앉아 있으려고 녀석과 계약한 게 아니야."

"그러는 주제에 급할 때는 불러내서 고생을 시키고 있는 거냐? 모순이야."

"괜한 소리 하지 마. 몇 번을 말해도 마찬가지야. 나는 아자리안의 등에 탈 생각은 없어. 나한테는 두 다리가 있고, 이 다리면 어디든지 갈 수 있어."

“하―”

기가 막힌다는 동료의 목소리가 들려왔지만 케릭스는 아랑곳하지 않았다.

깔끔하게 먼지를 털어낸 것을 확인한 케릭스는 오크의 목에 박혔던 자신의 검을 빼내기 위해 쓰러져 있던 오크 쪽으로 걸어갔다.

힘을 주어 검을 빼내자 그 자리에서 쿨럭쿨럭 시커먼 오크의 피가 흘러나왔다.

검을 빼 든 케릭스는 주위에 있는 풀들을 그러모아 피를 닦아내었다.

“이 검도 수명이 다했군.”

“검을 혹사시키니 그렇지. 너는 드래곤 나이트야. 내참, 데라즈의 키세 나이트가 두 다리로 걸어다니며 검으로 몬스터를 잡는다는 소리를 사람들이 들으면 다들 거짓말이라고 할 거다. 그 말을 하는 사람한테 미쳤다고 할 수도 있다고.”

“쓸데없는 소리 계속해 봤자 내가 들어먹을 리 없다는 거 알잖아. 세샤크, 먼저 돌아가라.”

“……”

“구해준 거 고맙다.”

조금쯤은 기어들어 가는 목소리였지만 케릭스의 목소리는 확실하게 세샤크에게 들려왔다.

결국 세샤크는 피식― 하고 웃어버릴 수밖에 없었다.

이런 점 때문에 고집불통에 제멋대로인 케릭스에게 결국 저버리고 마는 것이다.

“그래, 마즈렉에게도 전해주지. 죽지 말고 돌아와라. 리리너스, 가자.”

그는 그가 타고 있던 드래곤의 목을 손으로 툭툭 치며 말했다.

리리너스는 가만히 케릭스를 바라보더니 살짝 눈을 감았다 뜨고는 날갯짓을 하기 시작했다.

말이 날갯짓이지, 사실 드래곤은 날개의 힘 이외에 바람의 정령들을 불러 날아오르는 것이 보통이다.

화룡이라고 해도 하급의 정령들은 얼마든지 부릴 수 있기 때문이다.

손에 들고 있던 검을 닦아내던 케릭스는 하늘로 날아오르는 리리너스와 세샤크를 잠시 바라보았다.

하지만 다음 순간 그는 커다란 소리로 저만치 날아오른 세샤크의 이름을 다시 불러대기 시작했다.

"이봐, 세샤크!!"

"……?"

아래에서 팔을 휘두르며 그를 부르는 케릭스를 보고 세샤크는 무슨 일인가 싶어 조금 고도를 낮추었다.

"가는 건 가는 건데—!"

"뭐?"

"방향 좀 알려주고 가라!"

순간 단단하게 리리너스의 등에 매달려 있던 세샤크는 그만 미끄덩하고 떨어질 뻔했다.

"하이고오—"

데라즈 왕국의 드래곤 나이트 케릭스 틴들랜드가 사실은 중증의 방향치라는 사실을 아는 사람은 주위 몇몇 동료들밖에 없다는 사실이 새삼스럽게 떠오르는 세샤크였다.

물론 당사자에게 전혀 자각이 없다는 것이 가장 큰 문제라면 문제였지만 말이다.

*　　　　*　　　　*

　대륙의 북방에는 오랜 역사를 자랑하는 데라즈 왕국이 있었다.

　북방에 위치해 있는 만큼 일 년의 1/3은 혹독한 추위에 시달리고 있는 나라였지만 데라즈 왕국 사람들은 자신들이 사는 나라가 아주 살기 좋은 나라라며 자부심을 가지며 살고 있었다.

　데라즈 왕국이 그 땅의 거칠음에도 불구하고 남방의 비옥한 토지에 위치해 있는 다른 여러 왕국에 못지않은 풍요로움을 누리고 있는 데는 여러 가지 이유가 있겠지만, 그중에서도 가장 큰 이유를 꼽는다면 대륙의 곳곳에서 수도 없이 출몰하여 사람들을 습격하는 몬스터들이 데라즈 왕국 주변에서는 그다지 큰 위협을 수지 못한다는 것일 것이다.

　데라스에서는 오크들의 집단 습격에 초토화되는 마을도 없었고, 늑대들에게 살해당하는 농민들도 없었다.

　거칠고 척박한 땅이라고는 하지만 안정되게 생활할 수만 있다면 얼마든지 북방의 추운 땅에서도 사람들이 풍요롭게 살아갈 수 있다는 것을 데라즈 왕국은 여실히 증명하고 있었던 것이다.

　이렇게 데라즈 왕국의 사람들이 안심하고 몬스터들의 습격을 피해 살 수 있는 이유는 뭐니 뭐니 해도 무서운 몬스터들에 대항할 수 있는 특이한 존재가 있었기 때문이다.

　그것은 다름 아닌 드래곤과 함께 데라즈 왕국을 지키는, 이름하여 키세 나이트라고 불리우는 드래곤 나이트들이다.

　비록 고대 왕국 시절의 전설에 등장하는, 하늘을 덮고 지진을 일으키며 바람과 비를 불러 천재지변을 일으킬 수 있을 정도의 신과 같은 능력을 가진 존재는 아니라고 해도, 작은 집채만한 체구에 바람과 불과 대지와 물의 기운을 가지고 태어나 그들이 속한 정령을 부리며 포효하는 드래곤들은 충분히 믿을 만한 존재였던 것이다.

무엇보다 그 드래곤들을 인간과 함께 공존할 수 있게 하는 존재인 드래곤 나이트, 즉 키세 나이트들은 데라즈 왕국의 자랑이었으며 동시에 전 대륙의 사람들이 오매불망하는 대상이었다.

인간들에게 있어 정령과 드래곤은 환상 속의 존재라 인식되고 있기에 지금은 환수계 또는 환상계라고 불리우는 세계가 있었다고 한다. 물론 확인할 길은 거의 없지만 정령사라는 존재가 드물게나마 존재하는 것을 보면 일단은 정령계라고 부르는 것이 더 옳을지도 모른다.

여하튼 그것이 진실이든 아니든, 데라즈 왕국에 전해지는 전설에 따르면 환수계에 있던 다크 드래곤이 인간들이 살고 있는 중간계로 와서 당대 최고의 기사라 일컬음을 받았던 데라즈 키세리언과 계약을 맺고 인간들을 위협하는 몬스터들을 몰아내고 그를 도와 이 땅에 데라즈 왕국을 세웠다고 한다.

그리고 그 이후 다크 드래곤은 인간으로 폴리모프하여 희대의 기사 키세리언과 결혼해 아이들을 낳고 그 후손들은 데라즈 왕국을 지키며 이 왕국을 번영시켜 나갔다고 하는 이야기.

데라즈 왕국이 세워진 지 수백 년이 지났지만 데라즈는 여전히 데라즈라 불리우고, 키세 나이트는 여전히 키세 나이트라고 불리우고 있는 이유 역시 왕가의 혈통에 흐르고 있는 드래곤의 피를 인간들이 의식하고 있기 때문일지도 모른다.

물론 그것은 이미 전설이 되어 신화가 되고 있는 단계에 있긴 하지만 대대로 데라즈 왕국의 왕가 핏줄을 타고 태어난 수많은 아이들이 드래곤과 계약을 맺어 드래곤 나이트가 될 수 있는 소질을 지니고 있었기에 데라즈 왕가의 핏줄에는 드래곤의 피가 흐르고 있는 것이라고 대부분의 사람들은 그렇게 믿고 있는 것이다.

그것은 현재에 이르러서도 그대로 이어지고 있었다.

대대로 키세 나이트로서 왕국에 충성을 다하던 집안에서 태어난 아이들은 또다시 자신의 드래곤과 계약할 날을 꿈꾸며 열심히 기사에의 길을 걷고 있는 것이다.

물론 이미 그 꿈을 이루어 키세 나이트가 된 후, 스스로가 데라즈 최고의 칭호 '키세 나이트' 를 부여받았다는 자부심을 가지고 오늘도 왕국의 안녕을 위해 열심인 기사들은 얼마든지 있었다.

단지 각기 가지고 있는 개인적인 소망들은 다를 수도 있지만 말이다.

어둑어둑하게 땅거미가 지기 시작한 시간.

갈색 머리카락의 남자 한 명이 마악 자신의 파트너인 드래곤의 등 위에서 내려서고 있었다.

그는 땅 위에 내려서자마자 자신의 파트너의 목을 몇 번 두드리며 수고의 말을 건넸다.

대답은 어느 누구에게도 들려오지 않았지만 파트너인 남자에게만은 들린 듯 남자는 너털웃음을 지으며 편히 쉬라는 말을 드래곤에게 건넸다.

피곤함이 온몸으로 퍼져 나가고 있었지만 오랜만에 디딘 땅의 감촉은 너무나 신선해 그는 몇 번이나 발을 구르며 미소를 지었다.

그는 허리에 찼던 검을 풀어 손에 들고는 옆을 지나가던 한 기사에게 물었다.

"어이. 케릭스는 도착했어?"

"응? 누구?"

"케릭스 말이야. 케릭스 틴들랜드. 검은 머리의…….."

"아아, 그 녀석이라면 도착했어. 점심 시간이 조금 지나서 말이야."

"아하하하하하."

셰샤크는 거친 붉은 머리카락을 뒤로 넘기며 파안대소했다.

"역시 밤을 넘겼군. 그럴 줄 알았어. 고집불통 녀석."

"잘 아는군."

그렇게 말하는 상대는 아직 장미관에서 숙식을 시작한 지 한 달이 채 안 되는 사람이었다.

원래는 수도성 내에 있는 자택에서 통근을 했지만 얼마 전 승급을 하면서 일을 위해서 장미관에 입관 신청을 했던 것이다.

데라즈 왕국의 기사들 대부분은 데라즈 왕국 수도에 있는 왕궁 건너편에 위치한 이름하여 장미관이라고 불리우는 기숙사에서 살고 있다.

수도 내에 자택이 있는 경우 통근을 하기도 하지만 대부분의 경우는 거의 모두 장미관에서 숙식을 해결하고 있는 것이다.

말이 '관사' 지 실제로 장미관은 넓은 훈련장과 키세 나이트 및 궁정 기사단의 본부, 그리고 기사들의 숙소와 키세 나이트들의 파트너인 드래곤들의 임시 보금자리까지 포함해서 그 규모만으로 볼 때는 왕궁에 뒤지지 않는 넓은 면적을 차지하고 있었다.

"그런데 어떻게 된 일이야? 틴들랜드는 선발 귀환대에 속해 있지 않았나? 다른 사람들은 모두 어제 오전에 돌아왔다구."

"그렇긴 하지만 뭐 하루 이틀 일이 아니니까, 케릭스 녀석의 기행은."

"기행?"

"그래, 기행. 아마 앞으로도 종종 보게 되겠지."

"흐음—"

장미관의 신입생은 기행이라는 말에 촉각을 곤두세운다.

"그건 그 녀석에게 붙어 있는 그 요상한 꼬리표에 대한 해설 정도가 되는 건가?"

"그거야 앞으로 계속 지켜보면 알게 될 거야. 그래, 녀석은 지금 어디에 있는지 아나?"

"글쎄? 도착하고 난 뒤에 기절하듯이 쓰러져 잤다는 것까지밖에는 모르는데. 방으로 가보지 그래?"

"알았어. 고마워."

타악— 하고 손을 내밀어 상대의 손을 치며 세샤크는 장미관 내의 키세 나이트 숙소로 향했다.

훈련장에는 삼삼오오 몇몇의 기사들이 제각각 긴장을 늦추지 않은 채 훈련을 하고 있는 모습이 그의 눈에 들어왔다.

이미 최고의 실력을 가진 기사들이지만 그런 만큼 자신들을 갈고닦는 데 인색하지 않은 것이다.

그는 숙소로 향하며 어깨 위의 경갑주를 풀어내기 시작했다.

키세 나이트는 일반적인 궁정 나이트들과는 달리 항상 자신의 파트너인 드래곤과 함께 움직이기 때문에 무거운 갑옷은 착용하지 않는다.

그저 최소한도로 몸을 보호할 수 있는 장비를 착용하는 것이다.

"휴우. 어깨가 다 뻐근하군."

어제 있었던 서쪽 숲의 오크 토벌대에 참가했던 그는 오늘 오후까지 그 잔당 소탕을 위해 서쪽 숲에 머물러 있다가 이제야 돌아오는 길이었다.

"후우. 요즘 들어 이상하게 몬스터들이 극성이란 말이야."

수도를 수비하고 왕궁에서 복무하는 궁정 기사단과는 달리 키세 나이트는 어디까지나 대몬스터전을 위한 기사단이라고 해도 과언이 아니다.

"레살린드님!"

헝클어진 머리를 손으로 빗으며 걸어가고 있는데 뒤에서 그를 부르는 목소리가 들려왔다.

"세샤크 레살린드님!!"

무슨 일인가 싶어 고개를 돌리는데 보초인 듯한 병사가 그를 향해 뛰어오는 모습이 보였다.

그는 자리에서 멈추어 서서 보초병이 다가오기를 기다렸다.

"레살린드님!"

꽤 멀리서부터 뛰어왔는지 그는 숨을 헐떡이고 있었다.

"무슨 일인가?"

"이제 오셨군요. 계속 기다렸습니다. 도착하셨다는 소식을 듣고 이렇게……."

"숨넘어가겠군. 도대체 무슨 일인가? 혹시 집에서 무슨 일이라도……."

세샤크의 얼굴이 갑자기 심각해지자 보초병이 당황하여 손을 내저었다.

"아, 아닙니다. 그런 일은 아닙니다. 저어, 피곤하시겠습니다만……."

보초병의 목소리가 갑자기 작아진다.

"그, 시간이 괜찮으시다면 카리안님과 함께 틴들랜드님께 가주지 않으시겠습니까?"

"뭐? 마즈렉은 왜?"

그의 친구인 마즈렉 카리안과 함께 자신을 보초병이 찾는다는 것은 기본적으로 말이 안 되는 이야기다.

"그게. 저어… 틴들랜드님께서 아까부터……."

그렇게 말하며 보초병은 뒷말을 흐렸다.

피곤해 있던 탓일까?

보통 때라면 케릭스의 이름이 나온 순간 뭔가 일이 터졌구나 하고 생각했을 텐데 그는 그제야 보초병이 하려는 말이 뭔지 깨달았던 것이다.

"뭔가 일이 일어났다는 소리군. 하지만 마즈렉은 아직 오는 길인데. 케릭스는 어디에 있지?"

"그게 저어, 예의 그곳에……."

자꾸만 말을 흐리는 보초병의 안색을 보고 세샤크는 혀를 차고 말았다.

"젠장. 피곤해 죽을 것 같은데 왜 말썽이야, 그 고집불통은. 또 아자리안을 괴롭히고 있는 건가?"

파악― 하고 간신히 정리가 되어가던 머리를 흐트러뜨리며 그는 불평했다.

"그래. 내가 가보지. 마즈렉은 잠시 후에 도착할 테니 '그곳' 으로 와달라고 전해주게나."

"예, 알겠습니다. 감사합니다, 레살린드님."

그는 손을 흔들어 보초병에게 그만 가도 좋다는 듯 신호를 했다.

허둥지둥 또 어디론가 뛰어가는 보초병을 보고 그는 한숨을 내쉬었다.

"하아~ 케릭스 녀석. 어제부터 심상치 않더니만, 또 시작이군."

애써 풀기 시작한 경갑주의 끝을 다시 고쳐 묶은 그는 한 손에 검을 들고 예의 그곳으로 걸어가기 시작했다.

"케릭스, 제발 부탁이니까 적당히 해줘."

듣는 이는 없었지만 그는 정말 진심으로 그렇게 그 누군가를 향하여 말하고 있었다.

*   *   *

케릭스는 조용히 그의 드래곤 아자리안 앞에 주저앉아 있었다.

아자리안의 쉼터인 작은 공간은 드래곤들의 모든 보금자리가 그렇듯, 단단한 바위로 만들어진 커다란 창고 비슷한 곳이었다.

일반적인 창고와 다른 점이 있다면 거대한 출입문 대신 가벼운 가로대가 있다는 것 정도일 것이다.

물론 깨끗함의 정도는 다르지만 말이다.

"아자리안."

케릭스는 한 번 더 그의 파트너의 이름을 불렀다.

하지만 아자리안은 그의 목소리가 들리는지 마는지 조용히 앞발 위에 머리를 얹은 채 눈꺼풀 하나 깜박이지 않고 있었다.

장미관에 돌아오자마자 그는 돌아왔을 때의 그 모습 그대로 아자리안을 찾았다.

그리고 지금까지 그 앞에 앉아 꼼짝도 하지 않고 있었던 것이다.

밤새 숲을 헤맨 탓에 다리는 천근만근 같고 입고 있는 옷도 축축하고 더러웠으며 얼마나 앉아 있었는지 기억도 나지 않는 엉덩이는 차가운 돌 바닥에서 올라오는 한기에 얼어붙어 가고 있었다.

하지만 그런 것은 케릭스의 안중에는 없었다.

단지 그는 아자리안과 어떤 대화를 하고 싶을 뿐이다.

눈앞에 있는 아자리안은 벌써 네 명째의 키세 나이트와 계약을 하며 계속 키세 나이트들의 오랜 파트너가 되어왔던 드래곤이다.

경험도 많고, 이미 여섯 마리의 새끼까지 낳은 그녀는 따지고 보면 케릭스의 새카만 선배뻘이 되는 것이다.

한참을 미동도 하지 않고 있는 아자리안을 지켜보고 있던 케릭스는 문득 고개를 들고 하늘을 바라다보았다.

벌써 달이 조금 얼굴을 내밀고 있었다.

"시간이 꽤 되었구나."

누적되어 있던 피로감이 순간 몸 안을 돌기 시작했다.

아니, 그보다는 피로감을 자각했다는 쪽이 맞을지도 모른다.

"대답해 주지 않을 거야, 아자리안?"

나름대로는 다정한 목소리로 그는 아자리안에게 말을 걸었다.

하지만 역시 그의 파트너에게서 들려오는 대답은 없다.

"후우. 어렵구나."

조금 지나면 내리쬐는 달빛에 아름다운 지룡, 즉 황금빛의 비늘을 가진 아자리안의 몸 위에서 찬란하게 반사되기 시작할 것이다.

그는 그전에 아자리안과 대화를 하고 싶었다.

"흐음."

팔짱을 끼고 그는 아자리안의 얼굴을 다시 한 번 들여다보았다.

그때였다.

"이봐, 케릭스. 도대체 뭐 하는 거야?"

"……."

익숙한 친구의 목소리가 들려오자 그는 이곳에 주저앉은 이후 처음으로 고개를 돌려 뒤를 바라다보았다.

그제야 그는 그의 뒤쪽 저 멀리에 꽤 많은 사람들이 웅성웅성거리며 그를 바라보고 있다는 것을 알 수 있었다.

"구경꾼들이군."

"나는 구경꾼이 아니야, 케릭스. 또 무슨 일을 벌이려고 여기서 그렇게 진을 치고 있는 건데?"

"물론 너를 향해서 한 말은 아니지, 세샤크. 돌아왔구나."

"그래. 너보다 딱 몇 시간 후에 도착했다. 그런데 말이야, 좀 쉴까 했는데 네 녀석이 여기서 이러고 있다는 소리를 들어서 말이지."

"신경 쓰지 마, 세샤크."

그렇게 말하고 나서 케릭스는 다시 원래대로 아자리안을 향해 시선을 돌려 버렸다.

"하아. 참나."

이곳으로 오며 보초병들의 설명을 이미 들었지만 막상 와서 보니 뭔가 아무래도 일이 터질 듯한 분위기라는 것을 세샤크는 짐작할 수 있었다.

케릭스가 이렇게 아자리안의 앞에 자리를 잡고 그녀에게 말을 걸기 시작한 지 벌써 한참이 되었다고 들었다.

그런데 케릭스는 여전히 아자리안의 앞에 앉아 있고, 그리고 아자리안은 마치 잠이라도 자는 양 눈을 굳게 감은 채 꼼짝도 하지 않고 있으니 말이다.

"이봐, 케릭스."

셰샤크가 케릭스를 부르며 조금 앞으로 나서려고 하는데 그때까지 미동도 하지 않고 있던 드래곤 아자리안이 갑자기 눈을 부릅떴다.

크르르르르르—

커다란 입을 조금 벌리고 강철보다 더욱 강한 하얀 이빨을 내보이며 아자리안이 위협을 하고 있었다.

크르르 하는 소리는 브레스보다는 약했지만 케릭스가 앉아 있는 곳을 넘어 사람들이 모여 있는 곳의 지표를 흔들리게 하기에는 충분했다.

"우아앗—!!"

구경을 하고 있던 몇몇 병사가 겁을 집어먹은 듯 뒷걸음질을 치기 시작했다.

아무리 계약자가 있는 드래곤이라지만 평범한 이들에겐 역시 그들도 하나의 몬스터로밖에 보이지 않는다.

단지 그들이 인간의 말을 들어준다는 것을 제외하면 말이다.

움직이지 않는 것은 케릭스나 셰샤크와 같은 드래곤 나이트 정도였다.

"나는 괜찮으니까 가서 쉬도록 해, 셰샤크."

"이봐, 케릭스!!"

케릭스의 이름을 부르는 셰샤크의 목소리에 힘이 들어가기 시작하는데 그런 그의 어깨를 뒤에서 붙잡는 손이 있었다.

"괜스레 아자리안의 신경을 거스를 건 없잖아, 셰샤크."

"아. 마즈렉!"

언제 도착했는지 또 한 명의 동료 마즈렉이 그의 뒤에 서 있었다.

마즈렉은 케릭스와 마찬가지로 새카만 머리카락을 가지고 있지만 케릭스와는 전혀 다른 서늘하고 날카로운 인상의 남자였다.

그는 멀찍이 있는 케릭스와 아자리안을 잠시 바라보다가 셰샤크에게 말을 했다.

"다른 건 몰라도 아자리안은 계약자에 관한 만큼은 상당히 신경이 날카로워. 이럴 때 괜스레 케릭스를 끌어내다가는 케릭스보다 아자리안이 먼저 사고를 칠지도 몰라."

"그, ㄱ건 그렇지만."

기사들 중에서도 드물게 마즈렉은 자신의 파트너인 라웬 이외에의 다른 드래곤들에게도 신경을 많이 쓰는 편이었다.

평소 자신의 파트너인 기사들과 의사 소통을 하고 있는 드래곤들을 유심히 살펴보다 보면 유사시에 어떤 사고가 나든 대비할 수 있다고 생각하기 때문이었다.

그리고 그가 지켜본 바에 의하면 아자리안은 상당히 얌전한 성격이지만 파트너의 신상에 대해서만큼은 다른 어떤 드래곤보다도 더욱 신경이 예민한 타입이었던 것이다.

그런 성격임에도 불구하고 그의 계약자인 케릭스가 아자리안의 등에 타고 장미관으로 돌아오는 대신 방향치 주제에 혼자서 풀숲을 헤매고 다니는 것을 아자리안이 아무 말 없이 참아주고 있는 것이 신기할 정도였다.

그는 잠시 고민한 뒤에 큰 소리로 아자리안을 향해 소리치기 시작했다.

"이봐, 아자리안! 무슨 사정이 있는지는 모르겠지만—"

마즈렉의 목소리에 아자리안이 실눈을 뜨고 그를 바라보았다.

"일단은 좀 쉬고 나중에 하자고. 케릭스가 많이 지쳐 있다는 건 너도 알고 있겠지?"

"시끄러워, 마즈렉!! 내 좋을 대로 하게 두라고."

마즈렉이 참견을 하기 시작하자 케릭스가 화를 냈다.

"너나 입 다물어, 케릭스. 이번에 또 일을 저지르면 네 번째야. 알고 있어?"

"……."

"주위에서 너더러 뭐라고 하는지 알아?"

"내 알 바 아니야!!"

고개를 숙인 채 케릭스는 귀를 막으려고 했다.

하지만 그가 귀를 막는 것보다 훨씬 빨리 마즈렉은 그가 가장 듣기 싫어하는 그의 별명을 등 뒤에서 크게 외치고 있었다.

"네 녀석보고 킬러라고 한다고!! 드래곤 킬러!!"

"…그만 해!!"

귀를 막으며 케릭스는 소리쳤다.

결코 듣고 싶지 않은 그의 별명.

키세 나이트로서 결코 명예스러울 수 없는, 아니, 불명예스러운 별명이었다.

그는 귀를 막고, 눈을 감고, 그리고 고개를 숙였다.

'아니야. 나는 그렇지 않아. 나는 단지……!'

소리가 되지 않는 외침.

그것만이 입 안에서 맴돌고 있었다.

어렸을 때는 마냥 드래곤이 좋았다.

스스로에게 이유를 물을 필요도 없었다.

아버지의 드래곤과 함께 지내는 시간은 케릭스에게 있어서 하루 중 가장 귀한 한때였고, 그만큼 만족함을 느꼈던 적도 없다.

계약자는 케릭스 자신이 아니라 그의 아버지 하이리안이었지만 그래도 좋았다.

고귀한 신의 생물, 지상에 존재하는 가장 강한 생물 중의 하나.

그런 존재의 곁에서 작은 친숙함이나마 느끼는 것 자체만으로도 케릭스는 좋았던 것이다.

"후우—"

케릭스는 한숨을 내쉬었다.

딱딱하고 차가운 흙바닥 대신 폭신한 침대에 누워 있는 기분은 천국이다.

하지만 케릭스의 기분은 결코 천국을 맛보고 있지 않았다.

팔은 무거웠고, 몸은 물을 잔뜩 먹은 솜 같았고, 머리는 그보다 더욱 어지러웠다.

"젠장, 기분 더럽군."

친구들은 우격다짐으로 그를 아자리안의 앞에서 끌어내 기숙사 그의 방에 처넣었다.

원래는 2인 1실로 되어 있는 방이지만 어느 누구도 케릭스와 한 방을 쓰는 것을 달갑게 여기지 않은 탓에 그는 홀로 방을 쓰고 있었다.

친구인 세샤크와 마즈렉은 기사 견습생 시절부터 한 방을 써오던 사이로 지금도 한 방을 쓰고 있다.

기숙사에서 홀로 방을 쓰는 것은 그 혼자뿐이지만 그런 것은 아무래도 상관없었다.

혼자 있는 공간은 조용하고, 또 편안한 쪽이 좋다고 생각하고 있으니 말이다.

이렇게 홀로 누워 청승 아닌 청승을 떨고 있어도 아무도 방해하지 않으니 더욱 좋다.

"피곤하군."

똑바로 누워 천장을 바라보고 있다가 그는 살짝 몸을 돌렸다.

모로 누워서 팔을 괴고 눈을 감은 그는 한숨 아닌 깊은 호흡을 내쉬며 눈을 감았다.

삼 일 이상 혹사시킨 몸은 그대로 수면 속으로 빠져들었다.

수면 아래로 깊숙하게, 아주 오래전의 기억 속으로……

*   *   *

"키세 나이트는 우리 데라즈 왕국의 자랑이다. 그대들 역시 어렸을 때부터 수없이 많은 키세 나이트들의 그 수많은 전공을 들으며 자라왔을 것이다."

40대의 건장한 기사 하나가 이제 막 나이트로서 임명받은 새파란 청년들의 앞에서 연설을 하고 있었다.

대부분의 청년들이 어리면 17세, 나이가 많아야 20세 안팎이었다.

그해 나이트로 임명받은 청년들의 수는 약 40여 명, 그러나 그들 중 몇 명이 키세 나이트가 될 수 있을지는 아무도 모른다.

적성을 가지고 있다고 해도 실제 드래곤들과 계약을 할 수 있는 기사는 많지 않다.

대대로 키세 나이트였다고 해도 그 아들이 꼭 키세 나이트가 될 수 있다는 법은 없다.

그것이 어떤 이유에서인지는 아무도 알 수 없지만 말이다.

단지 드래곤들은 그 수많은 후보자들 중에서 그들의 구미에 맞는 사람들을 골라낼 뿐이다.

기사가 되는 것은 청년들의 자유였지만 키세 나이트, 즉 드래곤의 계약자가 되는 것은 드래곤의 자유 의사에 따라 결정된다.

물론 키세 나이트가 되지 못한다고 해서 좌절할 필요는 없다.

그들의 역량은 이미 충분히 시험당했고, 키세 나이트가 되지 못하는 기사들은 거의 모두 궁정 기사단에 배속되게 되어 있기 때문이다.

키세 나이트 이상으로 궁정 기사단의 단원이 되는 것도 영광 중의 영광인 것이다.

단지 어릴 때부터 키세 나이트를 꿈꾸어왔던 사람들 중에 드래곤들의 계약자가 되지 못하면 기사를 폐업해 버리는 자가 가끔 존재할 뿐이다.

"그대들 중 몇 명이 키세 나이트가 될 수 있을지는 아무도 모른다. 다만 신께서만이 아실 것이다."

그렇게 말하는 키세 나이트 단장의 뒤에는 햇살에 눈부시게 반짝이는 하얗고 투명한 비늘을 자랑하고 있는 거대한 화이트 드래곤이 장엄하게 자리 잡고 있었다.

청년들은 그 드래곤을 바라보며 자신도 내일 이때쯤엔 반드시 키세 나이트로서 정식 임관을 받게 되리라 다짐하고 있었다.

반드시…….

"후우— 이걸 숲이라고 하는 게 웃기지 않아?"

삼삼오오 짝을 지어 드래곤들의 숲, 드로니안에 접어든 청년들이 어깨를 으쓱하며 중얼거렸다.

그중의 하나인 셰샤크도 마찬가지였다.

말이 숲이지 드로니안은 몇 개의 산들로 이루어진 축소형 산맥 같은 곳이었다.

데라즈의 수도 북쪽에 위치한 이 드래곤들의 숲은 어디까지나 드래곤의 입장에서 이름지어진 곳일지도 모른다.

인간보다는 훨씬 큰, 적어도 작은 집채만한 크기의 드래곤들에게 있어서 이 정도의 산들은 그저 평범한 크기의 숲일 뿐일 것이다.

키세 나이트가 되기 위한 마지막 관문, 즉 계약자가 없는 드래곤들을 찾아 그들과 계약을 맺어 돌아가기 위해 그들은 드로니안의 구석구석을 헤매게 된다.

"뭐, 드래곤들에겐 숲이라고 하기에도 작은 규모일지도 모르지. 어이, 케릭스. 짐은 잘 챙긴 거야?"

"응?"

셰샤크는 혹시나 싶어서 그의 친구에게 말을 걸었다.

삼삼오오 짝을 지어 가는 다른 친구들처럼 그들도 셋이서 짝을 이루어 이 숲에 들어왔다.

시간이 얼마나 걸릴지 모르기에 그들은 각기 며칠씩 이 숲을 헤맬 각오를 하고 각자 필요한 생필품을 등에 지고 들어왔다.

험한 지형 때문에 말은 소용이 없고 그나마 나귀 정도가 어느 정도까지는 버티지만 드래곤들의 위용 앞에서는 작은 동물들이 겁을 집어먹기 때문에 오히려 홀홀 단신으로 움직이는 편이 낫다.

짧게는 하루, 길게는 일주일 이상 그들은 이 숲을 헤매게 된다.

기록에 의하면 가장 빠른 시간 안에 드래곤을 찾아낸 기사의 기록은 4시간. 길게는 일주일 하고도 이틀이다.

"어이, 어이, 그 짐은 뭐야?"

"뭐… 특별하게 챙길 것이 생각나지 않아서."

그렇게 말하며 케릭스는 겸연쩍게 웃었다.

어깨에 하나 가득 짐을 짊어진 다른 기사들을 보고 그는 이미 약간은 쫄아 있던 참이었다.

아무리 생각해도 간단한 식료품 이외에 무엇을 가지고 가야 할지 떠오르지 않았던 그였기에 그는 약 일주일분의 식료품을 챙겨 어깨에 짊어지고 있을 뿐이었다.

"이봐, 케릭스. 아무리 그래도 여분의 옷 한두 벌 정도는 챙겨야 할 것 아니야. 산더미 같은 육포와 수통 하나라니… 어휴."

"옷……."

세샤크는 한숨을 내쉬었다.

훈련소 시절부터 케릭스는 다른 견습 나이트들에 비하면 상당히 특이한 존재였다.

실력 하나로는 따라갈 자가 없었지만 이상하게도 아주 평범한 일에는 굉장히 서툴렀다.

어디의 부자 귀족의 아들이라도 되는지 자신의 옷을 세탁하는 방법도 전혀 몰라 처음에는 같은 방을 쓰던 동료의 신세를 졌다.

그나마 조금 익숙해진 뒤에도 항상 옷을 세탁하거나 방을 치우는 것을 잊어먹어 쓰레기통 속에 자고 있는 것을 동료가 발견하거나 옷에 곰팡이가 쓸기 시작한 것도 모른 채 그대로 입고 다녀 빈축을 사기도 했다.

그나마 시어머니처럼 꼼꼼하게 그를 따라다니며 챙기기 시작한 세샤크와 마즈렉의 참견 덕에 이만큼이나마 사람처럼 살고 있는 중이다.

"뭐, 빨아서 입으면 그만이잖아."

"넌 옷을 빨아서 나뭇가지에 늘어놓고 거기서 하루 종일 앉아 있을 참이야?"

세샤크의 말에 케릭스가 비로소 아— 하는 표정을 지어 보였다.

"으이그. 그럴 줄 알고 한 벌 더 챙겨오긴 했지만, 정말이지……."

세샤크의 말에 마즈렉도 빙긋 웃었다.

차가운 인상의 그는 어지간해서 웃는 법이 없지만 케릭스나 그와 한 방을 쓰고 있는 세샤크에게는 종종 그 차가운 인상을 부드럽게 만들어주는 미소를 지을 때가 많았다.

"어차피 케릭스가 잊을 것을 생각해서 가져온 것이잖아. 케릭스가 챙겨오는 것이 오히려 이상했을 텐데 뭘. 게다가 나도 여벌을 가져왔으니까 크게 신경 쓰지 말자고."

그렇게 말하고 마즈렉은 먼저 발걸음을 옮겼다.

결국 마즈렉의 말 그대로인 것을 알고 있던 세샤크는 크게 한숨을 내쉬고는 뒤처져 있는 케릭스를 재촉했다.

"어서 가자. 마즈렉 녀석, 우리가 늦으면 그대로 버리고 갈걸."

"하하. 그건 그렇지."

케릭스는 웃으며 그 뒤를 따랐다.

어딘가 모르게 자신의 친구들과는 다르게 스스로가 조금은 세상의 자질구레한 일들에 관심도 없고, 또한 서투르다는 것을 잘 알고 있는 그였다.

다만 그는 고마울 뿐이다.

검 손질은 잘하지만 그는 아무리 배워도 세탁 일에는 조금도 익숙해지지 않았고, 검술에는 뛰어났지만 아무리 해도 요리에는 젬병이었다. 야채 하나 제대로 썰지 못했으니 말이다.

견습소에는 물론 요리사가 있지만 멀리까지 훈련을 나가게 되는 경우에까지 요리사들이 따라오지는 못한다.

그럴 때마다 그는 세샤크와 마즈렉의 도움을 받았다.

스스로가 부족한 인간임을 그는 잘 알고 있었다. 스스로가 부족한 인간임을 잘 깨닫고 있다면 세상 사는 것은 그렇게 힘들지 않다는 아버지의 말을 통감하고 있는 그였다.

그는 빙긋 웃으며 친구들의 뒤를 따랐다.

할 수만 있다면 이 친구들 모두와 함께 키세 나이트가, 어릴 때부터 꿈꾸어왔던 아버지와 같은 드래곤 나이트가 되었으면 좋겠다고 생각하며 말이다.

그는 이곳 드로니안에 들어오기 직전 만났던 아버지의 말을 떠올렸다.

"너에게 부담을 줄 생각은 없다. 기사가 되는 것은 너의 역량과 노력에 달린 것이지만 키세 나이트가 되는 것은 네 의지만으로 되는 일이 아니니 말이다. 하지만… 대대로 우리 틴들랜드 가는 수많은 키세 나이트를 배출해 내온 집안이다. 긍지를 잃지 마라. 그들은, 드래곤들은 계약자에게 굳은 의지를 요구한다. 강한 마음과 바람, 그것이 키세 나이트가 되는 유일한 길이다, 케릭스."

아버지의 말을 떠올린 케릭스는 속으로 쓴웃음을 지었다.

말은 그렇게 하셨지만 혹여 자신이 드래곤 나이트로서 선택받지 못한다면 불호령이라도 내리실 것이 뻔한 분이 바로 그의 아버지였기 때문이다.

앞뒤로 꽉 막힌 사람은 아니었지만 나이가 들수록 전통과 가문의 영광이라는 글자에 집착을 해가고 계신 것이다.

‘후우—’

하지만 아버지는 아버지, 자신은 자신이라고 그는 생각했다.

가문의 영광도, 전통도, 그리고 아버지의 바람 때문도 아니다.

키세 나이트가 되는 것은 어렸을 때부터 꿈꾸어왔던 일이다. 그리고 그 이상으로 자신의 드래곤을 만나 그의 계약자가 되는 것이 케릭스의 꿈이었다.

가장 원하던 한 가지.

그것을 이룰 수 있는 장소에 와 있는 그는 자신만만했고, 그리고 자랑스러웠다.

‘꼭 미루론 같은 드래곤을 만나고야 말겠어.’

“어이— 뭐 해? 느리잖아.”

“아아. 미안, 셰샤크. 잠깐 생각할 일이 있어서.”

“부지런히 오라고, 갈 길이 멀어. 성격도 급한 녀석이 어째서 그렇게 발걸음은 느린 거야.”

“미안하다니까.”

이미 멀찍이 앞서 가고 있는 친구들을 향해 그는 뛰어가기 시작했다.

드래곤을 찾기 위한 여행은 이제 시작되었고, 걱정할 것은 없었다.

그에겐 반드시 미루론과 같은 멋진 드래곤이 나타나 줄 것이라고 그는 믿어 의심치 않고 있었다.

*   *   *

인간과 계약하는 드래곤들의 성향은 통계적으로 볼 때, 그 계약자의 성격에 가장 많이 좌우된다고 한다.

물론 통계상의 수치일 따름이라 전적으로 그렇다라고는 말할 수는 없다.

단지 통계라는 것은 지금까지 있었던 사실을 기록한 것임으로 상당히 타당성이 있다는 점이 주목할 점이랄까?

틴들랜드 가문은 데라즈 왕국에서도 얼마 안 되는 명문 기사 집안이었다. 그것도 일반 기사가 아닌 키세 나이트를 대대로 배출한 집안.

그리고 틴들랜드 가의 키세 나이트들은 대부분 화룡, 즉 레드 드래곤들과 계약을 맺어왔다.

케릭스의 아버지 하이리안이 그랬고 그의 아버지도 마찬가지였다.

대를 거슬러 올라가 보면 드물게 화이트 드래곤들이 섞여 있지만 대부분이 레드 드래곤들.

게다가 틴들랜드 가의 키세 나이트와 계약한 드래곤들은 특별한 일이 없는 한 바로 다음 대, 혹은 그 다음 대에 태어난 틴들랜드 가의 후계자와 계약을 하곤 했다.

굳이 드래곤을 찾아 드로니안을 헤맬 필요가 없었던 기사들도 많았다.

하지만 케릭스의 대에서는 그의 아버지 하이리안의 드래곤이 일단 수명을 다해 노쇠해 죽었기 때문에 사정이 달랐다.

아직 건장한 그의 아버지는 일 년의 공백 기간 후에 새롭게 드로니안에서 또 다른 레드 드래곤과 계약을 맺어 현재 현역으로 활동 중이다.

아마도 하이리안 틴들랜드의 레드 드래곤 미리안은 현재 아직 11세에 불과한 그의 둘째 아들을 계약자로 선택하거나 혹은 하이리안의 손자를 계약자로 맞게 될 것이다.

여하튼, 이런 몇 가지 사실을 기초로 미루어 짐작해 볼 때 현직 키세 나이트를 아버지로 둔 케릭스는 레드 드래곤을 만나게 될 가망성이 높은 것이다.

"어이, 마즈렉. 너는 어떤 드래곤을 만날 것 같아?"

하루를 꼬박 드로니안을 헤맨 세 명의 초보 기사는 조그마한 둔덕에서 잠시 휴식을 취하고 있었다.

"글쎄?"

"나는 기왕이면 레드 드래곤이었으면 좋겠어."

"화룡을?"

"응."

마즈렉은 환하게 웃어 보이는 셰샤크를 보며 고개를 끄덕일 수밖에 없었다.

활달한 성격에 외향적인 타입의 그에겐 화룡이 잘 맞을 것 같다는 생각이 들었기 때문이다.

"뭐, 그렇다고 해서 다른 드래곤들이 싫다는 건 아니야. 단지 내게 신께서 선택권을 주신다면 기왕이면 레드 드래곤이었으면 하는 거지. 너는 어때?"

"글쎄? 나는 어떤 드래곤도 상관없어. 나와 마음이 통한다면 말이야."

"너다운 대답이구나."

세샤크는 그렇게 말하며 조금 떨어진 곳에서 고심하며 옷을 물에 몇 번씩 헹구고 있는 케릭스를 바라보았다.

아니나 다를까, 거침없이 숲을 헤매고 다니던 케릭스는 세샤크와 마즈레이 짐작대로 하루 만에 입고 있던 옷을 만신창이로 만들었던 것이다.

지금 그는 세샤크가 준비해 온 옷으로 갈아입고 자신의 옷에 묻은 흙먼지를 시냇물에 씻어내는 중이다.

일단 그들은 드로니안의 중심부에서 약간 서쪽으로 치우친 냇가에 자리를 잡았다.

무작정 무거운 짐을 들고 다닐 수도 없는 노릇이기에 일단은 임시 거처를 마련한 것이다.

"저 녀석한테는 어떤 드래곤이 맞을지 사실 잘 모르겠어. 안 그래, 마즈렉?"

"흐음."

생각해 보니 그것도 그랬다.

성격이 불같이 급한 듯하면서도 굉장히 냉철한 구석이 있어서 상황 판단에 빠르다. 하지만 그렇게 냉철한 주제에 묘한 데에서 마음이 약해 자주 곤란스러운 상황에 처하기도 하는 것이다.

카리스마는 있으나 그것이 어떤 부분에서 막혀 있는 듯한 느낌, 그래서인지 그를 의식하는 사람은 많지만 그에게 가깝게 다가가는 사람은 드물었다.

셰샤크나 마즈렉의 경우, 그의 유소년 시절부터 그들의 부모들 간에 교류가 있었기에 안면을 트고 있어 그나마 이 정도로 가깝게 지내고 있는 경우다.

마즈렉은 틴들랜드 가문에 뒤지지 않을 정도로 유명한 기사 집안이 었고, 셰샤크의 경우 대대로는 아니지만 종종 드래곤 나이트를 배출하고 있는 지방 귀족의 아들이었다.

"뭐, 두고 보면 알게 되겠지. 다른 사람은 모르겠지만 적어도 저 녀석은 꼭 키세 나이트가 될 것 같아."

"그렇긴 하지."

이유를 설명할 수는 없지만 셰샤크와 마즈렉 모두 그렇게 생각하고 있었다.

"슬슬 움직여 보자. 일단 이 부근에서 이틀 정도 머물면서 주위를 둘러보고 못 찾으면 또 다른 곳으로 옮기자."

"그래야지. 그러나저러나, 벌써 계약한 친구들은 없으려나?"

"글쎄?"

어제저녁 무렵 근처를 지나는 한 무리의 다른 동료들과 만났지만 아직 그들 중 단 한 명도 드래곤과 계약을 맺은 사람은 없었다.

"이렇게 찾아다녀도 잘 안 보이는 걸 보면, 과연 몇이나 이 숲에 살고 있을지……."

정확한 드래곤의 숫자를 아는 사람은 사실 없다.

그저 추정할 수 있을 뿐이다.

기록에 있는 드래곤들은 현재 100여 마리가 채 되지 않는다.

숙소에 있는 드래곤들의 보금자리에서 태어나는 헤츨링도 있지만 이렇게 숲에서 살고 있는 드래곤들이 얼마만큼의 새끼를 낳아 기르고 있는지는 알 길이 없기 때문이다.

기록상에 있는 대로라면 현재 드래곤 나이트의 죽음, 또는 노쇠로 계약을 마치고 숲에 돌아온 '경력' 이 있는 드래곤은 대략 20여 마리.

'비경력' 의 초보 드래곤은 파악할 수 없으니 일단은 20여 마리 이상으로밖에는 예측할 수가 없다.

올해는 키세 나이트의 지원자가 많아 40여 명이나 된다.

그들 중 몇이나 드래곤을 찾아 돌아가게 될지…….

세샤크도 마즈렉도 부디 자신의 드래곤을 찾게 되길 간절히 바라고 있었다.

"으음."

차가운 시냇물에 몇 번이나 바지를 넣고 흔들었지만 진흙물은 아무래도 잘 지워지지 않는다.

케릭스는 이맛살을 찌푸리며 다시 시냇물에 바지를 던져 넣었다.

"역시 저택으로 돌아가 세탁하는 방법이나 배워야 하는 걸까?"

기사가 되기 위한 조건에 세탁법의 마스터가 과연 들어가는 건지 아닌지 알 길은 없지만 여하튼 불편한 것은 사실이다.

몇 번이나 동료들이 하는 것을 보고 따라해 보았지만 결과는 마찬가지.

어릴 때부터 깨끗한 차림을 하도록 교육받았기에 깔끔한 차림을 좋아하긴 하지만 역시 세탁에는 재주가 없다.

"손재주가 있는 건지 없는 건지……."

검술에는 자신이 있지만 그 외의 부분에서는 영 자신이 없다.

"뭐, 어떻게 되겠지."

그렇게 중얼거리는 동안 몇 번이나 더 바지를 시냇물에 넣고 흔들어 대던 케릭스는 포기를 하기로 했다.

안 되는 것을 언제까지나 붙들고 있는 것도 바보 같다고 생각하기 때문이다.

주르르륵— 물이 흘러내리는 바지를 들어 올리고 그는 적당히 바지 널 곳을 찾았다.

그때였다.

"……어?"

휘이익— 하고 머리 사이로 바람이 스치고 지나갔다.

그 바람에 섞여 있는 미묘한 어떤 기운.

그것을 케릭스는 알아챌 수 있었다.

"마즈렉!! 셰샤크!! 드래곤이다!!"

들고 있던 바지를 내동댕이치고 그는 친구들을 불렀다.

"뭐?"

"어디?"

앉아서 짐을 바위 사이에 잘 정리하던 그들은 케릭스의 목소리를 듣 자마자 그를 향해 뛰어왔다.

"잘은 모르겠지만 가까운 곳에 있어."

"그런 것을 어떻게 알 수 있는 거야?"

"나도 잘 모르니까 물어보지 마. 가자!!"

케릭스가 제일 먼저 옆에 내려놓았던 검을 챙겨 들고 훌쩍 시냇물에 발을 디뎠다.

차가운 시냇물이 발을 적셨지만 그런 것은 상관없었다.

드래곤이 가까운 곳에 있는 것이다.

얼굴을 스치는 나뭇가지들을 검으로 쳐내며 그들은 한동안 숲으로 파고들었다.

바람을 따라 전해오는 기묘한 기운을 케릭스는 계속 따라갔고 그 뒤를 세샤크와 마즈렉은 아무 말 없이 따라갔다.

케릭스는 자신이 어떻게 드래곤의 기운을 느끼는 것인지 궁금했지만 지금은 상관없었다. 계속 바래오던 드래곤이 근처 어딘가에 있는 것이 틀림없었기 때문이다.

"케릭스, 앞을 조심해!!"

"우앗—!!"

아무 생각 없이 그저 앞으로 앞으로 향해 갔던 탓이리라.

케릭스의 발에 밟힌 돌 조각 하나가 언덕 아래로 굴러 떨어졌다.

그들은 그리 높지는 않지만 그래도 떨어지면 중상을 입을 것임에 틀림이 없을 정도의 언덕 위에 서 있었다.

그리고 그 건너편에 그들이 찾던 드래곤이 있었다.

"……."

"……."

"……."

그들은 잠시 말을 잃었다.

드래곤을 보는 것은 모두들 처음이 아니건만, 계약자가 없는 드래곤을 만난 경험은 처음이었다.

그 드래곤은 햇빛 아래 강렬하게 자신을 드러내고 있었다.

햇살에 비치는 빛은 눈이 부신 흰색.

"화이트 드래곤이다……."

누군가의 입에서 목소리가 흘러나왔다.

그 소리를 들었는지 건너편에 앉아 있던 드래곤이 천천히 그들을 향해 얼굴을 돌렸다.

척 봐도 이미 200살은 넘어 보이는 드래곤이었다.

드래곤은 그 크기에 따라서 그 나이를 짐작할 수 있다.

모두들 드래곤들을 보아왔기에 그 정도는 쉽게 짐작할 수 있었다.

"성년이 된 드래곤이야."

"혹시, 이미 계약을 했던 드래곤은 아닐까?"

그들이 서 있는 곳으로 고개를 돌린 드래곤은 잠시 동안 그들을 물끄러미 쳐다보았다.

그들 중 어느 누구도 사실 드래곤과 어떻게 계약을 해야 하는지 알고 있는 자는 없었다. 드래곤과 계약하는 법은 아무도 가르쳐 주지 않는다.

단지 선배들은 이렇게 말한다.

만나면 알게 될 것이라고.

그들을 잠시 바라보던 드래곤은 한 번 눈을 깜박이더니 접고 있던 날개를 폈다.

언덕에 있기에 움직일 수도 없는 그들은 과연 그 드래곤이 어떻게 할지를 초조한 마음으로 바라보고 있었다.

날개를 잠시 퍼덕이던 화이트 드래곤은 다음 순간 둥실 그 자리에서 떠올랐다.

날개를 퍼덕일 때마다 바람이 그들에게 전해져 왔다.

휘오오오오— 하고 언덕과 언덕 사이로 바람이 불었다.

그 바람을 타고 화이트 드래곤은 그들 쪽으로 날아오기 시작했다.

"……!!"

그 자리에 얼어붙듯이 서 있던 케릭스는 순간 자신도 모르게 그 화이트 드래곤을 향해 손을 내밀었다.

그런 그의 행동을 인식했는지 아닌지는 알 수 없지만 순백으로 빛나는 비늘을 가진 화이트 드래곤은 천천히, 아주 가끔 날갯짓을 하며 그들의 앞에 멈추었다.

긴 목을 쭈욱 빼고 화이트 드래곤은 그들의 가까이로 얼굴을 들이밀었다. 케릭스의 내민 손 가까이에.

그들은 숨을 죽였다.

순간 케릭스의 손끝에 차가운 화이트 드래곤의 코가 닿았다.

"우웃—"

움찔, 하며 케릭스는 손가락을 접었다.

닿은 순간 느껴진 이루 형언할 수 없는 미묘한 감촉 때문이었다.

그리고 케릭스는 깨달았다, 이 드래곤은 자신의 드래곤이 되지는 않을 것이라는 것을.

이유는 알 수 없었다.

분명 화이트 드래곤은 제일 먼저 그를 바라보았고, 그리고 그의 손에 닿았다.

하지만 그는 아니라는 것을 케릭스는 느끼고 있었다.

이 화이트 드래곤은 자신을 선택할지도 모르지만 자신은 그를 선택할 수 없다는 사실을 말이다.

케릭스는 천천히 손을 거두어들였다.

“내가 아니야. 너희들이 해봐.”

한 걸음 그는 뒤로 물러섰다.

케릭스가 왜 그러는지 알 길이 없는 둘은 어리둥절한 표정을 잠시 해 보였다.

화이트 드래곤은 아직도 그들의 앞에 머물러 있었고 기회라는 것이 그들의 앞에 있었다.

“마즈렉, 네가 해봐.”

셰샤크가 마즈렉에게 말했다.

“응?”

“나는 레드 드래곤을 찾고 싶거든.”

씨익— 하고 그가 웃었다.

외모에서부터 서늘함이 느껴지는 냉철한 그가 자신보다는 저 화이트 드래곤과 잘 맞을 것 같다는 생각이 들었던 것이다.

그런 셰샤크의 마음을 알겠다는 듯이 마즈렉이 한 걸음 앞으로 나섰다.

날개를 가끔 퍼덕이며 그 자리에 머물러 있던 드래곤이 순간 고개를 갸웃하는 듯이 보였다.

앞으로 나선 마즈렉은 조심스럽게 손을 들었다.

어떻게 해야 하는지 알 수는 없었지만 왠지 그래야 할 것 같았다.

아니, 그보다는 저 화이트 드래곤과 계약을 맺지 못하게 되더라도, 그에게 한 번 닿아보고 싶은 감정 때문이었다.

“…차가워.”

그가 내민 손에 화이트 드래곤은 케릭스에게와 마찬가지로 살짝 코를 대었다.

"하지만, 뭔가……."

무엇인가 말을 하려던 마즈렉이 순간 그 자리에서 바람과 함께 둥실 떠올랐다.

"우아앗―!!"

허공에 뜬 마즈렉이 비명 아닌 비명을 질러대는 순간이었다.

휘이익― 하고 그의 몸이 화이트 드래곤과 함께 조금 높이 솟아올랐다.

햇살에 눈이 부셨다.

당황은 잠시, 마즈렉은 자신도 모르게 그 화이트 드래곤에게 말을 걸고 있었다.

"나를 선택해 주겠어?"

마치 지나가던 아이에게 말을 걸 듯, 그는 화이트 드래곤에게 말하고 있었다.

갸웃― 하고 잠시 화이트 드래곤이 고개를 기우뚱한다.

화이트 드래곤은 잠시 마즈렉의 뒤로 시선을 돌렸다.

시선이 케릭스와 마주쳤지만 케릭스는 눈을 돌려 버렸다.

'저 녀석은 아니야.'

왠지 그가 자신을 자꾸만 바라보고 있다는 것은 알고 있었지만 케릭스는 외면해 버렸다.

저 화이트 드래곤은 아니라고 스스로에게 자꾸만 암시를 걸며 말이다.

케릭스가 고개를 돌려 버리자 화이트 드래곤은 포기를 한 듯 마즈렉에게 시선을 맞추었다.

그리고 그가 내민 손에 스윽― 코를 대었다가 좀 더 앞으로 다가가 이마를 그의 손에 대었다.

순간, 마즈렉의 머리에 무슨 소리가 들려왔다.

「나의 이름은 라웬.」

손끝에 닿았던 코는 차가웠지만 차가움과 동시에 묘한 포근함 같은 것을 그는 느낄 수 있었다.

그리고 들려온 것은 그 화이트 드래곤의 이름.

계약자에게만 들려주는 드래곤의 소리없는 목소리가 그의 머리 속에 파고들고 있었다.

"라웬."

마즈렉은 미소를 짓고 있었다.

「인간이여, 그대의 이름은 무엇인가?」

"내 이름은 마즈렉, 마즈렉 카리안이다, 라웬."

차가운 그의 인상은 어느새 180도 달라져 있었다.

「나와 유형의 시간을 함께하겠는가? 나의 불안전한 유형의 시간에 그대는 함께할 자격이 있다, 마즈렉 카리안.」

차갑지만 포근한 드래곤의 감촉.

그 감촉이 이 화이트 드래곤이 자신의 것이라는 확신을 그에게 주고 있었다.

그는 망설이지 않고 대답했다.

"물론―!"

계약을 어떻게 하는지도 몰랐던 그였지만 대답하는 순간 그는 깨달았다.

계약은 무형의 언어로 된 어떤 것이었다.

그것은 마음의 일치로 만들어지는 것.

마즈렉의 대답과 동시에 그의 손과 닿아 있던 드래곤의 머리에서 동시에 새하얀 빛 같은 바람이 뿜어져 나왔다.

사방으로 퍼져 나가는 바람은 계약의 성립을 알리는 바람 아닌 바람이었다.

"좋은 생각이 났는데 말이야."

조금 전 화이트 드래곤 라웬과 계약을 한 마즈렉은 훨씬 여유로운 표정을 하고 있었다.

"무슨?"

"우리보다는 드래곤이 드래곤을 찾기가 쉬울 것 같아서 말이야. 그렇지, 라웬?"

시냇가에 잠시 식사를 하기 위에 앉은 세 사람의 뒤에 조용히 앉아 있는 라웬에게 마즈렉이 물었다.

다른 이에게는 들리지 않는 라웬의 대답이 마즈렉에게 들려왔다.

"헤츨링이 붙어 있는 드래곤이 아니라면 접근이 가능하다는데. 역시 있으니까 좋구나."

만족스러운 표정의 마즈렉을 보며 두 사람은 웃었다.

"어쭈. 여유란 말이지."

"뭐……."

평소 거의 표정을 무너뜨리지 않았던 마즈렉이기에 지금의 마즈렉 표정은 진기한 것이었다.

놀리기는 했지만 케릭스와 셰샤크 모두 그에게 진심으로 축하를 해주었다.

관례대로라면 계약하는 즉시 수도로 돌아가게 되어 있지만 그는 친구들의 계약을 위해 좀 더 남아 있겠다고 말했고, 실제적으로 도움을 주려 하고 있었다.

"너희들도 곧 알게 되겠지만 상당히 신선한 감각이야. 완전하게 감각을 공유하는 것은 아니지만 라웬이 느끼는 게 미세하게 느껴져."

턱을 괴고 마즈렉은 이야기를 했다.

"공간적인 감각은 아니고, 저 녀석의 감정이랄까?"

그는 라웬을 가리키며 말했다.

"그래서 말이지, 케릭스."

"응?"

갑자기 자신을 부르자 케릭스가 의아한 표정을 지었다.

"네게 갑자기 질투가 생겨."

"왜 내게……."

"라웬은 처음에 널 보고 다가왔다고 하더군."

"에……?"

"설명은 없음."

타악— 하고 그가 케릭스의 어깨를 두드렸다.

"잘해봐."

"무, 무슨 소리야, 마즈렉."

"뭐, 그렇다는 소리. 이제 출발하자. 멀지 않은 곳에 세샤크가 바라마지않는 레드 드래곤이 있다고 해. 그것도 이미 계약을 했었던 '경력' 자가."

"헤에— 그거 좋은데."

이미 계약을 했었던 드래곤이라면 더 더욱 환영이다.

인간과 함께 생활해 본 드래곤이기에 훨씬 더 계약을 맺는 데 수월

할지도 모른다.

사실 뭔가 모험이라도 해야 하는 것이 아닌가 생각했던 세샤크는 마즈렉이 패나 수월하게 화이트 드래곤과 계약을 맺는 것을 보고 김이 좀 빠지기는 했지만 그렇다고 해서 의욕이 사라진 것은 아니었다.

오히려 어서 한시라도 빨리 드래곤을 찾아 계약을 하고 싶은 마음이 굴뚝같아졌다.

"어서 가자."

"어이, 세샤크."

"응?"

마즈렉이 막 일어서려는 세샤크를 붙들었다.

"괜찮다면 라웬의 등에 같이 타고 갈래? 라웬은 괜찮다는데. 시간 절약을 하는 것도 좋잖아."

"아니, 고맙지만 사양하겠어. 내 드래곤인걸. 적어도 내 발로 걸어가서 만나야지. 안 그래, 케릭스?"

"하하하. 물론. 동감이야."

아직 계약의 드래곤을 찾지 못한 두 사람은 서로 동감을 표하며 웃었다.

시간은 많고 찾을 곳도 많았다.

조급해할 필요는 없다고 두 사람은 생각했다.

새로운 드래곤을 찾는 데는 그리 시간이 걸리지 않았다.

이미 마즈렉의 드래곤이 된 라웬이 그들을 위해 아직 계약자를 가지지 않은 드래곤을 찾아주었기 때문이다.

그들이 만난 두 번째의 드래곤은 세샤크가 바라 마지않던 레드 드래래곤.

그는 멀찍이 마즈렉과 먼저 레드 드래곤을 만나라며 양보를 해준 케릭스를 남기고 홀로 레드 드래곤을 만나러 갔다.

그리고 무슨 일이 있었는지는 모르겠지만 세샤크는 턱과 팔다리에 든 퍼런 멍과 함께 돌아왔다.

물론 그의 드래곤이 된 레드 드래곤 리리너스와 함께 말이다.

무슨 일이 있었는지 물어봐도 그는 영광의 상처라 운운하며 대답을 하지 않았다.

계약자가 아닌 이에게 리리너스가 말을 할 리도 없기 때문에 어째서 여기저기 멍이 들었는지 다른 두 사람은 알 길이 없었다.

사실 마즈렉이 라웬을 통해 물어보면 굳이 알아내지 못할 것도 없었지만 그는 그러지 않았다. 묻지 않아도 대충 짐작이 갔기 때문이다.

멀지 않은 곳에 레드 드래곤이 있다는 말을 듣자마자 세샤크는 뒤도 돌아보지 않고 마구, 길도 살피지 않고 뛰어갔기 때문이다.

틀림없이 어디선가 덤벙거리다가 데굴데굴 굴렀거나, 아니면 미친 듯이 뛰어가다 리리너스에게 터엉— 하고 부딪쳤을 가망성도 있다.

다만 연신 히죽거리는 세샤크의 얼굴을 봐서는 멍이 든 것 정도는 아무렇지도 않아 보였기에 두 사람 모두 입꼬리에 미소를 달며 그냥 그의 상처를 묵인해 주었다.

"후우— 벌써 어두워지는군."

"산속에서의 밤은 일찍 오는 법이니까. 게다가 계절도 그렇고."

세샤크가 대답을 하며 주위를 살폈다.

"어이. 오늘은 이 정도로 하고 좀 쉬는 게 어떨까, 마즈렉?"

"좋지. 이봐, 케릭스. 두리번거리지 말고 앉아라."

"아……."

주위를 살피던 케릭스는 두 사람이 자신을 바라보고 있다는 것을 발견하고 머리를 긁적이며 그 둘에게로 돌아왔다.

그는 털썩— 하고 친구들 옆에 주저앉더니 잠시 생각에 잠기는 듯했다.

무엇을 생각하는지 입을 꾹 다물고 심각한 표정을 짓고 있던 케릭스는 결심을 했다는 듯이 친구들을 향해 말했다.

"저어… 생각해 봤는데. 사실 관례대로라면 너희 둘 모두 돌아가야 하잖아. 나는 괜찮으니까 둘 모두 돌아가는 게 어때? 나야 뭐, 혼자서도 큰 문제 없으니까."

케릭스의 말에 이미 드래곤과 계약을 맺은 두 사람은 서로의 얼굴을 멀뚱하게 쳐다보았다. 그것은 말도 안 되는 이야기였다.

"케릭스, 너 혼자 두고 갈 수는 없어. 이미 어두워졌는데 혼자 있는 것은 아무래도 위험해. 아무리 이곳이 드래곤의 숲이라 험한 들짐승이 별로 없다고 해도, 그래도 혼자서 밤을 새는 것은 좋지 않다고 본다."

"세샤크의 말이 맞아."

"그렇지만……."

"교관님께야 적당히 둘러대면 그만이잖아. 어차피 기록상의 문제일 뿐이지 누가 먼저 도착하고 누가 나중에 도착하고 따위 별것 아닌걸."

"세샤크."

"그러니까 케릭스, 쓸데없는 소리는 나중에 하고 잠이나 자라."

"그래, 케릭스. 불침번은 나와 세샤크가 돌아가며 서도 되는걸. 내일 제일 많이 피곤할 건 너라고 생각해.”

“…….”

이미 키세 나이트가 되어 있는 두 친구를 보며 케릭스는 쑥스러운 듯 웃어 보였다.

두 사람의 여유로운 표정을 보며 아주 조금은, 아주 약간은 자신이 먼저 계약을 했었으면 하고 후회를 하기도 했지만 그 둘의 편안한 표정을 보니 그런 마음은 순식간에 사라져 버렸다.

사람에게는 각각 주어지는 것이 다른 법이다.

오늘의 두 드래곤은 그들과 운명이 닿아 있었고 자신에겐 그렇지 않았을 뿐이다.

설사 시간이 지나도 그가 드래곤을 찾아내 계약을 성공시키지 못한다 해도 후회 같은 것은 하지 않겠다고 그는 다짐했다.

“그래, 고맙다. 셰샤크, 마즈렉.”

툭툭— 하고 마즈렉이 케릭스의 어깨를 두들겨 주고 셰샤크는 주위의 나뭇가지들을 모아 불을 피우기 시작했다.

계약의 드래곤을 찾기 위해 드로니안에 들어온 이틀 밤째를 그들은 그렇게 옹기종기 모여 지새우고 있었다.

“후우. 여긴 생각보다 험하군. 북쪽으로 가면 갈수록 그런 것 같은데, 어쩔까? 방향을 좀 틀어볼까?”

다음날 아침 일찍부터 산행을 시작한 세 사람은 주위에는 드래곤이 없다는 라웬과 리리너스의 말에 따라 좀 더 북쪽으로 방향을 바꾸어 나가고 있었다.

“하지만…….”

"라웬의 말로는 북쪽엔 헤츨링들을 데리고 있는 어미 용들이 있을 가망성이 많다고 해. 성년이 된 용들은 대부분 남하해서 근처에서 살고 있다는데."

"그럼 아예 동쪽으로 갈 걸 그랬나. 괜스레 북쪽으로 왔잖아."

세샤크가 투덜댔다.

"그런 건 좀 미리 말하지."

"하하하. 뭐, 물어보기 전에 말하는 녀석은 아닌 것 같아, 라웬은."

마즈렉이 미안하다는 듯 말하며 라웬을 돌아다보았다.

케리스는 잠시 고민을 하다가 결정을 내렸다.

"굳이 남하할 필요는 없고 이쪽에서 동쪽으로 조금만 방향을 틀어보자. 라웬의 말대로라면 이 부근에도 충분히 드래곤들이 있을 수 있는걸."

그렇게 말하며 그는 먼저 발걸음을 옮겼다.

그런 그에게 세샤크가 어제부터 궁금했던 질문을 그에게 던졌다.

"그러고 보니 케릭스, 나는 네가 어떤 드래곤을 원하는지 들어본 적이 없어."

"……."

"틴들랜드 가의 드래곤이 대대로 레드 드래곤이라는 소리는 들었는데 말이야."

"뭐… 레드 드래곤도 좋아. 아버님의 미루론도 레드 드래곤이었으니까. 단지 나는……."

"단지?"

"하하하. 들으면 웃을걸?"

"웃기는 왜 웃어?"

"웃을 만하면 웃고 아니면 안 웃을 테니 말해 봐."

마즈렉은 셰샤크와 달리 딱 잘라 말했다.

"그 뭐랄까? 레드 드래곤도 좋지만 어릴 때 하도 키세리언의 전기를 많이 읽어서인지 다크 드래곤을 만나면 좋겠다는 생각을 했었거든. 현실적으로 불가능하다는 것은 알고 있지만 말이야."

케릭스는 쑥스러운 듯 고개를 숙였다.

이제 곧 웃음소리가 마구 터져 나올 것을 기다리며 말이다.

처음 아버지에게 이 말을 했을 때 아버지는 세상에서 그렇게 웃기는 소리는 처음 듣는다며 마구 웃어댔었다.

그도 그럴 것이 데라즈의 초대 왕인 데라즈 키세리언의 다크 드래곤에 대한 이야기는 널리 알려져 있지만 실질적으로 다크 드래곤과 계약을 맺은 키세 나이트는 단 한 명도 없었기 때문이다.

다크 드래곤은 고대 왕국 시절의 전설에나 등장했던 존재로밖에는 인식되고 있지 않은 것이다.

"……다크 드래곤?"

"에. 에헤― 그렇군."

"어. 안 웃어? 내가 이 소리를 할 때마다 아버님은 웃으셨는데."

"이전이라면 웃었겠지만……."

셰샤크는 그렇게 말하며 마즈렉을 돌아보았다.

마즈렉도 고개를 끄덕이며 셰샤크의 말에 동감을 표했다.

"이전이라면 그랬겠지만 왠지 지금 들으니 웃을 생각이 안 들어. 오히려 납득이 간달까."

"에?"

"보통은 성격들을 보면 대충 어떤 드래곤이 어울릴지 짐작들이 가잖

아. 너는 레드 드래곤이라고 생각은 했지만 조금 뭔가 다른 점이 있었
지. 하지만……."

하지만이라는 단어에 케릭스는 고개를 끄덕였다.

"현실적으로 불가능하다는 것은 알아. 뭐, 나도 셰샤크 너처럼 레드
드래곤이면 만족해. 미루론도 레드 드래곤이었고."

씨익— 하고 케릭스는 웃었다.

"그럼 내가 미안해지잖아. 리리너스를 양보해 준 건 너니까."

"상관없어. 레드 드래곤이 리리너스 하나뿐이지는 않잖아? 아 그래,
리리너스?"

대답할 리는 없지만 케릭스는 리리너스를 향해 윙크해 보이며 발걸
음을 움직였다.

그리고 셰샤크와 마즈렉도 고개를 끄덕이며 그 뒤를 따랐다.

하지만 모두들 앞장서 가는 사이에 리리너스가 살짝, 케릭스를 향해
고개를 조금 숙여 보인 것은 아무도 눈치 채지 못했다.

"흐음. 있을 만도 한데 없네. 리리너스, 주위에 레드 드래곤의 기미
는 없어?"

없다는 대답이 셰샤크의 머리 속에 들려온다.

"주위에는 없는 모양이다. 혹시 이거 다른 친구들이 모두 싹 쓸어간
거 아니야?"

품위없는 표현에 마즈렉이 눈살을 찌푸렸다.

"싹 쓸어가다니. 표현이 왜 그 모양이야."

"답답하니까 그렇지. 벌써 이틀째라고."

이마에서 흐르는 땀을 닦아내며 셰샤크는 투덜거렸다.

세샤크가 리리너스와 계약을 한 후 벌써 이틀째.

빠른 동료들은 한둘씩 이미 돌아갔을 시간이다. 물론 알 길은 없지만 말이다.

시간이 지나면 지날수록 케릭스가 조금씩이나마 더 초초해하는 것을 두 사람은 잘 느낄 수 있었다.

중간에 화이트 드래곤의 기운을 한 번 느끼긴 했지만 케릭스는 레드 드래곤을 찾겠다고 하며 마다했다.

기왕 마음을 먹었으니 그 정도만큼은 고집을 피워도 된다고 생각했던 탓도 있었다.

드래곤과 성격이 맞지 않는 경우, 드물지만 사고가 일어날 수 있다는 것을 모두들 잘 알고 있기에 케릭스가 고집을 피우는 것을 아무도 말리지는 않았다.

"시간이 안 흐르는 듯하면서도 물같이 흐르는 것 같다."

등에 지고 있던 묵직했던 짐이 시간의 흐름을 몸으로 체험할 수 있게 해준다.

시간이 흐르면 흐를수록 식료품이 든 짐이 점점 가벼워져 가기 때문이다.

"그런 것 같군. 벌써 어두워지기 시작했으니. 오늘은 그만 하고 노숙할 곳이나 찾아보자. 서두른다고 해서 될 일은 아니잖아."

"그건 그렇지만."

케릭스가 짧게 혀를 내찼다.

'고민되는군.'

솔직히 말해서 마음은 초조하지만 아직 그는 체력에 문제가 없었다.

그렇게 훈련을 받아왔고, 스스로도 체력적인 면에서는 누구에게도 뒤지지 않도록 노력했다. 물론 세샤크나 마즈렉도 마찬가지이긴 하다.

하지만 이미 목적을 달성한 두 친구가 자신 때문에 계속 뒤를 따라다니고 있기 때문에 미안한 마음이 자꾸만, 시간이 지날수록 커지고 있는 것이다.

돌아가라고 해보아야 헛소리하지 말라고 핀잔을 들을 것이 뻔하기에 말도 못 꺼내고 있다.

'후우— 생각보다 어려워.'

어릴 때부터 면식이 있어왔던 사이긴 하지만 이렇게 친하게 지내게 된 것은 훈련소에 들어와서이다.

사람을 대하는 것이 왠지 조금 어렵게 생각되는 케릭스에겐 이런 두 사람의 우정이 오히려 마음을 초조하게 만드는 원인이 되고 있었다.

"근처 멀지 않은 곳에 샘이 있다고 하니까 그곳에서 하루 묵자. 그리고 내일은 새벽부터 움직이면 되니까."

"그렇게 하자고, 케릭스."

터억— 하고 세샤크가 케릭스의 어깨에 팔을 얹어왔다.

"…그래."

케릭스가 대답을 하자 세샤크는 등 뒤에 있는 마즈렉에게 시선을 보냈다.

마즈렉은 잘했다는 듯 고개를 끄덕였다.

"어느 쪽이지?"

일단 결심을 하면 케릭스는 망설임이 없다.

"왼쪽으로 내려가면 된다는데?"

라웬이 가르쳐 준 대로 마즈렉은 방향을 지시했다.

"물소리가 들린다."

멀지 않은 곳이라고 했지만 알고 보니 그것은 드래곤에게 있어서였던 모양이다.

인간의 걸음걸이, 그것도 길도 없는 산등성을 타고 내려가 그들이 목적지로 하던 곳에 도착하는 데는 꼬박 한 시간이 넘게 걸렸다.

"그렇군. 샘이 아니라 시내가 아닐까?"

"샘이 맞는다는데. 좀 큰 샘이라 작은 물줄기가 그곳에서부터 시작될 뿐이라는군."

이미 드래곤들의 감각에 조금씩 익숙해져 가고 있는 마즈렉은 쓴웃음을 지으며 대답을 했다.

물론 라웬의 대답은 약간 달랐지만 여하튼 그것을 인간적인 감각으로 설명을 한 것이다.

"그게 그거지."

케릭스는 바위 하나를 넘어가며 말했다.

그리고 막 땅에 발을 디디는데 그의 귀에 이상한 소리가 들려왔다.

"…어?"

희미하게 들려오는 물소리에 묘한 잡음 같은 것이 섞여 있었다.

그는 뒤를 따라오던 동료들에게 멈추라는 손짓을 하고 소리가 들려오는 곳으로 귀를 기울였다.

그는 좀 더 집중하기 위해 눈을 감았다.

눈을 통해 들어오던 정보가 사라지자 온몸의 신경이 모두 귀로 쏠려갔다.

들려오는 것은 자신의 숨소리와 동료들의 숨소리. 그리고 두 마리의 거대한 드래곤의 기척.

순간 그는 물소리에 섞여 있는 그 묘한 소리의 정체를, 아니, 정확하게 하자면 기운을 느낄 수 있었다.

너무 가까이에 드래곤들이 있었기에 쉽게 느껴지지 않던 또 다른 드래곤의 기운이었다.

좀 이상한 점이라면 아무리 옆에 드래곤들이 있다고 해도 멀리서 오는 드래곤의 기운이 이상하리만치 작게 느껴진다는 것이었다.

'뭔가 이상해.'

스스로도 어째서 자신이 드래곤의 기운을 이렇게나 느낄 수 있는 것인지 알 수 없었지만 그보다는 지금 귀를 통해, 그리고 온몸의 감각을 통해 느껴지는 드래곤의 기운 쪽에 더 궁금증이 일었다.

"물가에 드래곤이 있는 것 같다. 세샤크. 마즈렉."

"뭐? 그걸 어떻게 아는 거야? 이봐, 리리너스. 왜 말을 안 했지?"

세샤크가 자신의 드래곤에게 물었지만 이상하게 리리너스는 대답을 해오지 않았다.

"처음부터 이상했는데 어째서 그런 걸 느낄 수 있는 거야? 우린 계약을 하고 나서도 모르겠는 것을."

"나도 잘 모르겠어. 그냥 단지 들려온다고 해야 하나, 느껴진다고 해야 하나."

케릭스는 발걸음을 서두르며 대답했다.

"흐웅."

"혹시 그런 것은 아닐까? 케릭스는 어릴 때부터 틴들랜드 경의 드래곤을 가까이에서 대해왔으니까. 모르는 사이에 그런 감각 같은 것을 익힌 것인지도.”

어릴 때부터 미루론과 가까이 지내왔다는 것을 케릭스로부터 들어 잘 알고 있는 마즈렉이 자신의 의견을 말했다.

그것을 듣자 케릭스도 어쩌면 그럴지도 모른다는 생각이 들었다.

“그럴 수도 있는 걸까?”

“그럴지도 몰라. 틴들랜드 경과 달리 우리 아버님께선 거의 수도성 내에 계셨기 때문에 나는 조금 나이가 들어 아버님을 만나러 장미관에 가기 전엔 아버님의 드래곤을 곁에서 볼 기회가 없었으니까. 너는 거의 매일같이 만났다고 했으니 가능성이 없는 것은 아니라는 게 내 생각이야.”

“마즈렉, 네 말이 맞는지 아닌지는 나중에 생각하자. 일단은…….”

“그래.”

마즈렉의 추측이 맞는 것인지 아닌지는 아무도 알 수가 없다. 그것보다 지금 중요한 것은 그들 일행이 야영을 하기 위해 찾아가던 곳에 드래곤이 있다는 점이다.

드래곤의 기운을 직접적으로 느낀 케릭스의 발걸음은 점점 빨라지고 있었다.

그는 이제 거의 달리듯 산등성을 내려가고 있었다.

제일 먼저 그 드래곤을 발견한 것은 케릭스가 아니었다.

그들의 움직임에 따라 천천히 하늘에서 맴돌던 두 마리의 드래곤이 무슨 이유에서인지 갑자기 강하를 시작했던 것이다.

“뭔가 이상한 것 같다, 케릭스.”

“……?”

"앞을 봐."

자그마한 언덕 위에까지 도착하자 마즈렉은 손으로 어둑어둑해 잘 보이지 않는 어떤 부근을 가리켰다.

그 손을 따라 시선을 돌리던 케릭스는 순간 짧은 신음 소리를 내었다.

"아—"

이미 해가 넘어간 숲은 어둠에 감싸여 있었다.

하지만 그렇게 어두운 가운데에서도 검붉은 비늘을 가진 리리너스와 막 떠오른 새하얀 달빛을 받아 하얗게 반짝이는 라웬이 모습은 선명하게 그들의 눈에 비주어지고 있었다.

그리고 붉은색과 흰색의 드래곤 사이에서 금방이라도 어둠 속에 삼켜질 것 같은 검푸른 작은 드래곤 한 마리가 희미한 울음소리를 내며 웅크리고 있는 것이 보였다.

"어떻게 된 거지?"

"저건 블루 드래곤이다."

원래는 좀 더 푸른빛으로 빛나야 하는 블루 드래곤의 비늘이건만, 그것이 시커멓게 물든 듯 보이는 것은 단지 주위가 어둡기 때문만은 아닌 것 같았다.

"일단 가까이 가보자, 케릭스."

"케릭스?"

세샤크가 케릭스를 재촉했지만 이상하게 케릭스는 그 자리에 서서 움직이지 않았다.

'저건…….'

케릭스의 귀에는 세샤크와 마즈렉의 목소리가 이미 들리지 않고 있었다.

그의 모든 지각은 리리너스와 라웬의 사이에 웅크리고 있는 푸른빛의 드래곤에 쏠려 있었다.

얼굴이 자신도 모르게 일그러진다.

‘어째서…….’

주위의 어둠에 녹아버릴 듯 어두워져 있는 빛깔.

그것은 머리 속 어딘가에 깊이 박혀 있는 그가 가지고 있는 가장 아픈 기억 속에 존재하는 그 빛깔이었다.

‘미루론…….’

잊어버리고 싶어도 결코 잊어버리지 못했던 아픈 기억.

"케릭스!! 위험해!!"

그리 높지는 않다고 해도 한걸음에 뛰어내리기엔 높은 언덕에서 케릭스는 그대로 뛰어내렸다.

뒤에서 그를 부르는 소리 같은 것은 들리지 않았다.

눈에 보이는 것은 오로지 시시각각 점점 더 어두워져 가는 하늘과 그 하늘과 똑같이 점점 더 어두워져 가는 블루 드래곤의 검푸른 빛.

케릭스는 미친 듯이 그 블루 드래곤에게로 뛰어갔다.

끼이이ㅡ

벌어진 입에서 신음 소리 같은 것이 흘러나오고 있었다.

커다란 두 마리의 드래곤 쪽으로 얼굴을 돌리며 그 작은 블루 드래곤은 그들이 마치 자신의 어미라고 착각이라도 하는지 어리광 아닌 어리광을 피우고 있었다.

하지만 케릭스의 눈에 그것은 어리광이라고 보기엔 힘든, 고통을 호소하는 몸짓 같았다.

"허억 허억—"

순간 지나치게 힘을 내어 달려온 탓인지 케릭스의 폐는 고통을 호소하고 있었다.

거칠게 숨을 내쉬며 그는 블루 드래곤을 살펴보았다.

작은 시내에 간신히 잠겨 있는 날개의 한쪽 끝.

그곳에서 흘러나오는 붉은색의 피가 졸졸 흐르는 물줄기를 따라 흩어지고 있었다.

"날개를 다친 건가?"

케릭스가 좀 더 자세히 보기 위해 가까이 다가가자 어리광을 피우고 있던 블루 드래곤이 갑자기 위협하는 소리를 내질렀다.

크르르—

"아니, 괜찮아. 널 다치게 하려는 게 아니라 잠시 그냥 살펴볼 뿐이야. 착하지?"

마치 어린아이라도 달래는 듯 케릭스는 낮은 목소리로 블루 드래곤을 달랬다.

하지만 다친 짐승이 으레 그러하듯, 블루 드래곤은 위협 소리를 멈추지 않았다.

"케릭스, 좀 떨어져. 아무래도……."

세샤크가 뒤늦게 달려와 케릭스의 앞을 막아섰다.

그사이 마즈렉은 라웬에게 무엇인가를 묻더니 케릭스에게 설명을 했다.

"아직 헤츨링 상태에서도 못 벗어난 100살도 안 된 어린 드래곤이래. 좀 일찍 어미에게서 떨어져 나온 것 같은데, 영역 싸움에 휘말려서 다친 거라는데."

"영역 싸움? 그건 말이 안 되잖아. 리리너스와 라웬은 이렇게 마구 돌아다니는데 아무렇지도 않았는걸. 이해가 안 돼."

세샤크가 이해가 되지 않는다며 고개를 흔들었다.

그러자 마즈렉이 마저 설명을 했다.

"이미 인간과 계약을 한 드래곤은 영역 싸움과는 무관하다는군. 무엇보다, 이곳이 산중이다 보니 블루 드래곤끼리는 좀 영역 다툼이 있다는 것 같아. 이 드래곤은 이 샘 하나를 지키기 위해서 싸우다가 다친 것 같다. 샘은 지켰지만……."

"그런 이유인가, 데라즈에 유독 블루 드래곤이 적은 게?"

"그런 것 같다. 바다가 근처에 있는 것도 아니니까."

세 사람의 눈에도 블루 드래곤이 입은 상처는 꽤 심각해 보였다.

드래곤들의 얼마 되지 않은 약점 중에 하나가 바로 날개였는데, 어린 블루 드래곤은 두 개의 날개 모두가 꺾여 있었던 것이다.

드래곤에게 있어 날개는 날아다니는 데만 사용되는 것이 아니다. 날개는 드래곤들에게 자연의 기를 받아들이게 하는 역할을 맡고 있다.

자연의 기를 그대로 받아들여 그것으로만 살아 나가는 드래곤이 날개를 다친다는 것은 이제 곧 죽어도 이상하지 않을 정도의 상태가 된다는 의미가 된다.

"…곧 죽을 거야. 이미 상처가 오래되었고 저 샘만으로는 상처를 치료하는 데 필요한 기를 흡수할 수가 없어."

평소라면 그저 샘 근처에 있는 것만으로도 충분히 살아 나갈 수 있겠지만 어린 드래곤의 상처는 그만큼 컸다.

"강가… 같은 곳으로 옮기면 안 될까? 리리너스도 있고 네 라웬도 있으니까 어떻게든 하면……."

"그건… 불가능해. 이 녀석의 자존심이 허락하지 않을 거다."

그때까지 입을 조용히 다물고 있던 케릭스가 한마디 했다.

"드래곤이야, 아직 헤츨링 상태라고 해도."

"그건 그렇지만……."

"아직 성년이 되지도 않았는데 자신이 차지한 샘을 지키기 위해 싸울 정도라면, 살기 위해서 다른 드래곤들의 도움을 받는 것은 용납하지 않을 거야."

"그 말이 맞다는군."

라웬이 대답을 했는지 마즈렉이 말을 전했다.

그는 입술을 깨물고 고통에 신음하고 있는 블루 드래곤을 바라보았다.

"그가 바라는 건 그냥… 옆에 있어주는 정도라고 해. 그나마 그것도 라웬이나 리리너스가 이미 인간과 계약을 한 드래곤들이기에 가능한 것 같다."

손을 놓고 바라만 봐야 한다는 것은 고통스러울 수밖에 없다.

세 사람 모두 자신들이 아무것도 할 수 없다는 사실이 너무나도 힘들었다.

조금씩 블루 드래곤의 검푸른 비늘에 어두운 기가 더해져 가는 것이 그들의 눈에도 똑똑히 보였다.

글자 그대로… 블루 드래곤은 죽어가고 있었다.

그 곁에 가지도 못하고 그저 그 드래곤을 한참 동안 바라만 보고 있던 케릭스가 조용히 입을 열었다.

"방법이 있을지도 몰라."

“뭐?”

“계약을 맺은 드래곤과 사람은 어느 정도까지의 상처라면 서로의 기로 치료가 되잖아?”

“뭐?”

“케릭스!! 그건 안 돼!!”

케릭스가 무슨 일을 하려는지 마즈렉과 셰샤크는 금세 눈치를 챘다.

“리리너스와 라웬에게 물어봐. 어서!”

“안 돼! 케릭스, 너무 위험해! 설사 가망성이 있다고 해도 그건 안 돼!”

“마즈렉 말이 맞아, 케릭스. 이 정도의 상처는 사람으로 치면 두 팔이 다 절단돼서 한참이나 피를 흘린 상태다. 네가 죽을지도 몰라.”

“되든 안 되든 가망성이 있는데 그걸 그대로 둘 수는 없어! 어서 물어봐!”

“케릭스!!”

“눈앞에서 또다시 드래곤이 죽는 것은 보고 싶지 않아! 절대로!! 두 번 다시!!”

“……”

케릭스의 눈에는 죽어가고 있는 드래곤이 어린 시절 그대로 목격했던 미루론의 죽음과 겹쳐 보이고 있었다.

시시각각 본래의 빛을 잃어가는 드래곤의 비늘.

흐려져 가는 두 눈빛.

“너희들은 리리너스와 라웬이 이런 위험에 닥치면 계약을 해지하자고 할 거야?”

“…그런.”

"그럴 리가 없잖아!"

"그럼 어서 물어봐 줘. 얼마나 가망성이 있을지. 살아날 가망성이 조금이라도 있다면……."

"하지만 케릭스, 그래도 너무 위험해!!"

셰샤크가 마즈렉을 돌아보았다.

어떻게든 말려주길 바라면서.

"마즈렉, 무슨 말이라도 해봐!! 이 녀석을 좀 말리란 말야!"

"……."

"마즈렉!!"

셰샤크가 마즈렉의 어깨를 붙들고 흔들었지만 마즈렉은 아무 말도 하지 않았다.

케릭스가 평소 셰샤크의 말보다는 냉철한 이성으로 판단하는 마즈렉의 말에 그나마 귀를 기울인다는 것을 알고 있기 때문이다.

"가만히 좀 있어봐, 셰샤크."

"마즈렉!!"

"케릭스가 한번 고집을 부리면 죽어도 말릴 수 없다는 걸 알잖아."

"그렇지만 마즈렉. 계약을 해서 저 드래곤을 살린다고 쳐. 하지만 그 다음에는 어쩔 건데. 저 블루 드래곤은 아직 성년이 되지도 않았어. 키세 나이트가 성년도 되지 않은 드래곤과 계약했다는 소리는 들은 적도 없다고."

셰샤크의 말에 케릭스가 대답했다.

"그런 게 무슨 상관이야. 지금 할 수 있는 일이 있는데 나중을 생각해서 하지 않으면 도대체 무슨 일을 할 수 있다는 거야?! 물어보지 않으면 내가 알아서 하겠어!!"

“기다려, 케릭스!! 물어볼 테니까 잠시만 기다려 줘. 물어봐서 가망성이 없다고 하면 절대로 포기한다고 약속해.”

“알았어. 단, 너도 내게 거짓을 말하진 마.”

“당연. 나는 한 번도 네게 거짓말을 한 적이 없다는 건 너도 알고 있겠지?”

“믿는다, 마즈렉.”

“이봐!! 마즈렉, 말릴 생각은 안 하고.”

셰샤크가 경악해 마즈렉에게 화를 냈지만 마즈렉은 꿈쩍도 하지 않았다.

어차피 말릴 수 없는 일이라면 확실하게 하는 쪽이 좋다고 생각했기 때문이다.

자신과 셰샤크 둘이 말려서 되는 일이었다면 굳이 이렇게 말싸움을 할 필요도 없었던 것이다.

“말려서 되는 일이면 그렇게 했을 거야. 라웬. 내 말 다 들었지? 가망성이 있어?”

그는 고개를 들어 자신의 드래곤을 바라보았다.

그래도 그는 마음속 한구석에 부디 라웬이 이제 가망은 없다고 말해주길 바라고 있었다.

그것이 그가 할 수 있는 일의 전부였다.

“…….”

“뭐라고 했지?”

“젠장! 난 이제 몰라. 마즈렉. 케릭스!! 나중에 내가 더 말리지 않았다고 날 원망하지나 말아!!”

“조용히 해, 셰샤크.”

마즈렉이 발작 직전까지 가 있는 셰샤크에게 낮은 목소리로 말했다.

"가망성은 반반. 저 블루 드래곤이 너를 믿고 계약을 할지 안 할지는 그에게 달렸다고 한다. 그에게 살겠다는 의지가 있다면 너를 받아들일 거고 그렇지 않으면……."

"그 정도면 됐어. 살아날 수 있다는 뜻이군."

"……그래."

마즈렉의 대답을 들은 케릭스는 꾸욱— 입을 다물고 블루 드래곤을 바라보았다.

자신이 하려는 일이 이띤 것인지 그에 대한 이해는 나중에 하기로 했다.

때로는 이성적으로는 미친 짓이라고 생각하는 일이라도 무의식 중에 하게 되는 일이 있는 법이라고 그는 생각하고 있었다.

자신이 하는 일이 나중에 비록 안 좋은 결과를 가져올지 모르지만 그래도 그는 눈앞에서 죽어가는 드래곤을 그저 바라만 보고 싶지는 않았다.

그것은 자신이 살아 나가고 있는 이 세상에서 자신이 정한 룰.

비록 훗날 그 룰 때문에 고통을 당할지라도 상관없었다.

'지금의 나에겐 이것이 정의다.'

그렇게 다짐하며 그는 신음하고 있는 블루 드래곤에게 손을 내밀었다.

"내 이름은 케릭스 틴들랜드다. 나와 계약을 하면 넌 살 수 있어."

작은 어린아이에게 말하듯 케릭스의 목소리는 부드러웠다.

"아직 넌 백 년도 살지 못했잖아? 이 세상은 그렇게 짧게 끝나는 게 아니야. 조금 더 살아 있으면 넌 좀 더 넓은 세상을 볼 수 있어."

케릭스의 부드러운 목소리 탓인지, 아니면 케릭스가 드래곤에게 계약을 원해서인지 이유는 알 수 없지만 계속 들려오던 낮은 위협 소리는 어느새 사라지기 시작했다.

"너는 몇백 년을 살 수 있다. 포기하지 마. 네 시간은 그렇게 짧지 않아. 지금 포기하기엔 아까워. 그러니까……."

어느새 블루 드래곤은 바닥에 늘어뜨리고 있던 고개를 들어 케릭스를 똑바로 바라보고 있었다.

"나와 함께, 네 긴 시간 중의 한 부분을 살아주지 않겠어?"

케릭스의 내민 손에 천천히 블루 드래곤의 이마가 닿았다.

그것을 셰샤크와 마즈렉은 숨을 죽인 채 바라보고 있었다.

「케릭스 틴들랜드.」

"그래. 그것이 내 이름이다."

「나의 이름은 카이리온.」

"좋은 이름이군."

「그대는 진심으로 나의 계약자가 되길 원하는가?」

소리로 만들어지는 대답 대신 케릭스는 진심을 담아 고개를 천천히 끄덕였다.

그리고 다음 순간 셰샤크와 마즈렉은 블루 드래곤의 날개 끝이 닿아 있던 작은 시냇물이 순간 하늘로 솟구쳐 비처럼 내리는 광경을 두 눈으로 똑똑히 목격할 수 있었다.

그것은 계약의 성립을 알리는 폭우와도 같은 것이었다.

*　　　　*　　　　*

"…크흑."

숨소리 하나 없이 잠들어 있던 케릭스는 순간 등을 쑤시는 강렬한 통증에 눈을 번쩍 떴다.

"……큭."

몸을 한껏 구부려 그는 고통을 견뎠다.

견딜 수 없이 피곤한 날이면 그는 이렇게 가끔 격통에 눈을 뜨곤 했다.

"허억—"

숨이 막힐 정도의 통증.

그는 두 팔로 자신의 몸을 감싸 안았다.

통증의 원인을 알고 있기에 그는 사람을 부르지도 않았고 그저 혼자 어둠 속에서 그 고통을 참아내고 있었다.

'카이리온…….'

바다를 찾아간 카이리온이 혹 무슨 일을 당한 것은 아닐까 하는 생각이 든다.

통증은 견디기 힘들었지만 또한 익숙한 것이기에 그는 가만히 숨을 내쉬며 그 고통이 사라지길 기다렸다.

처음 이 통증을 경험한 것은 1년 하고도 반년 전, 아직 성년도 되지 않았던 어린 블루 드래곤과 계약을 한 직후였다.

몸을 셋으로 쪼개 버릴 것 같은 강렬한 통증은 계약 직후부터 하루 종일 그를 괴롭혔다.

드래곤과 계약한 인간은 일종의 드래곤과 반공생 상태가 된다.

계약자의 몸에 이상이 생기면 드래곤도 같이 아파하고, 드래곤이 상처를 입으면 계약자 역시 함께 괴로워한다.

그것은 완전한 감각의 공유와는 약간 차이가 있지만 그들은 그렇게 서로의 아픔을 공유하며 서로의 기로 상처를 치료해 간다.

블루 드래곤 카이리온의 경우 그 상처가 너무 깊었기 때문에 당시 계약자였던 케릭스에게 참아낼 수 없을 정도로 심한 고통을 안겨주었던 것이다.

그리고 카이리온과 계약을 해지한 후인 지금도 가끔씩 그때 겪었던 격통과 비슷한 것을 케릭스는 이렇게 느끼고 있는 것이다.

하지만 그것에 대해서 케릭스는 어떠한 불만도 없었다.

카이리온과 계약한 것은 어디까지나 그의 의지였고 그것에 후회는 없기 때문이다.

그가 원한 대로 카이리온은 살아났고 지금은 이 세상 어딘가에서 자유롭게, 혹은 새로운 계약자와 함께 살고 있을 것임에 틀림이 없기 때문이다.

"아니지. 제멋대로인 그 녀석은 혼자서 대해를 헤엄치고 다닐지도 모르겠어."

그렇게 말하며 케릭스는 키득키득 소리를 내어 웃었다.

단지 알 수 없는 것은 어째서 계약을 해지한 후인 지금까지 그가 이렇게 그 고통을 가끔씩 경험하고 있느냐는 것뿐이다.

그러나 그것은 단지 그저 궁금증일 뿐, 케릭스에게 있어 더 이상의 의미는 없었다.

고통은 단순한 고통, 시간이 지나면 사라진다.

그것이 죽어가던 한 생명을 되살린 대가라면 얼마든지 받아들일 수 있었다.

"하아. 하아."

천천히 등을 쪼개는 것 같았던 통증이 사라지기 시작했다.

가빠지려던 숨을 조금씩 고르며 그는 심호흡을 했다.

빼꼼하게 열려 있는 창에서 들어오는 새벽 공기를 들이마시며 그는 천천히 상체를 일으켰다.

아마 잠시 후면 등에 남아 있던 고통은 씻은 듯이 사라져 버릴 것이다.

「나와 계약을 해지하면 그대는 또 다른 존재와 계약을 하겠지. 하지만 단 하나 나와 약속해 줄 수 있는가? 그렇다면 나는 그대를 지 요롭게 해주겠다.」

머리 속에 카이리온의 마지막 말이 떠오른다.

「가끔. 아주 가끔이라도 좋으니 나를 기억해 주기 바란다.」

"그래. 약속을 했지. 카이리온, 나는 잊지 않았어. 그리고 언제까지나 기억할 거다."

그는 카이리온이 바로 앞에 있는 것처럼 소리 내어 말하고 있었다.

"약속을 하지 않았더라도 말이야."

케릭스와 맺었던 계약을 해지시키고 난 후 카이리온은 그를 바랬던 다른 기사들을 거절하고 그대로 떠나 버렸다.

그것도 그가 태어난 드로니안이 아닌 멀리 있는 대해(大海)로 말이다.

"하하하. 카이리온. 나는 너를 살렸는데, 어째서 내게 드래곤 킬러라는 별명이 붙어버린 걸까? 우습지 않아? 하하하."

듣는 이도 없는데 그는 그렇게 말하며 홀로 웃기 시작했다.

그 웃음소리에 어떤 감정이 실려 있는지는 아무도 알 수 없을 것이다.

그가 어떤 마음으로 본인에게 붙여진 드래곤 킬러라는 오명을 듣고 있는지, 아무도 알지 못하는 것처럼…….

데라즈의 왕궁에서 멀지 않은 곳에 위치한 장미관.

그곳은 이름 그대로 초여름이 되면 곳곳에 심어져 있던 장미들이 한껏 물을 머금고 자란 장미 덩굴에 휩싸인다.

초여름의 햇빛을 받아 활짝 피었던 작은 꽃송이들이 슬슬 져가는 것은 북방에 위치한 데라즈의 여름이 깊어지는 시점.

겨우 한 달 정도밖에 되지 않는 짧은 여름이지만 겨울이 길고 긴 데라즈에서는 그 짧은 여름이 대단히 소중하다.

농작물이 한껏 햇빛을 받아 자라나는 계절이기 때문이다.

이런 계절이 되면 더 더욱 바빠지는 것이 바로 기사들, 그것도 대몬스터전을 위해 언제나 그 긴장을 풀지 않고 있는 키세 나이트들이다.

"들었어? 토벌대가 재결성된다는데."

“에? 재결성? 지난번에 완전히 소탕하고 돌아왔다고 생각했는데 아니었나?”

“그런가 봐. 여름이 되면 워낙 극성이니까. 뭐, 드문 일도 아니지.”

장미관의 넓은 훈련장에는 여러 명의 기사들이 삼삼오오 모여 이야기꽃을 피우고 있었다.

한쪽에는 훈련을 받고 있는 견습 기사들이 눈에 띈다.

그들에게 있어 이미 기사들이 되어 있는 사람들은 장차 자신들의 목표인 동시에 경쟁자들.

그렇기에 그들은 더 더욱 열심히 검을 놀리고 또한 체력 훈련을 받는다.

그들 중에는 키세 나이트가 목표인 자들도 있고 궁정 나이트가 목표인 자들도 있다.

데라즈의 견습 기사들은 단순히 검술 훈련만을 받는 것은 아니다. 체력 훈련과 검술 훈련은 기본, 거기에 전략 전술, 역사, 데라즈 왕국 주변에 출몰하는 몬스터들에 대한 공부까지, 기사로서 갖추어야 할 기본적인 지식을 모두 이 장미관에서 받고 있는 것이다.

그들이 어떤 기사가 되든 말이다.

“열심이네, 모두들.”

“그렇지. 이제 곧 기사 선발 시험이 있으니까.”

“기왕이면 기사 선발 시험 이후라면 좋겠는데 말이야.”

“그건 또 무슨 소리야?”

“아아, 이번 토벌대 원정 말이야. 인원수가 많아지면 조금이라도 편해지지 않을까 하는 거지.”

현 시점에서 현역으로 활동 중인 키세 나이트는 통틀어 100여 명을 간신히 넘기는 정도다.

국경에 배치된 인원을 제외하면 장미관에 머무는 인원은 50여 명.

인원이 많아지면 많아질수록 좋다는 것이 그의 의견이었다.

"원정이랄 것까지 있을까? 기껏해야 한 달 반 전이었잖아."

"모르지. 보고에 따르면 올해는 이상하게 몬스터들의 습격이 잦은 듯해. 그나마 우리는 사정이 좋은 것이라더군. 남방의 어떤 왕국은 거의 반초토화가 되었다고 하는 소문까지 들려오고 있는 판인걸."

"하지만 말이야, 인원이 늘어봤자 얼마나 늘겠어? 많아야 열 넝. 적으면 두세 명이 고작이잖아. 한 명이었던 해도 있었지 아마?"

어느 해던가에는 지원자는 30여 명이었지만 결국 드래곤과 계약해 키세 나이트가 된 자는 단 한 명뿐이었던 때도 있었다.

"그건 그렇지만 전력이 하나라도 늘어난다는 것은 좋은 일이지 않아?"

키세 나이트로 보이는 두 사람은 나무 그늘에 앉아서 그렇게 서로 이야기를 나누고 있었다.

언뜻 보면 하릴없는 한량으로 보일지 모르지만 그래도 키세 나이트의 일원으로서 자기 몫을 톡톡히 해내고 있는 사람들이다.

"어? 마즈렉이 웬일로 저렇게 뛰어가지?"

"뭐? 어디어디?"

"저기―"

그는 손으로 뛰어가고 있는 검은 머리의 기사를 가리켰다.

마즈렉을 바라보고 있는 것은 비단 그들뿐만이 아니었다.

장미관의 입구 쪽에서도 몇 사람인가 황급히 뛰어가는 마즈렉을 바라보고 있었던 것이다.

“마즈렉이 저렇게 황급하게 뛰어간다면…….”

“설마…….”

두사람은 서로 얼굴을 마주 보았다.

침착한 데다 냉정하기로 소문난 마즈렉이 저렇게 뛰어가는 경우라면 단 한 가지밖에 이유가 없는 것이다.

“그 설마가 설마인 듯하군. 분명 그 녀석이 또 저번처럼 소란을 피우고 있는 거겠지.”

“하아― 또인가? 그 드래곤 킬러 녀석.”

“그렇게 부르지 말라고. 그 녀석을 그렇게 부르면 지나가던 세샤크가 와서 네 멱살을 잡아 흔들 거다.”

“하아― 그래 봐야 그 별명이 어디 가겠어?”

“그래도 행여나 본인이 들으면 가슴 아파할 거다. 아무리 녀석이 별난 녀석이라지만 사실 그 녀석 잘못도 아닌걸.”

“됐네. 됐어.”

“일단 가보자구. 혹시 뭔 일이라도 나면 곤란하니까.”

“하이고, 알았습니다.”

끄응차― 하고 한 사람이 자리에서 일어났다.

미운 털이 박혔든, 기행을 하는 사람이든, 설사 그가 진짜 드래곤 킬러이든 동료의 일은 도와야 하는 법이다.

그들은 그렇게 배웠고 또한 맹세한 사람들인 것이다.

마즈렉은 모처럼의 한가한 날을 맞아 읽고 싶었던 책 한 권을 펼쳐 놓고 비스듬하게 침대에 누워 있었다.

바쁜 일상에서 벗어날 수 있는 것은 기껏해야 일주일에 하루, 많아야 이틀이다.

그나마 그것도 몬스터들의 습격이 드문 때나 가능한 일이다.

보통 몬스터들이 극성을 부리는 시기는 가축들의 새끼가 태어나기 시작하는 시기, 즉 데라즈 왕국의 경우는 짧은 봄. 여름, 가을 등이다. 결국 일 년의 반 정도는 눈코 뜰 사이 없는 하루를 보내는 것이다.

그러나 이것은 어디까지나 일반적인 경우다. 혹독한 추위에 꼭꼭 문을 걸어 잠그게 되는 추운 겨울날, 양식을 찾지 못한 몬스터들이 떼를 지어 농가의 축사를 습격이라도 하는 날엔 아무리 춥고 눈보라가 쳐도 키세 나이트들은 쉬지 못하게 되는 것이다.

결국 일 년 열두 달 모조리 비상 근무 체제가 되는 셈.

키세 나이트는 기본적으로 몬스터들을 퇴치하는 일을 맡고 있으며 본부 역시 왕궁, 즉 수도에 위치하고 있지만 실제적으로는 데라즈 왕국 국경 수비대 제1기사단이라는 명칭을 가지고 있다.

그러나 사실 키세 나이트들에게 있어서 국경 수비라는 단어는 본래의 의미와는 조금 거리가 먼 단어가 된다.

몬스터라는, 사람들에게 있어 생존과 직결되는 커다란 적이 존재하기 때문에 사실 국가 간의 분쟁은 거의 찾아볼 수가 없다. 국경선의 대부분이 몬스터들의 서식지이거나 그렇지 않으면 커다란 강과 산, 산맥 등으로 구분이 되니 굳이 국경선에 철조망을 치고 수비할 필요는 없는 것이다.

오히려 국가와 국가 간의 얼마 되지 않은 교역로를 확보하거나, 그 외 몬스터들의 서식지에 사람들이 무단으로 들어가지 않도록 막는 것이 기본 임무가 된다.

하지만 그렇다고 하서 국경 수비대 제1기사단이라는 명칭에 걸맞은 기본적인 일이 사라지는 것은 아니다.

결국 키세 나이트는 기본적인 국경 수비대로서, 또한 대몬스터 토벌대로서 항상 교대 근무를 하게 된다. 초과 근무 역시 끊임이 없다.

데라즈에서는 가장 명예스러운 직위에 있지만 또한 언제나 죽음에 한 발을 딛고 서 있는 고된 현장에서 그들은 일하고 있는 것이다.

드래곤이 있는데 어째서? 라고 묻는다면 우문일 것이다.

아무리 드래곤이라고 해도 만능일 수는 없다.

드래곤들은 인간과 계약을 맺어 그들의 말에 따라 인간을 돕고 있지만 그들 역시 숨 쉬는 하나의 생명체이기에 그들도 지칠 때가 있고, 또한 습격을 받으면 다치게 된다.

그리고 그들과 계약한 키세 나이트들이 언제나 그들의 등 위에서 똬리를 틀고 앉아 명령만 내리는 것은 아니다.

필요하면 언제든지 그들은 자신의 검을 들고 몬스터들과 대항해야 하고, 때로는 드래곤들이 함께할 수 없는 장소에까지도 그들은 자신에게 주어지는 임무에 따라 어디든 가야 한다.

그런 와중 키세 나이트가 목숨을 잃는 경우도 허다한 것이다.

하지만 그것은 드문 일이고, 이렇게 몬스터들의 습격이 그나마 적을 때는 비번 날을 맞아서 한가롭게 쉬는 날도 있다.

"후우. 한가해서 좋군."

언제나 긴장을 늦추지 않는 그이지만, 이렇게 날씨까지 따듯한 휴일에는 그 역시 여유를 가지고 쉬고 싶어진다.

지나치게 할 일이 없다는, 조금은 지루할지도 모를 하루 정도야 기분 좋게 즐길 수 있는 것이다.

어렵게 필사본을 하나 빌려왔지만 사실 글이 눈에 잘 들어오지는 않았다.

“참나. 필사본도 필사본 나름이군.”

워낙 낡은 책인 탓에 글자가 흐린 탓도 있다.

결국 그는 책을 덮어 탁자 위에 올려놓았다.

팔다리를 쭈욱 펴며 그는 기지개를 켰다. 수면은 충분히 취했고 오전 나절에는 필요한 만큼의 가벼운 훈련도 마쳤다.

“역시 아무것도 할 일이 없다는 건 좀 심심하군. 기분은 나쁘지 않지만.”

키세 나이트들이 대부분 그렇듯이, 그 역시 조금은 일 중독자였다.

할 일이 없는 키세 나이트들은 결국 하루를 그냥 이렇게 빈둥빈둥거리며 보내는 경우가 허다했다. 너무 바빠 취미 생활 같은 것은 할 수가 없다라는 것이 대부분 나이트들의 변명이지만 사실 ‘일’ 이외에는 할 줄 아는 것이 별로 없는 탓이 더 많을지도 모른다.

마즈렉도 그런 면에서는 결국 보통의 키세 나이트들과 별반 다를 것이 없었다.

그는 창가에 턱을 괴고 앉아 밖을 바라보았다.

“흐음. 셰샤크는 오랜만에 집으로 돌아갔고, 케릭스나 불러 술이나 한잔하러 가자고 해볼까.”

기껏 시간을 때우는 방법이라고 생각해 낸 것이 결국 술이다.

평소에는 그다지 음주를 즐기지 않지만 기본적으로 좋아하는 편인 그는 그렇게 결정을 내리자 기분이 더 더욱 좋아지기 시작했다.

“지금은 너무 이르니까. 흐음.”

일단은 해라도 져야 괜찮은 술집들이 하나둘 문을 열기 시작하는 법이다.

그로서는 드물게 콧노래까지 부르며 입고 나갈 옷을 찾기 시작했다. 워낙 검소하기도 하고, 또한 그다지 치장하는 데 신경을 쓰지 않는 탓에 옷은 전부 간소한 것들뿐이다.

그때였다.

「마즈렉.」

귓가에, 아니, 머리에 그의 드래곤 라웬의 목소리가 들려왔다.

“……?!”

「도움이 필요하다.」

라웬의 말이 다 끝나기도 전에 그는 이미 방에서 뛰어나가고 있었다.

흩어진 옷가지만을 남긴 채…….

“가까이 가지 마십시오.”

“무슨 일인가?”

막 라웬에게 뛰어가려던 그를 어떤 병사 하나가 붙들었다.

얼굴이 그다지 눈에 익지는 않은 것으로 보아 아직 이 장미관으로 배속된 지 얼마 안 된 병사 같았다.

“무슨 일인지 설명하라니까!!”

“그게 저어…….”

“카리안님!”

그와 병사가 실랑이를 벌이려는데 앞쪽에 있던 또 다른 병사 하나가 그의 얼굴을 알아보고 반색을 하며 뛰어왔다.

“무슨 짓인가! 틴들랜드님을 말릴 수 있는 것은 카리안님뿐인데. 그렇지 않아도 모셔오라 했거늘 어찌하여!”

"죄, 죄송합니다. 아직 제가 얼굴을 잘 몰라서……."

"그만 하면 됐네."

그는 얼른 마즈렉에게 다가가 말했다.

"잘 오셨습니다, 카리안님. 모시러 가려던 참인데."

"설마 또 케릭스가 아자리안과 다툼이라도 하고 있는 건가?"

라웬의 급한 목소리에 달려오긴 했지만 라웬은 그 뒤로는 아무 말도 전해오고 있지 않다. 게다가 주위는 시끄럽거나 소란스럽기는커녕 너무나 조용했다.

마치 폭풍 전야처럼 말이다.

"저희도 그것을 잘 모르겠습니다. 지난번과는 또 틀린 것이 영……."

병사의 얼굴에는 난처한 기색이 역력했다.

그의 책임은 아니라고 해도 드래곤들의 보금자리를 관리하는 자로서는 역시 마음이 편하지가 않을 것이다.

마즈렉은 머리카락을 쓸어 올렸다.

지금 현재 아자리안은 케릭스의 네 번째 드래곤이다.

첫 번째로 케릭스와 계약했던 카이리온은 계약 직후 얼마 지나지 않아 바로 성년을 맞아 나름대로의 합의 하에 케릭스와 계약을 해지하고 떠났다.

하지만 두 번째와 세 번째는 조금 사정이 달랐었다. 여기서 달랐었다라는 단어의 의미는 결코 원만하지 않았다라는 단어로 귀결된다.

"하아. 정말 미치겠군."

마즈렉이 혀를 찼다. 아마 그 말은 병사가 하고 싶었던 말일지도 모른다.

'일단은 케릭스를 좀 봐야겠어.'

자신이 하는 말에 더욱 난감해하는 병사를 보며 마즈렉은 얼른 발걸음을 옮겼다.

일단 자초지종이라도 알아보고 그리고 무엇인가 그가 할 수 있는 일을 찾아보는 것이 빠르다고 판단했기 때문이다.

하지만…….

'만약의 경우겠지만, 케릭스 녀석이 그때와 같이 고집을 부리고 있는 것이라면 나도 불가항력인데 어떻게 할지 막막하군.'

케릭스가 그의 세 번째 드래곤과 계약 해지를 하려 할 때 벌어졌던 소동을 생각하니 등줄기에서 식은땀이 흘렀다.

그땐 정말 이 장미관이 부서지는 것은 아닐까 의심될 정도로 큰 소동이 났었다.

계약 해지를 원하지 않던 드래곤이 그만 장미관에서 이리저리 날뛰는 바람에 난장판이 되었던 것이다.

그 광경이 지금도 눈에 선할 정도인 것이다.

그런 소동을 겪고 난 후 계약한 상대가 지금의 아자리안이다.

얌전한 성격의 아자리안은 이미 이전에 다른 기사들과도 여러 번 계약을 했던 드래곤이기에 계약도 수월했고, 지금까지 약간의 트러블은 있었을지 몰라도 큰 사건은 일으킨 적 없이 무사히 지내왔다.

하지만 그 '무사히' 지낸 시간도 결국은 몇 개월. 다른 기사들이 일반적으로 그들의 인생을 단 한 마리의 드래곤과 함께하는 것을 생각해 보면 정말로 눈 깜짝할 사이밖에 되지 않는다.

'케릭스, 부탁이니 제발 더 이상은 소동 부리지 말아줘.'

기사단 내에서 케릭스의 평가가 이미 바닥을 기고 있다는 것을 그는 잘 알고 있었다. 지금까지의 오랜 키세 나이트의 역사 속에서도 케릭스처럼 단시간 내에 그렇게 많은 드래곤들과 계약을 했다 또 계약을 해지한 기사는 없었다. 거기에 무리한 계약 해지로 인한 소동까지 겹쳐져 있다.

이 이상으로 소동을 부리거나 사건을 일으킬 경우 그는 기사단에서 제명될 수도 있는 것이다. 마즈렉은 적어도 그것만은 막고 싶었다.

친구인만큼, 케릭스 본인에게 무엇인가 문제점이 있다는 것을 알고 있지만 그 이상으로 케릭스는 타고난 드래곤 나이트라는 것 역시 잘 알고 있기 때문이다.

자존심이라는 것이 있어 굳이 머리에 떠올리는 것을 거부하고 있지만 지금 그의 드래곤 라웬이 사실은 마즈렉 자신보다 먼저 케릭스를 선택했던 기억이 그의 뇌리 한구석에 남아 있다. 하지만 그것은 그저 한때의 일, 지금 라웬은 마즈렉의 드래곤이다.

'부탁이다. 케릭스, 부탁이다, 아자리안……'

옮기는 걸음 한 걸음 한 걸음에 그는 간절하게 기원을 담고 있었다.

그러나 그런 그의 기원은 바로 그 뒤를 이은 아자리안의 호소하는 듯한 울음소리로 무색해져 버렸다.

땅이… 흔들리기 시작하고 있었다.

"아자리안, 나는 네가 만족할 만한 계약자가 될 수 없어."

케릭스는 눈을 감은 채 조용히 웅크리고 있는 아자리안의 앞에 앉아서 그녀에게 말을 걸고 있었다.

무슨 말을 해도 아자리안은 미동도 하지 않고 있는 것이 못내 불안할 정도였다.

"그건 너도 잘 알고 있지?"

대답 하나 없는 아자리안이지만 케릭스는 그녀 못지않은 고집을 부리며 그녀에게 계속 말을 걸고 있었다.

이렇게 조용히 입을 다물고 있는 아자리안이 어쩐지 불안스럽다는 것을 그는 느끼고 있었다.

그가 느끼고 있는 불안은 아마 다른 드래곤들에게도 느껴지는 모양인지 아까부터 주위의 멀지 않은 곳에서 드래곤들이 불안한 듯 뒤척이거나 신음하는 소리가 들려오고 있었다.

다른 드래곤들을 불안하게 만들고픈 마음은 추호도 없었지만 어쩔 수 없었다.

"아자리안?"

부드러운 목소리로 그는 자신의 파트너 이름을 부르며 가까이 다가갔다.

햇살을 반사하는 황금빛의 비늘에 그는 살며시 손을 대었다.

맞닿아 있는 비늘에서부터 아자리안의 결코 편치 않은 심경이 그대로 전해져 온다.

"몇 번이나 내게 물어도 내 대답은 같다, 아자리안. 처음 계약할 때 너 역시 동의한 일이야."

다른 키세 나이트들이 들으면 기절초풍해 버릴 만한 말을 그는 하고 있었다. 과연 어떤 기사가 드래곤들과 계약 시에 조건을 걸 수 있을까?

아마 어떤 기사도 그런 일은 없을 것이다. 아니, 거의 있을 수 없는 일 중에 하나다.

푸르르르르― 하고 아자리안이 콧김을 내뿜었다.

"언제가 되든 내가 원할 때 계약을 해지하겠다고…."

케릭스는 그 말을 끝맺지 못했다.

고개를 든 아자리안이 갑자기 크게 울부짖으며 커다란 꼬리로 바닥을 내려쳤기 때문이다.

우드드드―

서 있을 수 없을 정도로 강한 지진이 사방으로 퍼져 나갔다.

단지 그것은 자연적인 것이 아니라 지룡이 일으킨 극히 국소적인 것이기에 멀리 퍼지지는 않았다.

그 영향력이 닿은 곳은 아자리안과 그녀의 파트너인 케릭스가 서 있는 곳까지였다.

"아자리안!!"

크르르르르―

황금빛의 비늘이 곤두서기 시작하고 아자리안의 눈은 마치 눈앞에 몬스터라도 마주 보고 있는 듯 흉흉한 빛을 발했다.

아자리안이 쩌억― 하고 커다란 입을 벌리며 숨을 들이키는 것을 본 케릭스는 순간 아자리안에게 뻗던 손을 거두어들였다.

아자리안의 브레스를 정면으로 맞는다면 살 길은 없다. 도망가려 해 봤자 지상의 생물 중 가장 강한 이 드래곤의 눈앞에서 벗어날 수 있을 리가 없기 때문이다.

'꼴 좋다, 케릭스.'

스스로 생각해도 한심하기 그지없다.

원하지 않던 계약이었다고는 해도, 그래도 아자리안은 그런 케릭스의 이기적인 조건을 받아들인 채 계약을 해주었었다.

계약을 하는 당사자에게만 들려오는 드래곤의 목소리, 그것을 케릭스는 교묘히 이용했었다. 아무도 모르게, 아자리안과 자신만이 알도록.

아자리안과 계약을 했던 당시, 그는 한시라도 빨리 어떤 드래곤이든 그의 파트너로 삼아야 했었다. 그렇지 않으면 당장에라도 파문을 당할지도 모르기에 어쩔 수 없이 그는 단 하나밖에 주어지지 않은 길을 선택하고 말았다.

'우습지만, 그땐 이상하게도 아버님과 어머님 얼굴이 먼저 떠올라 버렸었지. 그게 실수였던 걸까?'

서글픈 눈으로 그는 아자리안을 바라보았다.

얌전하고 그리고 조용한 성격의 지룡 아자리안은 기사와 계약한 드래곤들의 사이에서 태어나 처음 계약을 맺어 이 장미관에 들어온 뒤 지금까지 계속 장미관에서만 살아온, 드물게 이력이 깔끔한 드래곤이었다.

케릭스는 아자리안의 네 번째 기사로, 그전까지 아자리안은 앞선 3인의 키세 나이트와 그들의 일생을 함께하며 죽 시간을 보내왔었다.

그런 아자리안이 나이가 들어 은퇴한 기사와 계약을 해지하고 얼마 지나지 않아 선택한 인물이 바로 케릭스였다.

어느 누구도 아자리안에게 케릭스를 선택하라 강요하지 않았다. 그것은 본디부터 불가능한 일이기에 의심할 바가 없다. 드래곤은 누가 시킨다고 해서 인간과 계약하지도 않으며, 드래곤에게 무엇인가를 시킬 수 있는 존재 역시 존재하지 않는다.

아자리안이 어떤 생각에서 케릭스를 선택했는지 알 길은 없지만 결과적으로 그녀는 퇴출 위기에 있던 케릭스를 구원했던 것이다. 단 한 가지의 조건을 가운데 두고 말이다.

'아자리안.'

미안한 마음이 앞선 탓일까?

아자리안이 커다랗게 입을 벌리고 있는데도 케릭스는 뒷걸음질 한 번 할 생각조차 들지 않았다.

아무것도 해주지 못했고, 마음도 써주지 못했던 아자리안이다.

아자리안이 케릭스 자신에게 해주었던 많은 일들을 생각해서가 아니다. 그저 이렇게 아자리안의 앞에 서 있어주는 것이 자신이 해줄 수 있는 얼마 안 되는 일 중에 하나라는 생각이 그의 발을 붙들고 있었다.

'차라리 이것이 끝이면 좋겠어.'

위기 속에서 인간은 순간 평온해져 버릴 때가 있다.

흔들리던 눈동자가 가라앉고 두근거리던 심장이 순간 고요함을 되찾는다.

'이렇게 마음 편하게……'

벌어진 아자리안의 입이 더욱더 크게 벌어지며 숨을 들이쉬어 당장에라도 케릭스를 덮칠 것 같은 찰나였다.

"지금 네놈은 여기서 뭘 하고 있는 게냐!"

본인들은 전혀 바라지 않던 구원의 손길은 전혀 예상치 않던 곳에서부터 뻗어왔다.

"……!!"

지면을 울리는 아자리안의 울음소리와는 전혀 다르지만, 그 또한 지표를 울릴 듯한 굵은 목소리였다.

"지금 정신을 어디에 틀어박고 앉아 있어!!"

"아, 아버지."

"누가 네놈보고 여기 서서 니놈의 드래곤과 옥신각신하라고 했지? 네놈이 여기서 저 드래곤과 놀라고 전하께서 네게 돈을 주고 먹여주고 하는 것이 아니다!!"

워낙 당당하고 커다란 목소리였기 때문일까?

조금 전까지도 흉흉한 눈빛을 날리며 케릭스를 위협하던 아자리안이 어느새 눈을 내리깐 채 조용히 꼬리를 말고 있는 모습이 보였다.

앞뒤 안 보고 달려와 급하면 케릭스와 아자리안의 앞을 가로막으려던 마즈렉도 마찬가지였다.

닭 쫓던 개 지붕 쳐다보는 격까지는 아니더라도, 그 역시 왠지 뻘쭘해져 구석으로 슬그머니 몸을 숨기고 있었다.

"지금 케이란트 성에선 밤낮없이 밀려오는 몬스터들 때문에 모든 사람들이 오늘까지는 살 수 있을까 내일까지는 살 수 있을까 하며 가슴을 졸이고 있다. 그런데 네놈은 드래곤에게 투정이나 부리면서 이러고 있으니 배가 부른 게로구나!"

문득 케릭스의 눈에 검붉은 것들이 말라붙어 있는 아버지의 망토와 진흙과 기름때로 얼룩진 갑옷들이 비추어졌다.

"아버님께선 괜찮으신 건가요?"

케릭스의 목소리가 미세하게 떨리고 있었다.

"괜찮지 않으면 내가 어떻게 예까지 올 수 있었을 것이라 생각하는 거냐. 그리고!! 내가 이곳에서는 아버지라 부르지 말라 했거늘!! 정신이 어디에 박혀 있는 건지 알 수가 없어, 알 수가!!"

"죄송합니다."

"급히 이곳까지 원군이 필요해서 내가 직접 오지 않았으면 삼 일 밤낮 소동을 부리고 있었겠구나. 내참."

"심려를 끼쳐 정말 죄송합니다."

케릭스는 고개를 숙였다.

하지만 그의 눈은 놓치지 않았다.

고개를 숙일 때 그의 눈 한쪽 구석에 잡힌 아버지의 떨리고 있는 손끝을 말이다.

자신이 아는 한 아자리안은 진심이었고, 그 앞에서 움직이지 않던 케릭스 역시 진심이었다.

하이리안 틴들랜드 경은 분명 진심으로, 그리고 각오를 하고 그것을 막은 것임에 틀림이 없었다.

"게서 그렇게 서 있지 말고 어서 채비를 차려라. 한시라도 빨리 케이란트 성으로 가야 한다."

"알겠습니다."

손끝의 떨림은 아주 한순간의 일, 다음 순간 하이리안 틴들랜드는 아버지에서 상관으로 돌연 목소리를 바꾸고 있었다.

하이리안은 그 후로 단 한 번도 그의 아들을 돌아보지 않고 재빨리 그의 부관과 함께 어디론가 사라져 버렸다.

아마도 급하게 케이란트 성으로 파견할 기사단을 추려내기 위해서인 듯했다.

그렇지 않아도 수가 모자란 키세 나이트다. 지나치게 많은 수를 데려갈 수도 없지만, 그렇다고 해서 극히 소수만을 데려갈 수도 없다.

"후우."

깊은 한숨을 내쉬는 케릭스의 어깨를 누군가 감싸 안으며 말을 걸어 왔다.

"틴들랜드 경께서 와 계시는 줄 몰랐다."

흠칫하고 어깨를 굳히던 케릭스는 그 인물이 마즈렉인 것을 알아채고는 마음을 놓았다.

"틴들랜드 경이 아니시면 나라도 달려들었을 텐데 말이야."

"아. 하하."

웃고 있지만 마음은 그렇지 않았다.

케릭스는 두려움에 뒤를 돌아볼 수가 없었다.

아자리안이 어떻게 자신을 보고 있을지, 그리고 그가 아자리안을 어떻게 바라보게 될지 두려웠다.

"잠이나 싸자, 케릭스. 다른 사람은 몰라도 너와 나, 그리고 세샤크는 차출이 안 될 리가 없잖아? 우린 이번 주 내내 대기조였으니까."

"그건 그렇지."

피식 웃으며 케릭스가 대답했다.

"그리고 뭐, 틴들랜드 경께서 오늘 죽을지 내일 죽을지, 라고 말하셨으면 분명 반에 반을 더 깎아서 들어야 하니까 좀 힘들긴 하지만 쓸 만한 놈들만 몇 있으면 싹 쓸어버릴 수 있다의 상황이라고 생각해. 안 그러면 다른 사람도 아니고 틴들랜드 경께서 직접 여기까지 오실 리가 없잖아?"

"하하."

마즈렉의 묘하게 분석하는 식의 말투에 케릭스는 그만 웃어버리고 말았다.

그의 말 그대로다. 케릭스의 아버지는 예전부터 약간이지만 그런 점이 있었다.

'하지만 난감하군.'

겉으로는 웃으며 발걸음을 옮기고 있었지만 케릭스의 마음은 무거웠다.

아직도 뒤돌아 확인하지 못하고 있는 자신과 그런 자신을 보고 있을 아자리안과 함께 어떻게 전투에 참여해야 할지 난감했기 때문이었다.

　　　　　　＊　　　　　＊　　　　　＊

　"미안하다, 셰샤크."

　얼굴에 와 닿는 찬바람을 한 손으로 막으며 케릭스는 앞에 있는 남자에게 말했다.

　"뭐라고 했냐? 안 들려!"

　세찬 바람 탓에 잘 들리지 않았는지 앞쪽에 앉아 있던 셰샤크가 되물었다.

　"신세를 져서 미안하다고!!"

　"나한테 미안할 거 없어. 감사는 우리 리리너스에게 해줘."

　"그래—!"

　대화인지 싸움인지 잘 구분이 안 가는 커다란 목소리로 대화를 나눈 후 케릭스는 자신이 앉아 있는 붉은 드래곤의 등을 손으로 툭툭 치며 작은 소리로 말했다.

　"고맙다, 리리너스. 신세를 지는구나."

　대답은 들려오지 않았지만 케릭스는 리리너스가 틀림없이 그의 말을 듣고 있다는 것을 알 수 있었다. 곧장 일직선으로 날아가던 리리너스가 아주 조금이지만 양 옆으로 조금 방향을 틀었기 때문이다.

　이렇게 바람이 불어와 앞에 앉아 있는 사람의 목소리도 잘 들리지 않는데 어떻게 리리너스가 케릭스의 말을 모두 알아듣고 있는 것인지는 사실 케릭스도 잘 알 수가 없었다. 단지 케릭스가 알고 있는 것은 드래곤들은 미세한 소리도 놓치지 않는다는 것뿐이다.

　"아자리안은 괜찮은 거야?"

　"뭐라고?"

“아자리안 말이야!!”

“아…….”

대답할 말이 없는 케릭스는 입을 다물고 말았다.

결국 케릭스는 아자리안에게 아무 말도 하지 않고 케이란트 성으로 가는 지원군에 합류했다. 틴들랜드 경이 직접 오지 않았다면 어떤 핑계를 대서라도 발을 뺐을 테지만 방법이 없었다.

케릭스가 대답을 하지 않자 세샤크도 결국 입을 다물어 버렸다.

차가운 공기가 얼굴을 시리게 하고 손끝을 얼리기 시작했다. 아직 케이란트까지는 거리가 꽤 남아 있다.

케릭스와 세샤크는 몸을 감싸고 있는 망토를 한 번 더 추스르며 몸을 움츠렸다.

＊　　　　＊　　　　＊

“괜찮으려나?”

“뭐가?”

세샤크의 말에 마즈렉이 시큰둥하게 대꾸했다.

“케릭스 녀석 말이야. 요즘 너무 위태위태해.”

“뭐 언제는 안 위태했던 것처럼 말하고 그래? 그냥 두면 알아서 정신 차리겠지. 우리가 할 수 있는 건 다했어.”

“흐응, 말은 그렇게 하면서 케릭스 녀석 안 좋다는 소리 듣고는 제일 먼저 달려갔다고 하던데?”

“…….”

히죽 하고 입가를 올리며 세샤크가 말하자 마즈렉은 슬쩍 고개를 돌려 버렸다.

"틴들랜드 경께선 케릭스 녀석 정신 차리게 한다고 제일선에 배치하실 모양이던데."

"뭐… 급하면 아자리안을 소환할 테니까."

"지룡이 그런 면에선 좋지. 너도 좋지만. 리리너스를 불러낼 때 비라도 오면 나는 아주 곤란할 때가 많거든."

드래곤의 소환은 매개체가 필요한데, 지룡의 경우는 글자 그대로 땅— 대지가 그 매개체가 된다. 그에 비해서 세샤크의 레드 드래곤은 불꽃이 있는 곳에 한정되며 블루 드래곤 역시 물이라는 매개체가 필요하다. 그런 점에 있어서 마즈렉의 화이트 드래곤은 공기가 있는 곳, 바람이 통하는 곳이라면 어디든 소환이 가능하다는 장점이 있다. 물론 드래곤이 그 거대한 몸체를 두기 힘든 좁은 곳에는 불가능하다는 작은 단점이 있긴 하지만 말이다.

"말은 드래곤의 도움 따위 받기 싫다고 하는데 녀석처럼 드래곤을 효과적으로 불러내는 기사도 없어."

"그건 그렇지. 그런데 도대체 케릭스 녀석은 어디 틀어박혀서 코빼기도 안 보이는 거야?"

"아까 틴들랜드 경께서 찾으시던데."

"그래?"

"가서 틴들랜드 경 앞에서 두 손 들고 벌이라도 서고 있는 게 아닐까?"

마즈렉이 키득키득거리며 웃고 있는데 문가에서 뻐딱한 목소리가 들려왔다.

"벌은 무슨 벌이야, 마즈렉. 나는 벌 같은 것은 안 서."

“도둑이 제 발 저린 법이지.”

“제 발이 저리긴. 어머님께서 몇 가지 내게 전하라고 하신 것이 있었을 뿐이다. 헛소리들은 그만 하고 준비나 하자. 여러 가지로 바쁜 모양이야, 이곳은.”

그렇게 말하며 케릭스는 창밖을 돌아보았다.

지쳐 보이는 병사들이 무기를 나르고 성민들은 그들을 돕고 있었다. 고된 나날을 보내왔지만 그래도 키세 나이트라고 하는 존재가 그들에게 힘이 되었는지 움직이는 발걸음은 가벼워 보였다.

키세 나이트는 단순한 드래곤 나이트, 그저 병력으로만 취급되지 않는다. 데라즈의 사람들에게 있어 키세 나이트는 자부심과 긍지, 그리고 희망인 것이다. 키세 나이트 몇 명이 더 도착한 것만으로도 케이란트 성에 생기가 돌기 시작했다는 것을 그들도 잘 알고 있었다.

“분주하구나.”

케릭스의 시선을 따라 세샤크와 마즈렉이 고개를 돌렸다.

“아무래도 우리가 지원 물자까지 가지고 올 수는 없었으니까.”

도착하자마자 보고받은 바에 의하면 몬스터들의 습격이 극심해진 지는 거의 한 달이 다되어 간다고 한다.

“정말이지 올해는 뭔가 참…….”

“몬스터의 해라고 하고 싶은 거야?”

케릭스가 세샤크의 말을 가로막자 세샤크가 이맛살을 찌푸리며 대답했다.

“그거 듣던 중 상당히 맘에 안 드는 소리다, 케릭스.”

“하하하하.”

“웃을 일이 아니잖아, 임마. 몇 해 전인가? 한번 대륙 전체에 큰 소동이 났던 때 있었지?"

셰샤크는 마즈렉에게 동의를 구했다.

"20년 전쯤일 텐데……."

나름대로 정확한 기억력을 자랑하는 마즈렉이 곰곰이 기억을 되짚어보며 대답했다.

"맞아. 내가 태어난 해 바로 다음해라고 했으니."

"그때도 상당히 힘들었다고 들었어. 일 년 내내 이상할 정도로 몬스터가 늘어나서 아주 고역이었다고. 당시 키세 나이트들의 순직률이 최고였다고 했을 정도니까."

"과로사도 만만치 않았다고 하더라. 우리도 조심하자고. 젊은 나이에 일찌감치 땅속에 틀어박히진 말아야지."

키득거리며 셰샤크가 말하자 마즈렉이 한소리 했다.

"재수없는 소리는 하지 마."

"아하하하. 미안미안."

케이란트 성의 상황은 틴들랜드 경이 표현한 대로 오늘 죽을지 내일 죽을지 정도는 물론 아니었다. 하지만 그런 식으로 과장해 표현될 만큼의 상황이긴 했다.

변방은 아니지만 몬스터들이 자주 출몰하는 산자락 끝이라는 지리적인 위치 탓도 있었고, 늘어난 몬스터 때문에 꽤 오랜 시간, 주둔하고 있던 키세 나이트들이나 기타 영주군에 소속된 사람들이 많이 지쳐 버린 탓도 컸던 것이다.

지난해 비축해 두었던 식량도 현재 얼마 남아 있지 않은 데다가 새롭게 작물을 키워 추수를 하거나 막힌 교역로를 뚫어 다른 나라에서 식량을 들여오기 전까지는 한마디로 위험한 상태 바로 그 직전에 직면해 있었다. 기본적으로 데라즈는 농지가 적은 왕국인 것이다.

"음, 일단은 키세 나이트를 전부 동원해서 교역로 근처를 소탕한다고 하니까 잘만하면 3일 정도? 그 정도면 되지 않을까 생각한다."

마즈렉은 하나둘 키세 나이트의 숫자를 세어보며 계산을 했다.

"성에도 하나둘쯤은 남아 있는 것이 좋고, 전부 합해서 열 명 정도인가? 두 명은 부상 중이라고 했지만 하나는 움직일 수는 있다고 하니 그쪽을 성에 남기는 것도 나쁘지 않을 텐데."

"마즈렉, 작전은 틴들랜드 경께서 어련히 알아서 하실 텐데 웬 고민이냐? 머리 굴리는 소리 들려. 그렇게 고민할 필요가 어디 있어? 우리가 할 일은 몸으로 부딪쳐서 싹쓸이~인 거야."

"그렇게 가볍게 생각하지 마. 이 부근에는 오크 대신 머리 좋은 놈들이 꽤 있어. 게다가 내일은 보름달 밤이다. 웨어 울프도 꽤 섞여 있다고 들었는데, 그게 진짜라면 상황이 사실 좋은 건 아니야. 지원군이라고 해도 키세 나이트 몇 명이 전부인걸. 우리도 만능은 아니잖아?"

"뭐, 그건 그렇지만. 흐음. 보름이 꼈다는 점이 아주 환상적으로 안좋아."

쩝― 하고 마즈렉이 입맛을 다셨다.

"부딪쳐 보면 알게 되겠지. 그렇게 되면 아버지께선 오늘 국경 부근의 교역로 근처는 확실히 토벌하시려 할 거야. 내일 밤은 말하자면 고비가 될 테니까. 모레 아침에는 결과가 나올 테지."

조용히 서 있던 케릭스가 간단하게 결론을 지었다.

"뭐, 모레 아침까지 결과가 나오지 않으면 우리도 곤란하지. 모레엔 또 한바탕해야 하니까. 하아. 결국 쉬는 날이 없구나. 말이 대기조지, 덕택에 이리 돌려지고 저리 돌려지니."

"키세 나이트의 순직 이유가 주로 과로일지도 모른다는 소문이 맞는 걸지도 몰라. 하아. 살기 힘들다."

세샤크는 투덜대며 새로 장만한 검을 검집에 집어넣었다. 그러자 마치 그것을 기다렸다는 듯이 멀리서 나팔 소리가 들려왔다.

집결 신호였다.

"휴식 시간은 이것으로 끝이라는 알림 소리다. 나가자."

"그래."

깔끔하게 다듬은 무구를 갖춰 입은 세 명의 기사는 다시 한 번 장비를 점검하고 자리에서 일어났다.

집결을 알리는 나팔 소리가 길게 다시 한 번 울리고 있었다.

*　　　　*　　　　*

혹자는 키세 나이트 몇이 추가된 것뿐, 이라고 말하지만 그들이 가진 전투력은 단 대여섯만으로도 일개 군소 영주군에 맞먹을 정도다. 물론 그 사실을 정확히 아는 사람은 그리 많지 않다.

수도성에서부터 직접, 케이란트로 지원군을 데려온 하이리안 틴들랜드 경의 지휘로 케이란트 성은 지원군이 도착한 바로 그날 오후 이웃한 왕국과의 교역로 부근을 완전히 확보하는 전과를 올렸다.

그들을 지원하고자 따라갔던 보병들이 그저 손가락을 물고 쳐다만 보고 있었다라는 이야기는 그날로 바로 성안에 퍼져 케이란트 성에서는 더욱 활기가 돌기 시작했다.

그리고 땅거미가 어둑어둑하게 지기 시작한 시간, 성 곳곳에서는 어제와는 달리 훤하게 불빛들이 들어차고 있었다.

"상황은 좋아진 듯하지만 불행하게도 오늘은 보름날 밤이다."

기사들과 영주군의 앞에 선 하이리안 틴들랜드 경은 오후에 있었던 소탕 작전에도 불구하고 지치기는커녕 젊은 기사들보다 훨씬 기운찬 얼굴을 하고 있었다.

"상인들의 말에 의하면, 아주 곤란한 상대가 서쪽 숲에 있다고 한다."

늑대 떼는 사실 보통은 몬스터 취급을 당하진 않는다. 그들은 분명 무리를 지어 다니지만, 평소에는 그다지 사람들을 습격하거나 하지 않는다. 숲에는 그들이 사냥할 짐승들이 얼마든지 있고, 자신들의 영역을 침범하지 않는 이상 인간들을 고의적으로 습격하거나 하지는 않는다.

하지만 그들 중에 웨어 울프라는 존재가 하나 섞여들면 이야기가 달라진다. 이름하여 늑대 인간이라고 불리는 그 몬스터는 늑대들을 조종해 인간을 습격하기 때문이다.

웨어 울프에게 조종당한 늑대들은 아무리 인간들이 몰려가도 피하기는커녕 이성을 잃고 달려들기 때문에 더 더욱 위험하다. 웨어 울프가 늑대 무리에 끼어든 순간 보통의 늑대 무리는 위험천만한 몬스터가 되어버리는 것이다.

목격된 늑대 무리에 대한 설명을 틴들랜드 경의 부관이 간략하게 마치고 난 후 틴들랜드 경은 키세 나이트들을 어떻게 배치할지에 대해 언급했다.

"…웨어 울프는 극도로 조심스럽게 다루어야 한다는 사실은 모두 알고 있을 터이니 더 이상의 설명은 덧붙이지 않겠다. 그리고 성에 남을 인원은 현재 팔에 부상을 입기는 했으나 활동은 가능하다고 본인이 밝힌 매슈 릭튼, 그리고 케릭스 틴들랜드 이 둘로 하겠다. 성의 경비에 최선을 다하도록.”

순간 주위가 약간 술렁거렸다.

특히 키세 나이트들의 뒤에 정렬해 있던 영주군들 사이에서 말이다.

검은 머리카락과 푸른 눈에 한눈에도 알아볼 수 있을 정도로 닮은 두 사람인데 성마저 같다면 그들이 부자 관계라는 것을 모를 수가 없기 때문이다.

거의 모든 키세 나이트와 영주군이 출동하는 상황에 자신의 이들만을 안전한 성내에 두고 간다고 남들이 욕을 해도 어쩔 수 없는 상황이다.

물론 성에 잔류하는 것이 무조건적으로 안전한 것만은 아니다. 혹여 성 쪽으로 웨어 울프라도 들이닥치는 날에는 가장 일선에서 몸을 던져야 하는 위험한 위치이기도 하기 때문이다. 하지만 사람들이 그것까지 모두 생각해 줄 리는 없다.

“성의 경비에 단둘이라면 부족한 듯하지만 그 외 경비병까지 모두 동원이 된 상태니 그리 무리는 없을 것이라고 본다. 복창은?”

차가운 목소리를 머리에서부터 발끝까지 뒤집어쓴 듯한 기분이 든 케릭스는 순간 긴장해 버렸다.

“최선을 다하겠습니다!”

팔을 가슴에 올리고 케릭스는 커다란 목소리로 복창했다.

술렁거리는 소리가 들리지 않는 것은 아니다. 하지만 그는 남몰래 마음속으로 그의 아버지 틴들랜드 경에게 감사의 인사를 하고 있었다.

‘감사합니다, 아버님.’

아자리안이 그와 함께 오지 않았다는 것을 이미 눈치 채고 있는 것이다.

낮의 교역로 확보전에서도 그는 말을 타고 보병들의 앞에 서 있었다. 물론 그런 역할을 그에게 맡긴 것은 틴들랜드 경이다.

엄한 아버지이지만 나름대로는 아들인 자신에게 신경을 세심하게 써주고 있다는 것에 그는 감사할 따름이었다.

케릭스는 고개를 똑바로 들고 틴들랜드 경을 바라보았다.

서서히 아버지의 얼굴에도 세월의 흔적이 여실히 드러나고 있었다.

'아버님의 현역 근무도 이제 몇 년 남지 않은 건가?'

나름대로는 집안의 장남이기에 책임감을 느끼고 있는 케릭스다. 늦은 나이에 본 자식이 어찌저찌해서 무사히 집안의 내력대로 키세 나이트가 되긴 했지만 같은 기수 내에서, 아니, 현직 키세 나이트들 중에서 벌써부터 골칫덩이 사고뭉치로 낙인이 찍힌 꼴이 되어 있으니 그런 아들을 둔 아버지의 고뇌가 어떤 것일지 가히 상상이 가지 않는 것도 아니다.

하지만…….

스스로도 자신이 어째서 이렇게나 골칫덩이 신세가 되어 있는 것인지 아무리 생각해도 결론이 나지 않는 것은 어쩔 수 없었다.

'역시, 사실 나는 키세 나이트와는 인연이 없던 것일지도 모르겠어.'

모두가 부러워하는 위치에 있으면서도 그것에 만족도, 편안함도 느끼지 못하는 자신이 너무도 괴로웠다.

하지만 그 자리를 떠날 만한 용기가 없다는 사실이 무엇보다도 케릭스에게는 가장 힘든 점이었다.

"성벽 가까이에 접근하는 늑대 무리는 없습니다."

　시간에 맞추어 경비 대장이 그에게 보고를 하러 왔다.

　성의 제일 높은 망루에 올라와 있던 케릭스는 그 보고를 받고 안도의 한숨을 내쉬었다.

　아무 일도 없는 것처럼 좋은 것도 없다.

　성의 서쪽 숲 멀리로 작은 횃불들이 줄을 이어가고 있는 것이 그의 눈에 들어왔다.

　휘영청 하늘 높이 뜬 보름달빛은 하늘을 나는 드래곤들의 색을 왠지 모르게 다른 색으로 보이게 하고 있었다.

　창백하게 바랜 듯한, 그래서 더욱 서늘해 보이는 달빛.

　넓은 주 성문 안쪽의 광장에 자리 잡고 있는 매슈 릭튼의 파트너인 레드 드래곤도 달빛을 받아 불꽃의 색 대신 차갑게 반짝이는 어두운 루비 같은 색을 띠고 있었다.

　보초병은 왠지 자리가 불편한 듯 한시도 쉬지 못하고 망루 내를 맴돌고 있었다. 아무래도 키세 나이트와 한자리에 있는 것이 편하지는 않은 모양이었다. 거기에다가 키세 나이트라고는 하는데 이곳에 도착해서 단 한 번도 드래곤과 함께 있는 모습을 보인 적이 없는 키세 나이트이기에 더 더욱 호기심까지 치솟아 있는 것 같았다.

　무엇인가 물어보고 싶어 한두 발자국 케릭스에게 다가왔다가 물러서고, 또 다가왔다가 물러서고 하는 모습을 보고 케릭스는 쓴웃음을 지을 수밖에 없었다.

　가슴에 새겨져 있는 거대한 날개를 가진 흑룡과 검의 문장이 그가 키세 나이트라는 것을 증명하고 있지만 '진짜' 키세 나이트는 이런 문장에 새겨진 드래곤이 아니라 진짜 살아 숨 쉬는 드래곤과 함께 있는 자를 말하는 것이다.

키세 나이트에게 있어 가장 편한 곳은 드래곤의 곁이며, 또한 평생을 같이할 동반자이기에 서로를 이해하고 아껴주는 사이여야 한다.

'역시 나는 자격이 모자란 것인지도 몰라.'

키세 나이트이면서도 드래곤과 함께 있는 것이 거북하다고 하면 아무도 믿지 못할 것이다. 이유라도 알 수 있다면 이렇게 괴로워할 필요도 없다.

가끔 친구들인 셰샤크와 마즈렉의 말대로 드래곤들에게 묘하게 인기가 있다는 것은 스스로도 느끼고 있는 바이긴 했다. 지금까지 그가 원하든 원하지 않든, 자신이 계약을 해지하고 홀로일 때 그에게 계약을 권한 드래곤들은 다른 사람들이 아는 것, 모르는 것을 모두 합해 열 번이 넘는다.

"후우……."

생각할 것은 많고 대답은 없는 것들뿐.

피곤해져 오는 눈을 몇 번이고 감았다 뜨며 케릭스는 숲을 바라보았다. 일제히 숲의 나무 사이로 갈라져 들어가던 횃불들의 줄이 간간이 흩어졌다가 다시 모이고, 또다시 다른 대형으로 흩어지며 모이는 광경이 눈에 들어왔다.

웨어 울프가 있다면 늑대 몰이가 쉽지는 않을 것이다.

웨어 울프는 인간의 몸에 늑대의 머리를 가진 몬스터로 평소에는 그저 덩치가 약간 큰 늑대로밖에 보이지 않는다. 그러던 것이 보름날 밤이 되면 인간형으로 변해 늑대들과 함께 인간을 습격한다.

일반적으로는 잘 발견되지 않는 몬스터지만, 올해에는 웨어 울프 목격 횟수가 평년을 웃돌고 있다.

'부디 무사히들 돌아와야 할 텐데…….'

차가운 밤바람이 신경을 곤두세웠다.

털끝 하나하나에까지 신경이 미쳐 바람이 스쳐 지나가는 것까지 생생하게 느끼고 있었다.

고요함과 적막감.

오싹하리만치 빛나고 있는 은색의 달.

이상하게 신경이 더욱더 곤두서는 것은 저 달 때문일지도 모른다.

순간 오한이 발끝에서부터 머리로 치솟아오른다.

'기분이 나빠.'

조금 전까지만 해도 그저 고요하게 불어오는 밤바람이 시원하기만 했는데 그것이 순간 돌변해 있었다.

공기가 차가운 달빛을 받아 변질되어 버린 걸까?

달빛이 무겁게 내려앉아 어깨마저 굳어지고 있었다.

"그쪽은 이상없나?"

"예? 아, 예! 이상없습니다. 쥐새끼 한 마리도 보이지 않는뎁쇼?"

케릭스는 이상하리만치 신경이 곤두서 있는데도 옆에 있던 보초병은 아무렇지도 않은 듯 아래를 힐끔 한 번 내려다보고는 말했다.

"흐음. 뭔가 이상한 기미가 있음 바로 말해 주게."

"예, 맡겨주십시오."

힘차게 말하고 있는 보초병이 미덥지 않은 것이 아닌데도 케릭스는 마음이 놓이지 않았다.

'역시 아무래도 뭔가 이상해.'

멀리 보이는 횃불들의 움직임은 여전히 질서 정연한 채로 흐트러짐이 없다.

'저쪽은 괜찮은 듯한데…….'

케릭스는 광장 쪽의 레드 드래곤을 바라보았다.

드래곤들은 인간보다 몇 배 더 감각이 예민하다. 뭔가 이상한 점이 있으면 반드시 자신보다, 그리고 주위 사람보다 훨씬 빠르게 움직일 것임에 틀림이 없다.

그러나 케릭스의 눈에 보이는 레드 드래곤은 아주 평온한 상태로 날개를 접고 몸을 주욱 편 채 편히 쉬고 있는 것으로 보였다.

'내 괜한 기우인가?'

적어도 케릭스는 드래곤들의 감은 확실히 믿고 있었다.

그들을 믿어 그 기대에 배신을 당해본 적은 없다.

스스스스― 하고 나무들이 바람에 움직이는 소리가 성벽 건너편에서 들려왔다.

누군가 겁이 많은 사람이 있다면 저 나무 사이에 무엇인가 있는 것이 아니냐며 공포에 떨지도 모른다.

하지만 케릭스의 신경을 자극하는 것은 성벽 밖에 있는 것이 아니었다. 오히려 사람들의 소리가 간간이 들려오는 평화로워 보이는 성안의 무엇인가가 케릭스가 긴장을 늦추지 못하도록 만들었다.

너무나 평화로워, 그래서 오히려 심장을 두근거리게 만드는 어떤 것이…….

하늘에서 차가운 빛을 발하던 달이 구름 사이로 숨어들었다. 주위에 순간 칠흑 같은 암흑이 내려앉았다.

케릭스는 숨을 들이마셨다.

묵직한 공기가 기도를 통해 폐로 들어오는 느낌은 마치 갈고리로 목구멍을 긁는 듯했다.

'무엇인가가 있다, 틀림없이!'

허리에 차고 있던 검에 자신도 모르게 손이 갔다.

그리고 어두운 구름 사이로 숨었던 달이 순간 다시 얼굴을 내미는 순간, 성안 깊숙한 곳에서 길고 긴 늑대의 울음소리가 울려 퍼져 나왔다.

"카아아아아—악!!"

뒤를 잇는 날카로운 여자의 비명 소리.

"느, 늑대들이다!!"

여기저기에서 들려오는 병사들의 외침 소리가 바람을 타고 밤무 위로 솟아올랐다.

순간 세찬 바람이 케릭스의 등에 불어닥쳤다.

"아무래도 이상한데? 웨어 울프가 껴 있다면 이렇게 늑대들이 순순히 몰려가지는 않을 텐데 말이야. 안 그래?"

리리너스의 등 위에서 세샤크가 소리쳤다.

어두운 밤이라고는 하지만, 하늘 위에 보름달이 떠 있는 데다가 병사들이 들고 있는 횃불 때문에 숲의 상황은 어렵지 않게 파악할 수 있었다.

늑대들은 보고를 받은 것처럼 그렇게 많지도, 그렇다고 해서 적지도 않았다.

그들은 병사들이 울리는 시끄러운 북소리에 밀려 점점 더 깊은 산속으로 몰려가고 있었다.

웨어 울프가 있었다면 벌써 그 포위망을 뚫기 위해 뒤돌아 섰을 텐데 늑대들은 자꾸만 산속으로 달아나고만 있었다.

"소문일 수도 있으니까 뭐 나는 오히려 다행이라고 생각해!"

셰샤크의 고함 소리를 들은 마즈렉은 라웬에게 리리너스 가까이로 날아가 줄 것을 부탁했다.

"앞으로 가자!!"

"알았어!!"

셰샤크의 손짓에 동료들이 하나둘씩 속도를 올리기 시작했다.

바람을 가르며 색색의 드래곤들이 속도를 올려 바람처럼 앞으로 나아가는 모습을 병사들이 보았다면 장관이라고 말했으리라.

하지만 어두운 숲에서 횃불 하나에 의지해 떼를 지어 몰려가고 있던 병사들은 안타깝게도 키세 나이트들의 모습을 제대로 확인할 수가 없었다.

그들에게 들려오는 것은 동료들의 발자국 소리와 숨소리뿐.

공기에 섞여 있는 짐승의 냄새, 그리고 지독하리만치 주위에 가득 내려앉아 있는 숲의 냄새가 그들의 감각을 마비시켜 가고 있었다.

그 때문일까? 그들은 멀리 환하게 빛나고 있는 자신들의 성에서 일어나고 있는 일을 어느 누구도 눈치 채지 못하고 있었다. 아니, 설사 그들 중 몇이 뒤를 돌아보았다 해도 알아채지 못했을 것이다. 멀리 보이는 성은 너무나 고요하고 아름답게 빛나고 있었기 때문에…….

드래곤이 날갯짓을 하기 시작했다.

검붉은 날개가 움직일 때마다 주위에 바람이 일어나고 있었다. 다리를 다친 기사는 그 드래곤의 등 위에 앉아서 조금이라도 빨리 비명 소리가 들려오고 있는 곳으로 가기 위해 그의 드래곤을 재촉했다.

"리쿤, 어째서 내게 말해 주지 않았지?"

하지만 그의 드래곤은 대답을 하는 대신 다시 한 번 날갯짓을 하며 고개를 저었다. 늑대들의 기척을 느끼지 못했을 리가 없건만 그의 드래곤은 자신에게 적이 있다는 사실을 알려주지 않았다. 기사는 한숨을 내쉴 수밖에 없었다.

분명 몸을 다친 자신을 생각해 아무 말도 하지 않았음에 틀림이 없을 것이라 짐작이 갔기 때문이다.

귀를 찌르는 사람들의 비명 소리가 들려올 때마다 그는 부상당한 자신을 책망할 수밖에 없었다.

'그건 그렇고, 틴들랜드라고 했던가? 그의 드래곤은 어떻게 된 거지? 설마 습격이라도 당한 건가?'

그의 드래곤은 파트너의 부상 때문에 아무 말도 하지 않았다고 치자, 하지만 케릭스 틴들랜드와 그의 드래곤은 어떻게 된 것일까?

문득 그는 지금까지 한 번도 케릭스의 드래곤을 보지 못했다는 사실이 떠올랐다.

'설마…….'

그는 고개를 저었다. 적어도 케릭스는 틴들랜드 경이 직접, 성의 경비를 맡긴 능력있는 키세 나이트일 것이라 믿고 있었기 때문이다.

키세 나이트 매슈 릭튼은 자신과 같은 또 한 명의 키세 나이트, 케릭스를 찾기 시작했다.

타다다닥—

케릭스는 미친 듯이 망루의 계단을 내려가고 있었다.

'젠장할!! 산을 넘어올 줄이야.'

케이란트 성은 그다지 높지는 않지만 상당히 험준한 바위산을 끼고 세워져 있다. 늑대들이 숨어들기 좋은 숲들이 바위산을 제외한 나머지

삼면에 울창하게 퍼져 있기 때문에 모두들 늑대들이 습격을 한다면 숲에서부터라고 생각하고 있었다.

실제로 지금까지 몸 하나 제대로 숨길 수 없는 저 험준한 바위산을 넘어 몬스터들이 습격해 온 적은 없었다.

가파른 바위산을 넘어 허를 찌르는 것보다는 차라리 숲으로 숨어드는 쪽이 훨씬 성공률이 높은 데다가 사람들이 제대로 저항을 할 수 없기 때문이다.

'웨어 울프라는 것이 이렇게도 까다로운 상대였다니……'

보름달이 떠 인간형으로 변하면 인간에 가까운 지능을 가지게 된다고는 하지만 지금은 보름달이 뜬 지 채 몇 시간도 되지 않은 시점이다.

인간형으로 변신한 뒤에 늑대들을 몰고 왔다고 해도 시간이 맞지 않았다.

'도대체 어떻게 성안으로 들어온 거지?'

주먹을 쥐고 있는 손에 힘이 들어가고 있었다.

도대체 몇 마리의 늑대가 성안에 스며들었는지 아직 파악조차 되지 않는다.

들려오는 비명 소리는 병사들의 고함 소리에 섞여 그의 귀에 들려오고 있었다. 위치는 파악할 수 있지만 습격한 늑대들의 수는 전혀 파악할 수 없었던 것이다.

'이런 빌어먹을……'

속으로 욕을 퍼부으며 그는 길고 긴 망루의 계단을 원망하기 시작했다. 할 수만 있었다면 저 높은 망루에서 뛰어내리고 싶었다.

'그가 잘 해내고 있어야 할 텐데……'

케릭스는 광장에서 하늘로 날아오르던 레드 드래곤의 존재를 떠올

렸다. 어째서 그 드래곤이 늑대들의 습격을 미리 알아채지 못했는가에
대한 의문이 떠오른다.

　'도대체, 어떻게 된 거야!! 일이 이 지경이 될 때까지!!'

　멀지 않은 곳에서 늑대의 울음소리들이 들려오고 있었다.

　누군가를 부르는 듯한, 그리고 동료들을 독려하는 듯한 울음소리.

　그 소리가 나는 쪽으로 케릭스는 신경을 곤두세웠다.

　"그윽—!"

　병사들이 좁은 길에서 우왕좌왕하고 있었다.

　케이란트 성은 요새형으로 지어졌기 때문에 성에서부터 성문까지
일직선으로 통하는 길이 없다. 큰길이 작은 길로 나누어졌다가 다시
큰길로 통합되는 등, 성안의 길은 포위망을 펼치기에는 최악의 조건을
가지고 있었다.

　하지만 선택의 여지가 없기에 병사들은 삼삼오오, 때로는 몇 명씩
방패를 들고 길을 막아서거나 주위의 물건들을 끌어내 벽을 쌓고 있었
다.

　파아아— 하는 소리가 길 건너편에서 들려왔다. 레드 드래곤의 브레
스가 공기를 태우며 만들어내는 소리였다.

　'큰길로는 오지 않는다. 어떤 녀석인지 모르지만 인간 이상으로 머
리가 좋아.'

　성의 경비대장에게 경비병들의 통솔을 전권 위임한 케릭스는 단독
행동을 하고 있었다.

　다행히 다리를 다쳐 행동이 불편했던 기사와 그의 레드 드래곤이 멋
지게 활약을 하고 있어서인지 늑대들은 더 이상 성 중심부로 들어오지

못하고 있었다.

다시 레드 드래곤의 브레스 소리가 들리고 늑대들의 고통스러운 울부짖음 소리가 들려왔다. 브레스의 열기가 케릭스의 곁에까지 전해져 오고 있었다.

'이곳은 괜찮겠어.'

길 때문에 포위망을 펼치기 힘들다는 것은 반대로 말하면 상대도 결국 쉽게 중심부로 파고들지는 못한다는 이야기로 뒤바꿀 수도 있는 것이다.

'이쪽이 각개격파밖에 하지 못한다면 놈들도 마찬가지!'

물론 허를 찔리기 쉽다는 커다란 문제점이 있지만 그것은 어떻게 해서든 레드 드래곤이 막아줄 수 있을 것이다.

농민들이나 자잘한 집들이 많은 곳은 오히려 숲 쪽에 가깝다.

중앙의 광장을 넘지 못하게 한다면 승산은 몬스터들보다는 인간에게 있는 것이다. 일단 중앙 광장과 큰길들은 레드 드래곤이 지켜줄 것이라 그는 믿어 의심치 않았다.

'내가 할 일은 놈들의 우두머리를 찾는 거야.'

케릭스는 머리 속에 케이란트 성의 지도를 떠올렸다.

지금까지 병사들이 만들어놓은 방어벽과 집들의 위치, 성벽과 건물들을 필사적으로 기억해 지도에 추가해 간다.

하나하나 길을 막고 그 길에 이어진 길들을 다시 떠올리며 그는 점점 앞으로 전진해 갔다.

휘익— 하고 순간 눈앞에 무엇인가가 스쳐 지나갔다.

"우앗!!"

"크르르르르—!"

벌어진 입에서 흉악한 짐승이 내뿜는 적의가 흘러나오고 있었다.

눈앞에 있는 것은 달빛을 받아 은빛으로 반짝이는 털로 뒤덮인 늑대.

"크아아아앙!"

입을 벌리고 달려드는 커다란 늑대의 입을 피해 케릭스는 몸을 옆으로 기울이며 그대로 바스타드를 휘둘렀다.

"캐엥!!"

후드드득—

늑대의 몸이 갈라지며 사방으로 피가 튀었다.

"우욱—"

피비린내에 익숙한 케릭스지만 순간 욕지기가 치밀어 올랐다.

피 냄새에 섞여 있는 역한 기운이 사방으로 퍼지자 사방에서 늑대들이 달려오는 소리가 들렸다.

"이런!!"

늑대의 피에 섞여 있는 무엇인가가 동료들을 불러 모으고 있었다.

케릭스는 혀를 차며 후회했지만 이미 사건은 벌어진 뒤였다. 생각보다 훨씬 더 늑대들은 광장 쪽에 가까이 와 있었다.

'칼등으로 쳐버리고 말 것을……'

피 냄새를 맡고 몰려들기 시작하는 늑대들의 소리가 점점 더 커져 갔지만 케릭스에게 있어 선택의 여지는 없었다.

'어디에 있는 거지?'

조무래기들을 일일이 상대할 수는 없었다.

그는 피가 흐르는 바스타드를 그대로 손에 든 채 몸을 돌렸다. 다행히 멀지 않은 곳에서 레드 드래곤의 기운이 느껴졌기 때문이다.

‘큰길 쪽으로 유인을 한다면 가능성이 있어.’

검을 잡은 손에 식은땀이 배어 나오고 숨소리는 거칠어져 가고 있었다.

귀에 들리는 것은 늑대들의 흉흉한 울음소리와 무겁게 울리는 발자국 소리뿐.

환하게 타오르고 있는 횃불이 가까이에 보이는 순간 그는 소리를 지르며 방향을 틀었다.

“늑대들이다!!”

그의 목소리에 답하듯 병사들의 우오오오— 하는 고함 소리가 들려왔다.

타다다닥 하는 병사들의 발걸음 소리가 가까워져 가자 케릭스의 뒤를 따라오던 늑대들이 병사들 쪽으로 몰려가기 시작했다.

구석으로 숨어들었던 케릭스는 안도의 한숨을 내쉬었다.

‘인원수가 있으니 조금은 버텨주겠지.’

자신의 목소리를 레드 드래곤이 부디 들어주었길 바라며 그는 숨을 골랐다.

‘이제……’

케릭스는 늑대들이 몰려간 후 텅 비어버린 길로 다시 뛰어들었다. 하지만 바로 다음 순간 그는 절망의 신음 소리를 낼 수밖에 없었다.

“크르르르—”

감쪽같이 따돌렸을 것이라 생각했던 늑대들이 어느새 그의 뒤에 한 가득 되돌아와 있었다. 그리고 그의 눈앞에는 인간인지, 늑대인지 잘 구별되지 않는 거대한 몬스터가 은색의 눈동자를 빛내며 그를 노려보고 있었다.

“제길.”

한 손에 들고 있던 바스타드를 곧추세우며 그는 욕을 내뱉었다.

‘속은 것은 내 쪽이군.’

여남은 마리들이 병사들을 유인해 다른 길로 가버리고 남은 수십 마리의 늑대들이 그의 주위에 포진해 있었다.

그들을 통솔하고 있던 것은 다름 아닌 웨어 울프.

“우두머리를 노리는 것은 결국 그쪽이나 이쪽이나 같았다는 소리군.”

케릭스이 말에 케릭스보다 머리 세 개는 큰 웨어 울프가 대답하듯 목을 울렸다.

“하지만 말이지, 진짜 우두머리는 내가 아니야, 이 멍청아.”

말을 마치기 무섭게 케릭스의 몸이 웨어 울프 쪽으로 돌진했다.

‘상대는 단순한 늑대가 아니다. 몬스터, 아니, 그 이상일지도 몰라.’

바람을 가르며 바스타드가 웨어 울프의 목을 노렸다. 그러나 상대는 만만치 않았다. 그저 단순하게 돌진하는 늑대들과는 달리 그것은 ‘인간’ 처럼 뒷걸음질을 치며 케릭스와의 거리를 좁혀주지 않았다.

검은 허공을 가르며 허무하게 스쳐 지나가고 케릭스의 어깨 쪽에 웨어 울프의 날카로운 손톱이 파고들었다.

“크흑—!”

“쿠오오오오—!”

웨어 울프의 손톱이 케릭스의 어깨를 스치는 순간 몸을 돌리며 휘두른 케릭스의 검에 웨어 울프의 팔이 잘려 하늘로 날아올랐다.

“크아아아아—”

한 팔을 잃은 웨어 울프가 고통에 찬 비명을 지르자 그때까지 뒤에서 케릭스를 지켜보고만 있던 늑대들이 일제히 달려들기 시작했다.

케릭스는 미친 듯이 검을 휘둘렀다.

하지만 그의 검에 맞고 떨어져 나간 늑대는 겨우 서너 마리, 두 마리의 늑대가 케릭스의 망토를 물어 그의 움직임을 봉쇄하고 다른 늑대들이 케릭스의 팔과 다리에 달려들었다.

"크흑―!"

늑대들의 이빨이 케릭스의 발목에 파고드는 순간 이루 말할 수 없는 한기가 케릭스의 몸을 통과했다.

수없이 많은 몬스터와 싸워왔던 그이지만, 몸에 다닥다닥 들러붙어 오는 늑대들을 한꺼번에 감당할 수는 없었다.

늑대들의 무게와 함께 절망이라는 어둠이 새카맣게 케릭스를 덮쳐왔다.

그 순간, 케릭스의 시야가 미세하게 흔들렸다.

"……!!"

그것은 아주 찰나의 순간, 눈을 깜박이는 것보다 더욱 짧은 한순간이었다.

'아자리… 안?'

그것은 익숙하면서도 낯선 감각이었다.

수차례 드래곤과 함께 전투를 해왔던 케릭스지만 그가 전투 중에 드래곤과 감각을 공유했던 것은 몇 차례되지 않는다. 비록 드래곤과 때로 감각을 공유하는 키세 나이트지만 실제 그 감각의 공유는 그때그때의 아주 단순한 기쁨이라던가 슬픔 같은 종류의 것으로 직접적인 오감의 공유는 아니다.

하지만 지금, 드래곤의 눈에 비추이는 것이 그대로 케릭스의 눈에

투영되고, 서로의 감각이 받아들인 것이 서로에게 생생히, 그대로 전해지는 오감의 공유를 그는 체험하고 있었다.

"안 돼!! 아자리안!!"

그는 아자리안이 무엇을 하려는 것인지 금세 깨닫고 거부했지만 불가항력이었다.

허공을 가르며 늑대들의 목을 노리려던 검이 자신도 모르게 바닥에 내리꽂혔다.

"아자리안!!"

아사리안이 케릭스의 몸을 매개체로 삼아 자신의 파트너가 있는 곳에 나타나려 하고 있었다.

절대 아자리안을 소환할 생각이 없었기에 아자리안을 아예 수도에 홀로 두고 왔던 케릭스였다.

다른 것은 몰라도 케릭스에게 닥치는 위험에는 너무나도 과민하게 반응하는 아자리안이다. 계약 해지 문제 때문에 아자리안의 상태가 불안정한 이때, 그녀가 몬스터와 싸우게 되는 것만큼은 절대 사양하고 싶었다. 그녀가 무슨 일을 할지 케릭스로서는 상상도 하고 싶지 않았던 것이다.

하지만 아자리안은 그런 케릭스의 의지를 배반하고 이곳에 나타나려 하고 있었다.

'안 돼—!!'

이미 목에서는 소리가 나오지 않았다.

검을 잡고 있던 손에서 감각이 사라지고 가까이에 보이던 웨어 울프의 미친 은색 눈이 순간 뒤로 밀려났다.

목소리가 돌아온 것은 바로 그 직후.

“으—헉!!”

케릭스의 몸이 뒤로 팅겨지는 순간, 형체가 있는 무엇인가가 케릭스의 몸을 통과해 그의 앞에 나타났다.

온몸의 신경을 긁어내는 듯한 기묘한 감각에 케릭스는 숨을 쉴 수 없었다.

바람이 케릭스의 몸을 뒤로 멀리 팅겨낸 자리에 달빛을 받아 차가운 황금빛을 반사하는 드래곤의 거대한 몸체가 나타났다.

“아자리안…….”

손을 뻗으려 했지만 이상하게도 케릭스의 몸은 그의 마음대로 움직여 주지 않았다. 마치 한겨울 차가운 눈 속을 몇 시간이나 헤맨 것처럼 온몸이 얼어붙어 있었다.

‘이건… 늑대들 때문인가?

어째서 이렇게 오한이 드는지 그 이유를 떠올리던 케릭스는 순간 놀라 고개를 들었다.

케릭스의 몸을 매개로 강제로 이곳에 나타난 아자리안이다. 케릭스를 뒤로 밀어내고 그가 서 있던 자리에서 그가 보고 있던 것을 보고, 그가 듣던 것을 듣게 된 아자리안. 하지만 또한 그녀는 케릭스가 당했던 그대로 당하고 있을 것이라는 데 생각이 미쳤다.

케릭스의 생각은 빗나가지 않았다.

“크르르르르—”

평소라면 절대, 늑대 따위의 이빨과 발톱에 상처를 입을 수 없는 비늘 사이에 수없이 많은 늑대의 이빨이 박혀 있었다.

케릭스의 어깨에 난 상처와 똑같은 상처가 아자리안의 날갯죽지에 있었다. 그 벌어진 틈을 웨어 울프가 눈을 번득이며 노려보고 있었다.

"피해— 아자리… 안."

숨도 제대로 쉴 수 없는 케릭스의 목에서 이상한 소리가 흘러나온다.

평소라면 저 정도의 늑대들에 당할 아자리안이 아니지만, 케릭스에게 동화되는 바람에 그만 케릭스가 입은 상처를 모두 자신의 몸에 그대로 똑같이 당해 버린 아자리안이다.

안타까움과 괴로움이 덮쳐 왔다. 아무것도 할 수 없는 자신이 죽을 만큼 싫었다.

"피해…….”

바람 소리가 들려왔다.

그것은 자연의 바람이 아닌 아자리안이 브레스를 내뿜기 위해 공기를 들이마시는 소리였다.

"크아아!"

웨어 울프의 이빨이 벌어진 아자리안의 상처에 박히는 순간 아자리안의 브레스가 바닥 위에 작렬했다.

늑대들의 거친 숨소리와 아자리안의 고통스런 신음 소리는 땅이 갈라지는 소리에 묻혀 버렸다.

콰르르르르—

지룡인 아자리안의 브레스는 땅을 가르고 그 위에 있던 모든 것들을 침몰시켰다. 흙과 함께 돌들이 하늘로 치솟아오르고 치솟아오른 돌에 가격당한 늑대들이 울부짖었다.

흔들리는 땅에 엎드린 채 케릭스는 아자리안을 바라보고 있었다.

'…이건 브레스가 아니야, 아자리안의 용언 마법의 힘이다.'

드래곤들이 과거 마법을 썼다는 이야기는 키세 나이트라면 누구든 알고 있는 신화의 한 자락.

　이름하여 용언 마법이라고 불리는 그것은 땅을 가르고 하늘을 울리며 강을 넘치게 하고 숲을 태우는 절대적인 힘이라고 한다. 하지만 그것은 과거의 오랜 시간 전의 이야기였다. 이미 용언 마법을 쓰는 드래곤이 신화 속의 환상이 되어버린 지 오래.

　그러나 드물게, 아주 드물게 그 전설에 나오는 용언 마법을 쓸 수 있는 드래곤이 존재하기는 했다. 그것은 과거에 몇 번, 키세 나이트들의 입에서 입으로 전해진 이야기다.

　자신의 계약자나 혹은 드래곤 자신에게 생명의 위협이 닥쳤을 때 몇몇 드래곤들이 용언 마법이라고 할 수밖에 없는 힘을 써왔다. 그러나 그것은 드래곤이 가지고 있는 그 막강한 생명력을 바탕으로 이루어지는 것으로 용언 마법을 쓴 드래곤은 거의 반드시라고 할 만큼 다른 드래곤들에 비해 짧은 생을 살았다고 한다.

　'아자리안… 너는…….'

　믿고 싶지 않았지만 지금 땅을 가른 아자리안의 힘은 마법이라고 표현할 수밖에 없었다.

　그저 케릭스를 구하기 위해서라면 상처 입은 그를 데리고 날아가 버렸으면 그만이었을 것이다.

　하지만 아자리안은 케릭스에게 덤벼들던 늑대와 몬스터를 처치하고 싶어했다. 그것이 케릭스가 하려던 일이고, 또한 바라는 일이었기 때문이다.

　케릭스는 아자리안이 몬스터와의 전투에서만큼은 그의 말을 너무나 확실하게 들어준다는 것을 경험상으로 잘 알고 있었다. 단, 거기에는 케릭스의 몸에 위험이 없다는 전제 조건이 붙어 있기는 하지만 말이다.

케릭스가 홀로 저 웨어 울프와 늑대들을 상대하지 않았다면 절대로 아자리안은 용언 마법 따위는 쓰지 않았을 것이다.

상처 입은 케릭스의 위험을 느끼고 온 아자리안은 몬스터들의 퇴치와 계약자의 목숨 모두를 한 번에 해결하려 한 것이다.

그 증거로 케릭스가 쓰러져 있는 곳에는 신기하게도 돌 조각 하나, 흙먼지 하나 튀어오지 않았다.

쿠르르르르르—

갈라졌던 대지가 늑대들의 시체를 삼키고 다시 원래대로 닫히기 시작했다.

부서졌던 돌들이 다시 하나하나 제자리를 찾아가는 모습이 케릭스의 흐린 눈에도 생생하게 비추어졌다.

땅의 기운을 받아 태어난 지룡만이 할 수 있는 일이었다.

흙먼지 하나까지 다시 원래대로 돌아가고 그 자리에 남은 것은 케릭스와 아자리안 단둘뿐.

그곳으로 사람들이 다가오는 소리가 바닥을 통해 들려오기 시작했다.

"아자… 리안……?"

케릭스는 잘 나오지도 않는 목소리로 아자리안의 이름을 불렀다.

용언 마법을 쓴 후 그 자리에 못 박히듯이 꼼짝도 하지 않는 드래곤의 이름을…….

펼쳐져 있던 날개가 내려앉고 다음 순간 쿠웅— 하고 아자리안의 몸이 바닥에 닿았다. 다리가 힘을 잃은 것 같았다.

케릭스는 바닥을 기어 아자리안 쪽으로 다가갔다. 하지만 좀처럼 케릭스는 아자리안에게 가까워지지 못했다.

그 역시 몸 상태가 한계에 다다라 있었기 때문이다.

웨어 울프가 할퀸 상처에서부터 시작된 한기는 이미 온몸에 퍼져 머리끝부터 발끝까지 굳어가고 있었다.

'내가 이런 상태라면… 아자리안도…….'

계약자인 드래곤의 힘으로 목숨을 부지하고 있다는 사실이 케릭스를 괴롭히고 있었다. 아자리안이 다치지 않았다면 이런 기분이 들지는 않았을 것이다.

아자리안의 상처는 모두 자신 때문에 생긴 것.

저런 조무래기 늑대들에 의해 드래곤이 상처 입는 일은 거의 없다.

「……다.」

아자리안에게 다가가기 위해 안간힘을 쓰고 있는 케릭스의 머리에 아자리안의 목소리가 들려왔다.

"아자리안, 지금 무슨 말을 한… 거지?"

「…나는 더 이상 그대와의 계약을 수… 행할 수 없다. 이제 그대가 원한다면 언제든 계약을 해지해도 좋… 다.」

한기로 얼어붙어 가던 몸이 순간 뻣뻣하게 굳어버렸다.

"무… 슨 말을……."

「나는 계약대로 내게 허락된 유형의 시간을 그대와 함께… 했다.」

흐린 눈에도 반짝이며 빛을 발하고 있던 아자리안의 비늘 색이 조금씩 천천히 빛을 잃어가는 모습이 똑똑하게 비추어지고 있었다.

「계약자의… 목숨을 구한 것을 나 아자리안은… 기쁘게 생각… 한… 다.」

"아, 안……."

손을 뻗어도 아자리안에게 닿지 않는다.

「그대… 에게 허락… 된 남은 시간… 을 함께하지 못하는 것이…….」

끊어질 듯 끊어질 듯 들려오는 아자리안의 목소리.

그 사이사이로 케릭스의 눈물이 흘러내리고 있었다.

「그것이… 안타까울… 뿐… 이다…….」

차갑게 내리쬐는 달빛이 마치 아자리안의 빛을 녹여가는 듯이 보였다. 황금색으로 반짝이던 비늘은 이제 달빛과 같은 은색으로 변해 있었다.

「마지막 소… 원은…….」

새까만 어둠이, 밤의 어두움과는 전혀 다른 죽음의 어둠이 케릭스의 눈에 스며들기 시작했다.

케릭스는 아자리안이 원하는 것이 무엇인지 직감적으로 깨달았다.

"틴들랜드!!"

뒤쪽에서 날개 소리와 함께 누군가의 목소리가 들려왔다.

레드 드래곤 리쿤과 키세 나이트 매슈 릭튼이었다.

"이게 도대체 어찌 된 일입니까!!"

역시 키세 나이트인 그였지만 그는 눈앞에 벌어지고 있는 상황을 이해할 수 없었다.

"어떻게……."

주위에는 단 하나의 늑대 시체도 없는데 드래곤과 기사가 쓰러져 있는 것이다.

그는 다친 다리를 끌어가며 힘겹게 케릭스 쪽으로 다가왔다.

"나를… 아자리안의 곁으로……."

덜덜덜 떨리는 입술을 간신히 열어 그는 릭튼에게 부탁했다.

그는 무엇인가 더 묻고 싶은 표정을 지었지만 입술을 깨물고 그대로 케릭스의 몸을 끌어안았다. 불편한 몸이지만 케릭스가 원하는 것을 반드시 이루어주어야 한다는 생각이 들었다.

멀지 않은 거리를 힘겹게 릭튼에게 의지해 다가간 케릭스는 떨리는 손끝을 아자리안의 이마에 대었다.

대지의 온기가 한기로 얼어 있던 케릭스의 몸을 녹이기 시작했다.

「계약의… 해… 지를…….」

"…계약자 케릭스 틴들랜드는… 아자리안과……."

눈에서 흘러내린 물기가 투두둑, 바닥에 떨어지는 소리가 들려왔다.

"골드 드래곤 아자리안과 맺은 계약의 해지를 원… 한다."

케릭스가 계약을 해지해야만 아자리안은 평온하게 눈을 감을 수 있을 것이다.

아자리안은 케릭스가 원하는 것을 마지막까지 들어주길 원했던 것이다.

「나 아자리안… 은 그대에게 감사한… 다.」

살짝 뜨였던 황금의 눈이 살포시 다시 감겼다.

"이런… 이런 걸 원했던 것이 아니야……."

손에 닿아 있던 아자리안의 비늘이 다음 순간 투명해졌다.

사락사락 마치 모래성이 바람에 스러져 가듯, 황금빛의 작은 조각들이 사방으로 퍼져 고요히… 내려앉기 시작했다.

"나는 이런 것을 원했던 것이 아니야, 아자리안……."

고개를 숙인 케릭스의 눈에서 끊임없이 눈물이 흘러내리고 있었다.

"아자리안……!"

아자리안은 황금색으로 반짝이는 드래곤 본을 자신이 있던 자리에 남기고 사락사락 흩어져 대지로 돌아갔다.

골드 드래곤 아자리안. 그녀는 케릭스 틴들랜드와 계약을 맺었던 드래곤 중 가장 오랜 시간 그와 함께 보낸 드래곤이었다.

달은 어느새 구름 사이로 숨어들고 고요한 빈자리에는 바람만이 불어오고 있었다.

"괜… 찮으십니까?"

부축하고 있는 릭튼의 목소리가 귓가를 울렸지만 케릭스에게는 아무것도 들리지 않았다.

'내 탓이야…….'

고집을 피운 것도 케릭스였고, 결국 아자리안을 죽음에 이르게 한 것도 케릭스 자신이었다.

'모든 것이 내 탓이야……. 드래곤 킬러라 불려도 마땅해.'

오열하는 케릭스의 어깨를 릭튼이 붙들고 있었다.

그는 드래곤의 죽음을 처음으로 보았기에 드래곤과 죽음으로써 이별한 기사에게 어떤 말을 해야 할지 난감했다.

"처… 처음이시라 그럴 겁니다. 부디……."

"…째다."

"예?"

"네 번째……."

울음소리에 섞여 들려온 케릭스의 대답에 릭튼은 숨을 들이켰다.

문득 그의 머리 속에 케릭스 틴들랜드라는 이름에 붙어 있던 별명이 떠올랐기 때문이다.

"……."

"아자리안은 네 번째의 드래곤이었다."

"……."

“네 번째의…….”

두 손으로 얼굴을 가린 케릭스의 눈에는 아무것도 보이지 않았다.

어두운 밤하늘도, 반짝이는 별도… 그리고 이제는 아름답게 빛을 발하고 있는 달도… 그 어느 것도 보이지 않았다.

제3장

사일런트 콜링(Silent Calling)

"소문 들었어?"

"무슨 소문?"

"그 왜, 있잖아. 드래곤 킬러라는 케릭스 틴들랜드 말이야. 케이란트 성에서 그 녀석 파트너가 또 죽었다고 하더라구."

"소문은 무슨 소문이야. 그런 경우에는 소식이라는 말을 쓰는 거지."

"아, 그런가?"

멋쩍은 듯이 머리를 긁적이는 상대에게 그는 한숨을 내쉬며 말했다.

"운도 지지리도 없는 건지, 아니면 녀석에게 드래곤의 사신이라도 붙어 있는 건지 알 길은 없지."

"하지만 그 녀석의 파트너가 죽기 직전에 용언 마법을 썼다고 하는데 말이야."

쩝— 하고 그는 입맛을 다셨다.

"목격자도 없는데 그 말을 어떻게 믿어?"

"뭐, 목격자는 없지만 그렇지 않고서야 웨어 울프 따위에게 드래곤이 그렇게 쉽게 당할 리는 없는걸. 증거도 확실히 가지고 돌아왔다는데……."

"골드 드래곤의 드래곤 본이라면 확실한 증거이긴 하지. 용언 마법을 쓰지 않은 이상 그리 쉽게 드래곤이 죽지는 않으니까. 용언 마법을 쓰고 마력이 다해 죽었다면 이해가 가니까. 참 운이 좋다고 해야 해 나쁘다고 해야 해. 21살밖에 안 된 새파란 놈이 벌써 드래곤 슬레이어를 두 개나 가지게 되었으니……."

관례적으로 키세 나이트의 파트너인 드래곤이 죽으며 남긴 드래곤 본은 장인들의 손을 거쳐 하나의 검으로 만들어져 계약자였던 키세 나이트에게 주어지게 되어 있다.

강철보다도 단단한 것으로 알려져 있는 드래곤 본은 때문에 많은 기사들의 선망의 대상이긴 했지만 그것이 죽은 파트너의 몸에서 나온 것이기에 다른 한편으로는 약간 경원시되고 있었다.

게다가 키세 나이트들에 대한 예의로 그들이 죽으면 그들이 쓰던 검은 모두 기사와 함께 매장시키기에 드래곤 슬레이어를 가지고 있는 현직 키세 나이트들은 그리 많지가 않았다.

"뭐, 내가 그 녀석이라면 결코 좋은 기분은 아닐 거라고 생각하는데? 게다가 지난번의 것도 아직 그 녀석 손에 못 들어간 걸로 아는데? 드래곤 슬레이어가 하루아침에 만들어지는 건 아니니까."

"그것도 그렇지."

그런 대화를 하고 있는 두 사람 역시 어떤 사고로 인해 계약한 드래곤이 자신을 지키다가 죽기라도 한다면 괴로워할 것이라는 것은 틀림이 없었기 때문이다.

"결국 녀석한테 붙은 별명은 이로써 확고해지겠어."

"그렇지. 둘도 없는 드래곤 킬러가 됐으니 말… 읍!!"

순간 쓴웃음을 지으며 말하는 그의 입을 상대방이 막았다.

"쉿―"

"왜 그래?"

그는 친구의 손을 치우며 갑작스런 그의 행동에 의아해했다.

"카리안이야."

케릭스 틴들랜드와 허물없이 친하게 지내는 기사는 키세 나이트 중에서도 그리 많지 않다. 기껏해야 동기인 마즈렉 카리안과 셰샤크 레살린드 두 명뿐.

그 두 명 모두 절대로 케릭스 틴들랜드가 드래곤 킬러라 불리우는 것을 참아주지 않는다는 사실은 키세 나이트들 사이에서도 유명했다.

두 사람은 마즈렉이 어디론가 황급히 뛰어가는 모습을 지켜보고 있다가 그가 사라지고 나서야 안도의 한숨을 내쉬었다.

"틴들랜드의 친구 노릇하기도 힘들겠어."

"글쎄……."

"본인은 더 힘들겠지만 말이야."

"이번에야말로 재기하는 데 시간이 걸릴 것이라고 생각해."

"쉽지는 않겠지."

"맞아."

두 사람은 서로의 의견에 동의하며 고개를 끄덕였다.

그리고 두 사람은 마음속으로 기원했다.

　그들과 계약한 드래곤들과 함께, 신이 허락하는 시간을 무사히 함께 살 수 있기를 말이다.

＊　　　＊　　　＊

　“참으로 난감하군요.”
　“흐음.”
　나직한 신음 소리가 조용한 방 안에 무겁게 내려앉고 있었다.
　장미관의 최상층에 마련된 작은 회의실에는 기사로 보이는 나이 지긋한 몇 사람이 원탁에 둘러앉아 있었다.
　키세 나이트의 단장을 비롯해 당사자의 아버지이자 현재 최고참 키세 나이트 중 하나인 하이리안 틴들랜드 경과 마찬가지로 키세 나이트로 잔뼈가 굵은 지휘관들이 동석해 있었다.
　그들은 지금 케이란트 성에 있었던 일에 대해 진지하게 고민하고 있었다.
　“아드님의 상태는 어떻습니까, 틴들랜드 경? 부상이 심하다고 들었는데…….”
　“글쎄요. 돌아온 이후에는 아직…….”
　하이리안 틴들랜드는 깊은 한숨을 내쉬었다.
　드래곤과 이별하는 것은 과거 자신이 한 번 겪었던 일이다. 그것을 극복하는 데 걸린 시간은 꼬박 1년.
　새로운 드래곤과 계약하는 것이 너무도 망설여졌던 기억이 그의 머리엔 아직도 생생했다. 그는 허리춤에 달린 드래곤 슬레이어에서 손을 떼지 못하고 있었다.

"한동안은 좀 쉬게 할까 생각 중입니다. 회복 기간도 꽤 걸릴 것 같아서 말입니다."

"나쁘지 않은 생각입니다, 틴들랜드 경."

드래곤과 사별한 키세 나이트에게는 상당히 오랜 기간 휴가가 주어진다. 물론 본인이 원한다면 당장에라도 현직에 복귀하는 것도 가능하다.

하지만 케릭스는 약간 경우가 달랐다.

21세의 나이에 키세 나이트가 된 지 겨우 2년밖에 되지 않은 아직은 신참 기사 중에 하나인 케릭스가 2년 동안 계약을 했다 해지한 것이 벌써 네 번째가 되기 때문이다.

현직 키세 나이트 중에서 드래곤과 네 번이나 계약했던 기사는 케릭스 단 한 명뿐. 그것을 모두들 어떻게 받아들여야 할지 난감해하고 있었다.

사실 케릭스의 첫 번째 드래곤의 경우, 전투가 힘든 성년도 되지 않은 드래곤이었는데다가 상처를 치료한 뒤에 곧 성년을 맞아 곧바로 계약을 해지했기 때문에 큰 문제가 되지 않았었다. 물론 당시에는 키세 나이트의 역사 중에서도 유례가 없는 일이었기 때문에 커다란 스캔들이긴 했지만 말이다.

하지만 그 이후 케릭스가 겪은 일들은 보통의 키세 나이트가 죽을 때까지 몇십 년 동안 한 번이나 겪어볼까 말까 한 일들투성이였다.

약관 21세의 젊은 기사 케릭스 틴들랜드가 과연 이번 일을 무사히 극복해 낼지 그것은 누구도 짐작할 수 없는 일이었다.

"부상이 꽤 심각하다 하니 일단은 치료가 급선무겠지요."

기사단장 시엘 랜드리크 경은 헛기침을 했다.

"하지만 짚고 넘어가야 할 것들이 조금 있으니 그에 대한 논의를 했으면 합니다. 다른 자잘한 일에 대해선 결과적으로 케릭스 틴들랜드의 공적으로 사건이 일단락되었으므로 굳이 문제 삼지 않아도 무리가 없을 것이라 생각합니다."

그는 잠시 말을 쉬며 눈으로 주위의 동의를 구했다.

기사단장의 말대로, 과정이 어찌 되었든 케이란트 성의 가장 심각한 문제는 케릭스와 이미 죽은 그의 파트너인 아자리안에 의해 모두 해결이 되었다.

"하지만 한 가지 덮어두기엔 무리가 있는 일이 있습니다. 이번 케이란트 성에서 그의 행동에는 약간의 문제점이 있었다는 것에는 모두 동의하시리라 봅니다. 이미 틴들랜드 경께서도 확인을 해주셨던 바와 같이 케릭스 틴들랜드는 케이란트 성 파견 시 어쩐 일인지 드래곤과 함께 동행하지 않았습니다."

그러면서 그는 틴들랜드 경의 얼굴을 보며 동의를 구했다.

틴들랜드 역시 그에 고개를 끄덕이며 가볍게 응수했다.

"키세 나이트로서 항상 드래곤과 어디든 함께하리는 강제적인 규칙이 있는 것은 아니지만, 중요한 임무에 파견되었는데 어째서 드래곤을 이곳에 남겨두고 단신으로 행동하려 했는지 의문이 남습니다. 물론 결국 소환을 통해 일은 무사히 해결되었다고 하지만 무엇보다 문제가 되는 것은 케릭스 틴들랜드의 행동 때문에 귀중한 왕국의 재산인 드래곤을 허무하게 잃었다는 것일 겁니다."

기사단장의 말에 틴들랜드 경은 조금 불편한 듯 몸을 움직였다.

결국 문제가 되는 것은 드래곤의 죽음 그 자체였던 것이다.

드래곤들은 사실 데라즈 왕국과 특별한 관계가 있는 것은 아니다.

드래곤들이 기사와 계약할 때, 그들이 데라즈의 키세 나이트이기 때문에 계약을 맺는 것이 아니기 때문이다. 그들은 단지 어떤 한 인간과 접점을 찾아 그들과 '개인적'으로 계약하는 것일 뿐 데라즈 왕국에 충성을 맹세한다거나 하는 것은 아니다.

하지만 키세 나이트는 데라즈 왕이 내리는 녹을 받으며 충성을 맹세한 자들이기에 실제적으로 드래곤들은 데라즈의 국가 '재산' 취급을 받고 있었다.

"과거 2년 동안 케리스 틴들랜드는 무려 네 치례나 드래곤과 계약을 했습니다. 첫 계약의 경우 케릭스 틴들랜드가 첫 계약이었던 데다 어린 나이에 있을 수도 있는 일로 간주하여 아무 일 없이 넘어갔습니다. 두 번째도 결국은 비슷한 일례로 이미 노화한 드래곤과 당시 계약 해지 후 심리적으로 안정되지 않은 상태에서 정에 이끌려 계약을 했다고 보기 때문에 사실 문제 삼을 일도 없었습니다."

그의 말대로 당시 케릭스가 노화하여 곧 세상을 뜰 날이 머지않은 드래곤을 동정하여 계약을 했었기 때문에 큰 문제는 없었다.

"세 번째의 경우는 도대체 어떤 이유에서 그런 소동이 났는지에 대해 케릭스 틴들랜드 스스로가 묵비권을 행사했기 때문에 지금도 아무도 그 이유를 알 수가 없습니다. 전례가 없었던 일이기에 당시엔 근신 명령 정도로 끝났었지요. 하지만 이번의 일까지 함께 두고 생각해 본다면 케릭스 틴들랜드 본인에게 어떤 문제가 있는 것이 아닐까 하는 생각이 듭니다. 모든 것이 외부적인 요인 때문에 그런 것이라면 모르겠습니다만, 솔직히 말씀드려서 이런 일은 전대미문의 일입니다."

기사단장의 말 그대로였다.

모두들 말은 안 하고 있지만 케릭스에게 붙어 있는 드래곤 킬러라는 오명을 잘 알고 있는 터다. 케릭스와 계약을 했던 드래곤 중 둘은 죽었고 둘은 계약을 해지한 후 사라져 버렸다.

드래곤 킬러라는 별명에는 그래서 두 가지의 의미가 담겨 있었다. 하나는 정말 글자 그대로의 의미로 그와 계약했던 드래곤 중 반이 세상을 달리했다는 것, 그리고 또 하나는 케릭스가 지금까지 계약했던 드래곤들이 모두 제각각이라는 데 있었다.

첫 번째 드래곤은 블루 드래곤이었고 두 번째는 화이트 드래곤. 세 번째는 첫 번째와 같았고 네 번째는 골드 드래곤이었다.

보통의 키세 나이트는 레드 드래곤이면 레드 드래곤, 블루 드래곤이면 블루 드래곤 식으로 한쪽으로 치우쳐 있는 것이 보통이었다. 가까운 실례를 든다면 바로 케릭스의 아버지 하이리안 틴들랜드를 보면 알 수 있다. 그는 이전에도 레드 드래곤과 계약했으며 현재의 파트너 역시 레드 드래곤이다.

종류를 가리지 않고 드래곤과 계약할 수 있었던 그 무엇인가가 케릭스에게는 있었던 것이다.

"문제점이 어떤 것인지 제대로 파악하지 못한다면, 그리고 그것에 대해 케릭스 틴들랜드가 명확하게 밝히고 본인에게, 혹 어떤 잘못이 있는지 밝히지 않는다면 경우에 따라서……."

"그것에 관해서는 잠시 제 말씀을 들어주셨으면 합니다."

그때까지 꾹 입을 다물고 있던 하이리안 틴들랜드가 입을 열었다.

"이것은 제 개인적인 생각입니다만, 제 아들 녀석은 자신에게 맞는 드래곤을 아직 만나지 못했기 때문이 아닐까 생각합니다. 그 아이는 정이 많은 아이입니다. 아비의 입으로 이런 말을 한다고 역성을 든다 하실지는 모르겠습니다만……."

"그런 것은 아닙니다, 틴들랜드 경."

"그렇게 생각하지는 않습니다. 틴들랜드 경께서 누구보다 아드님에게 엄하시다는 것은 저희 모두 알고 있지 않습니까?"

주위 기사들의 말에 하이리안은 아주 조금이지만 미소를 지었다.

아들이기에 다른 후배 기사들에게보다 더욱더 그는 엄격하게 해왔다. 실수를 저지르면 훨씬 호되게 혼을 냈고, 적어도 기사단 내에서 케릭스의 아버지라는 티를 내지 않도록 주의해 왔다. 그것은 하이리안의 아버지 역시 하이리안에게 그랬었고 지금 이 자리에 있는 다른 기사들도 그랬다. 그들 역시 대부분이 자신의 아들이나 혹은 인척 중에 키세나이트가 있기 때문이다.

"그렇게 생각해 주신다면 다행이겠습니다만, 다만 제가 그저 드리고픈 말은……."

그는 한 번 더 말을 골랐다.

"어린 시절부터 그 아이는 이상하게 드래곤과, 정확하게 말씀드리면 제 파트너였던 미루론과 아주 각별하게 지내왔습니다. 아무리 제 아이라지만 계약자 이외의 사람에게 옆 자리를 허락했다는 것이 지금도 저 역시 신기하게 생각되는 일입니다."

그의 말에는 많은 의미가 함축되어 있었다.

바로 기사단장이 말했던 '어떤 문제점' 을 설명하는 중요한 키워드가 될지도 모르는 말이었다.

"그에게 충분한 시간을 주셨으면 합니다. 분명 어린 나이에 네 차례나 드래곤과 계약을 하고 그중에 둘이나 명을 달리했다는 것은 그 아이에게 중대한 문제점이 있기 때문일지도 모릅니다. 그러나……."

그리고 그는 앞에서와는 달리 한마디를 더 붙였다.

"그의 아비 된 자로서 제가 부탁을 드리고픈 것은 조금만 더 그에게
시간을 주셨으면 하는 것입니다."

순간 주위에 침묵보다도 더한 침묵이 내려앉았다.

"저는 미루론이나 현재의 제 파트너를 만났을 때 정말 이 드래곤은
저와 일생을 함께할 것이다라는 그런 운명을 느꼈습니다. 그것은 여러
분들도 마찬가지일 겁니다. 하지만 그 아이는 아직 그런 상대를 만나
지 못한 것이 아닐까 합니다. 처음과 두 번째 때는 정에 이끌렸고 세
번째는 상심해 있는 그에게 어서 드래곤을 찾아주기 위해 모두들 서둘
렀었죠. 네 번째도 사실 비슷했습니다."

그리고 그는 깊은 한숨을 내쉬었다.

정말 아들에게 문제가 있다면 이번 기회가 마지막이 될지도 모른다
생각했기 때문이다.

"그 아이에게 마지막으로 한 번, 정말 운명의 파트너를 만날 수 있는
시간을 허락해 주셨으면 합니다. 일 년이든 이 년이든."

그러면서 하이리안은 천천히 고개를 숙였다.

"부탁드립니다. 그 아이가 상처에서 해방되어 자유로운 마음으로 정
말 마음에 맞는 운명의 상대를 찾을 때까지……."

하이리안의 태도에 기사단장이 순간 헛기침을 몇 번했다.

사실 그는 한동안 어떤 이유를 대서 케릭스에게 징계 처분이라도 내
리려고 마음먹고 있었다. 사정이 어찌 되었든 케릭스가 하찮은 몬스터
를 상대로 국가 재산을 손실시킨 것은 사실이기 때문이다.

"제가 아비로서 그 아이에게 해줄 수 있는 일은 이것뿐입니다. 만일
같은 일이 또 한 번 벌어진다면 제 손으로 그 아이의 손에서 기사의 증
거를 거두어들일 것입니다."

"틴들랜드 경, 이러시면 저희들이……."

주위의 기사들이 불편한 듯 몸을 움직이며 하이리안을 말렸다.

"저희 역시 키세 나이트입니다. 아드님의 입장을 제일 잘 이해해야 하는 것이 우리들 아닙니까?"

"그렇습니다, 틴들랜드 경."

주위의 의견이 그런 식으로 흐르자 기사단장은 결국 한발 물러서기로 했다. 마찬가지로 그 역시 키세 나이트이니 말이다.

"알겠습니다, 틴들랜드 경. 케릭스 틴들랜드에 내해서는 일단 부상이 나은 뒤에 천천히 마음에 맞는 새로운 파트너를 찾을 때까지……."

그리고 그는 적절한 단어를 머리 속에서 열심히 찾았다.

충분히 시간 여유를 주되, 적어도 약간의 징계성이 섞인 것이면 금상첨화다.

"휴가를 주면 어떨까요? 물론 본인이 복귀 신청을 하면 언제나 가능하도록 말입니다. 일단은 휴직 상태로 해서……."

파트너가 없는 키세 나이트라고 해도 기사단 내에서도 할 일이 많기 때문에 사실 휴직 상태로 두는 일은 그리 많지 않다. 본인이 강력히 휴직을 희망하기 전에는 말이다.

"…감사합니다."

면직 처분이 아닌 것이 그나마 다행이라고 생각하며 틴들랜드는 기사단장의 말을 받아들이기로 했다.

임시 면직 처분을 할 수도 있는 일이었다.

"부상 치료를 하는 동안은 일단 기사단 내에 있는 것이 좋을 것이라 생각하니 휴가 시기는 원하는 때로 맞추기로 하지요."

기사단장은 그것으로 케릭스에 대한 안건은 접기로 했다.

더 이상 왈가왈부해도 결론은 나지 않는 일이다.

'하지만 역시 케릭스 틴들랜드에 대해서는 앞으로도 각별한 주의가 필요할지도 모르겠군.'

다만 그는 그렇게 마음먹고 있었다.

"그리고 사실 이렇게 여러분들을 모이도록 한 것은 무엇보다 시급한 문제가 있기 때문입니다."

그는 주위를 환기시켰다. 실상 오늘 회의는 케릭스의 문제만을 토의하기 위한 회의가 아니기 때문이었다.

"아시다시피 올해는 작년에 비해 몬스터들의 습격이 배를 넘고 있는 상황입니다. 현재 보고된 건수만 하더라도……."

회의는 다시 엄숙한 분위기로 돌아갔다.

실질적으로 그들이 한해 동안 감당해야 할 일이기 때문이다.

나직한 목소리가 계속 오가고 키세 나이트의 수뇌부들이 모여 있는 상층부는 밤이 새도록 불이 꺼지지 않았다.

*　　　*　　　*

'이건 꿈이야.'

케릭스는 눈을 몇 번이나 깜박였다.

감각이 없는 손과 발, 팔다리. 그런데도 고통이 느껴진다.

손과 발이라는 감각조차 없는데 어떻게 이렇게도 고통이 느껴지고 있는 것인지 아무리 생각해도 이해가 가지 않았다.

'이건 꿈이야. 깨어야 해.'

그는 다시 눈을 감았다.

앞에 있는 상대를 보지 않기 위해서.

눈앞에는 절대 지금 그의 앞에 있을 리도, 있을 수도 없는 상대들이 있었다.

파랗고 하얗고 노란, 그저 빛의 덩어리로밖에는 보이지 않지만 케릭스는 그들이 누군지 알 수 있었다.

'나는 아무것도 해줄 수 없어.'

감은 눈에서 눈물이 흘러나왔다. 하지만 그것을 닦아낼 수 있는 손은 그에게 허락되지 않았다.

그저 눈물을 흘리고 있을 수밖에 없는 상황 속에서 그는 그렇게 눈물만 흘리고 있었다.

그는 지독한 무력감에 젖어 있었다.

무력감처럼 사람을 지치게 하고 절망감에 빠지게 하는 것도 없다.

아무것도 해줄 수 없다는 생각만이 케릭스의 머리 속을 가득 메우고 있었다. 그런데도 눈앞에 있는 상대들은 그에게 무엇인가 해달라고, 무엇인가 원한다고 말하고 있었다.

'카이리온, 리베인… 레비나, 아자리안 나는 아무것도 해주지 못했어.'

할 수만 있었다면 무엇이든지 해주고 싶었다.

생각이 조금씩 조금씩 눈에 보이지 않는 고통이 되어 몸을 갉아먹는다.

'나는… 나는……'

숨이 막혀왔다.

입을 벌리고 그는 숨을 쉬려고 발버둥을 쳤다.

“케릭스!”

“…….”

“케릭스! 일어나!!”

“…허억!!”

퍼억— 하고 누군가가 케릭스의 얼굴을 쳤다.

고개가 돌아가며 몸이 거칠게 일으켜 세워진다.

“아, 세샤크.”

“정신이 드냐?”

“으, 으응. 그런데 세샤크.”

“왜?”

“아프니까 좀 놓아주지 않을래?”

그렇게 말하며 케릭스는 배시시 웃었다.

“아, 미안.”

하며 세샤크가 붙들고 있던 케릭스의 멱살을 내려놨다.

“으윽—”

쿵 하고 케릭스의 몸이 다시 침대에 내려지는 바람에 케릭스는 신음 소리를 흘릴 수밖에 없었다.

“야, 좀 살살 해야지.”

뒤에서 보고 있던 마즈렉이 한소리 했다.

“으으…….”

등골에서부터 전해지는 통증에 케릭스가 말도 못하고 끙끙대고 있는 것을 보고 세샤크가 투덜거렸다.

“시끄러워, 마즈렉. 본인 실수로 다친 놈한테 살살은 무슨 살살이냐?”

물론 그렇게 말하면서도 케릭스를 바라보는 눈길엔 걱정스러움이 가득했다.

"조심하지 않아서 그래. 멍청하긴. 그깟 늑대들에게 물려서 이 꼴이 뭐야?"

투욱— 하고 그가 한 번 더 케릭스를 건드렸다.

"으윽—"

차마 나오지 않은 비명을 케릭스는 주워삼켰다.

"아픈데 왜 자꾸 쳐…."

간신히 기어나온 말은 그것.

"입 다물고 옷이나 갈아입어라."

그렇게 말하며 세샤크는 주섬주섬 가지고 온 옷가지들을 꺼냈다.

"아……."

그제야 케릭스는 자신이 식은땀에 흠뻑 젖어 있다는 것을 깨달은 듯했다.

"고맙다."

달리 할 말이 없는 케릭스는 조용히 불편한 팔로 옷가지를 받아 들었다. 하지만 그 옷을 갈아입을 만한 힘은 없었다.

그러자 마즈렉이 묵묵하게 케릭스가 옷 갈아입는 것을 도와주었다.

"좀 괜찮나?"

"그럭저럭."

케릭스가 케이란트 성에서 만신창이가 되어 돌아온 것이 그제의 일이었다.

심각할 정도의 부상은 워낙 체력이 좋은 케릭스였기에 고비를 넘기고 있었지만 걱정은 다른 데 있었다.

원래도 말이 그렇게 많은 타입은 아니었지만 그래도 세샤크나 마즈렉에겐 곧잘 농담도 하던 케릭스가 지금은 말을 걸지 않으면 대답하지 않을 정도가 되어 있었기 때문이다.

아주 필요한 말 이외에는 입도 열려 하지 않는다.

"무슨 꿈을 그렇게 꾸는 거야?"

"그냥……."

여전히 말을 흐리는 케릭스를 보며 셰샤크는 혀를 찼다.

"입이 아래위로 딱 붙었냐? 말 좀 해, 말 좀!"

"셰샤크 말이 맞아. 하기 싫더라도 말을 좀 해봐. 말을 하다 보면 풀리는 것도 있으니까."

"별로 할 말은 없어."

"……."

정말 한 대 후려치고 싶은 심정인 셰샤크는 퍼억― 하고 케릭스가 누워 있는 침대에 대신 화풀이를 했다.

"으이그, 다치지만 않았으면 비 올 때 먼지날 정도로 좀 팼으면 좋겠다."

"하. 하. 하. 다 나으면 얼마든지."

"얼씨구. 다 나으면 내가 널 패게 두겠냐?"

"그건 당연한 거지."

간신히 옷을 다 갈아입고 나서 케릭스는 다시 침대에 누웠다.

순간 한기가 온몸을 덮친다.

부르르르 하고 케릭스가 떨자 마즈렉이 이불을 끌어 올려 꼭꼭 덮어주었다.

"아직도 한기가 들어?"

"조금."

"그놈의 늑대들이 아무래도 보통 늑대는 아니었던 것 같다. 누구 불러올까?"

"아니야, 견딜 만해."

그러면서 케릭스는 슬쩍 눈을 감아버렸다.

사실, 어느 누구와도 대화라는 것을 하고 싶지 않다는 것이 솔직한 심정이었다.

"네 녀석 생일 때까지는 다 나았으면 좋겠는데. 생일 기념으로 우리 휴가나 받아서 놀자."

"뭐……."

세샤크의 말에 케릭스는 문득 자신의 생일이 며칠 남지 않았다는 게 떠올랐다. 하지만 그런 것은 아무래도 좋았다.

"그리고 휴가는 이미 받았어."

"에? 정말?"

"응."

"이야~ 좋구나, 휴가도 받고."

"거기다 무기한이지."

툭 하고 케릭스가 내뱉은 말에 순간 두 사람 모두 굳어버렸다.

"무… 기한?"

"응. 아침에 단장님께서 직접 행차하셨더군. 난 징계 면직이라도 받을 줄 알았는데 의외였어."

너무나 담담하게 말하는 케릭스에게 두 사람은 할 말을 잃었다.

"차라리 마음 편해."

그것으로 할 말은 다 했다는 듯이 케릭스는 다시 입을 다물었다.

실로 그것은 그로서도 의외이긴 했다.

분명 징계 면직당하리라 믿어 의심치 않았던 것이다.

키세 나이트로서 드래곤과 동행하지도 않았고, 왕국의 재산인 드래곤을 허무하게 잃었다. 비록 케이란트 성에 파견되었던 목적은 훌륭하게 달성하긴 했지만 그 대가가 너무 컸던 것이다.

누구도 웨어 울프와 늑대 때문에 드래곤이 죽었다고 하면 납득해 주지 않을 것이다.

이번에야말로 끝이다라고 생각하고 있었는데 의외로 그에게 주어진 것은 무기한 휴가였다.

"흐음. 나름대로는… 이해가 되는 처분이긴 하군."

"맞아. 몸도 이렇고."

회복에 얼마나 걸릴지는 아무도 모른다.

몸 전체에 늑대에게 물린 상처투성이였다.

물린 상처 자체는 그저 상처의 수준이지만 끊임없이 몸을 덮치는 한기와 오한은 생명을 위협할 정도였다.

"그래서, 어떻게 하려고?"

마즈렉이 물었다.

"……."

"일단 부상 회복은 이곳에서 하게 되겠지만 집에라도 돌아갈 거야?"

"아무래도……."

담담하게 말하는 케릭스에게서 마즈렉과 세샤크는 문득 이상한 느낌을 받았다.

담담해도 너무 담담한 것이다.

"너, 혹시……."

말을 하다 말고 세샤크는 입을 다물어 버렸다.

혹시 이대로 돌아오지 않을 생각이냐고 물으려 했지만 그렇게 말하면 그 생각을 하지 않았었던 케릭스라도 '응' 이라고 대답해 버릴 것만 같았기 때문이다.

그만큼 케릭스는 위험해 보였다.

밀어버리면 그냥 벼랑에서 떨어져 버릴 것 같은 위태로움이 케릭스를 온통 감싸고 있었다.

"혹시 뭐?"

"아니, 아무것도 아니야."

"싱겁긴."

피식 하고 웃는 케릭스를 보고 있자니 왠지 세샤크도 위태위태해지는 기분이었다.

무엇인가 더 말을 하려 하는데 때를 맞추어 저녁 시간을 알리는 뿔나팔 소리가 들려왔다.

"일단은 몸의 회복에 신경 써. 그게 지금은 제일 중요하니까."

"그래, 고맙다."

"필요한 게 있으면 나나 마즈렉에게 연락하고."

"별로 필요한 건 없어."

"그런 소리 하는 게 아니야, 임마."

투욱— 하고 세샤크는 괜스레 케릭스의 팔을 쳤다.

"아파……."

"아프라고 친 거다, 이 매정한 친구야."

"하하하하."

"조심하고. 마즈렉, 가자."

"그래."

팔짱을 낀 채 그저 케릭스를 바라보고 있던 마즈렉이 고개를 끄덕이며 자리에서 일어섰다.

그는 주섬주섬 케릭스의 옷가지를 챙겼다.

"그냥 둬."

"아니야. 내일 시간 되면 또 오지."

"와줘서 고맙다."

"뭘 이런 거 가지고. 당연한 거지. 그럼 우린 간다."

"그래."

뭔가 더 하고 싶은 말이 있었지만 두 사람은 케릭스를 번갈아 쳐다보고는 그대로 병실을 나섰다.

병실 안에 감돌고 있는 극도의 허무함이 그곳을 떠나는 두 사람의 등 뒤에도 무겁게 전해져 오고 있었다.

앞서거니 뒤서거니 하면서 두 사람은 말없이 걷고 있었다.

터덜터덜 걷는 걸음 소리만이 두 사람의 주위를 감돌고 있었다.

한참을 그렇게 걸어가다 툭 하고 세샤크가 말을 던졌다.

"불안하지 않냐, 저 녀석?"

"……."

"뭔가 좀……."

"그렇지."

"응."

그리고 두 사람은 다시 말없이 걸었다.

무엇이라 말이라도 할 수 있었으면 했을 것이다. 이런 일로 나이트를 관두면 안 된다라던가 힘내라던가 하는 말 말이다.

하지만 왠지 그런 말을 할 수 없는 무거운 분위기 때문에 그들은 그저 겉도는 대화만을 할 수밖에 없었다.

그런 화제를 꺼내는 것 자체가 뭔가 케릭스를 벼랑에서 밀어버리는 것 같았기 때문이다.

"괜찮을까?"

"글쎄."

"지난번에도 괜찮았는데……."

"이번에도 괜찮을 수도 있지."

말은 그래도 희망적으로 해보지만 두 사람의 뇌리 속에는 이미 비관적인 생각이 가득 차 있었다.

케릭스는 이번에야말로 돌아오지 않을지도 모른다는 생각이 자꾸만 들었다.

무기한 휴가란 어떻게 들으면 관대한 처분이지만 케릭스에게 그것이 어떻게 작용할지 알 수가 없었다.

쉬면서 기운을 차릴 수도 있지만 반대로 아예 손을 놓아버릴 수도 있기 때문이다.

만일 그들이 케릭스의 입장이라면 '질려서' 라는 이유로, 또는 마음에 상처를 받아서라는 이유로 휴직 신청을 해버릴 수도 있을 것이라는 생각이 들었다.

"케릭스 녀석, 운이 없어."

"그건 그래."

마즈렉이 나직하게 한숨을 내쉬었다.

운이 없어도 너무 없었다.

"차라리 틴들랜드 경처럼 레드 드래곤이었으면 좀 낫지 않았을까?"

“모르지.”

“하아~ 뭔가 되게 어렵다.”

“차라리 잘된 건지도 몰라. 좀 쉬면서 천천히 복직하게 되면…….”

“복직이라…….”

팔짱을 껴 머리 뒤로 올리고는 마즈렉은 하늘을 쳐다보았다.

그것이 왠지 멀고 먼 단어로 느껴지는 이유가 무엇인지 알 수가 없었다. 아니, 정확하게 말하자면 케릭스가 역시 두 번 다시 키세 나이트로 돌아오지 않을지도 모른다는 예감이 들었다.

하지만 세샤크는 애써 고개를 저으며 그런 생각을 떨쳐 버렸다.

케릭스가 얼마나 열심히 훈련을 받았고 또한 키세 나이트가 되길 바랐는지 그는 잘 알고 있었다.

인정에 이끌려 계약을 해버릴 정도로 케릭스는 드래곤들을 좋아했었다.

하지만 그 인정이 지금 케릭스의 발목을 붙들고 있다.

“돌아오길 바랄 뿐이지, 지금은.”

마즈렉이 간단하게 그들의 바람을 말로써 표현한다.

그 말에 세샤크는 고개를 힘차게 끄덕였다.

부정적인 생각은 떨쳐 버리는 게 좋다. 기왕이면 밝은 쪽으로, 긍정적으로 생각하자고 그는 마음을 고쳐먹었다.

설사 그런 마음을 케릭스가 가지게 되더라도 설득을 해서 그를 다시 키세 나이트로 돌려놓자고 그는 다짐했다.

“그래. 케릭스 녀석만큼 키세 나이트의 이름이 걸맞는 녀석도 없으니까.”

“그렇지.”

이런저런 고생을 해도 케릭스는 다시 돌아왔었다.

고생을 해도 케릭스는 항상 그 역경을 디디고 일어섰고, 무엇보다 드래곤들과 함께하는 키세 나이트들이기에 모두들 그를 동정했고 또한 마음속에서부터 그의 고통을 함께 나누었다.

그리고 드래곤 킬러의 오명을 가진 케릭스라고 해도 선배들이나 후배 기사들은 그를 아꼈다. 물론 뒤에서 험담을 하는 사람도 있다. 하지만 그런 사람들이라고 해서 케릭스의 능력을 인정하지 않는 것은 아니다.

물론 인정하기에 더욱더 험담을 하는 사람도 있지만 말이다.

"반드시 돌아올 거야."

세뇌라도 하듯 셰샤크와 마즈렉은 그 말을 몇 번이나 입으로, 그리고 마음속으로 중얼거렸다.

그들에게는 아직 많은 세월이 남아 있다. 그들이 살아온 시간보다 훨씬 더 많은 시간이 말이다.

내일은 그래도 희망찬 것이라고 케릭스에게 들려주자고 셰샤크는 생각했다. 지금은 어렵고 힘들어도 내일은 또 괜찮을 거라고 말이다.

*　　　　*　　　　*

'결국 또 밤이 되었군.'

열려진 창을 통해 밖을 바라보며 케릭스는 자신도 모르게 쓴웃음을 지었다.

"어둠이 무섭다니… 세 살 먹은 어린애도 아니고……."

창밖으로 보이는 하늘은 벌써 새카매져 있었다. 곁에 켜놓은 작은 등불이 너무나 환하게 느껴질 정도로 어두운 하늘.

"킥."

살짝 벌어진 틈 사이로 웃음소리가 스며 나온다. 하지만 그것은 결코 기분이 좋아서도, 즐거워서도 아니다.

단지 스스로가 너무나 한심해서였다.

차라리 아침이 오는 것이 두렵다라고 한다면 이렇게 스스로가 우습게 여겨지지 않을지도 모른다.

무슨 일이 일어날지 몰라 전전긍긍해하는 것이라면, 차라리 미래에 대한 어쩔 수 없는 불안에 떠는 것이라며 스스로를 속여볼 수 있을지도 모른다.

하지만 상황은 전혀 다르다.

케릭스는 지금 이 순간, 잠들어야 하는 이 시간이 두려웠다.

오늘은 또 어떤 꿈을 꾸게 될지, 또 어떤 고통을 느끼며 아침에 눈을 뜨게 될지…….

"정말 어린애 같군."

맞잡은 손에 이마를 대고 그는 키득키득 웃고 있었다.

지나친 두려움은 때론 두려움이 아닌 다른 감각으로 사람을 마비시켜 버리는 것일지도 모른다.

그가 아주 조금씩 몸을 움직일 때마다 깨끗한 시트가 바삭바삭 소리를 낸다. 보송보송한 시트지만 내일 아침이면 또 흠뻑 젖어버릴 것이다. 틀림없이.

아침의 일을 상상하는 것만으로도 순간 오한이 치밀어 오른다.

"쿨럭… 쿨럭."

목구멍 깊은 곳에서부터 기어올라 오는 스스로에 대한 혐오.

그는 어깨를 흔들며 기침을 했다.

'언제까지 이래야 하는 걸까? 도대체 언제까지.'

"집으로 돌아간다고?"

"응. 당분간은 요양을 해야 하기도 하고. 여기 더 있어봤자 민폐만 끼치고 있는 듯해서. 어머님께서도 집으로 왔으면 하셔서 말이야."

"뭐… 집이 더 편할 수도 있지만."

"잘 생각한 거야. 오히려 이쪽에선 마음 놓고 돌아다니지도 못하니까."

마즈렉은 불편해 보이는 케릭스의 한쪽 다리를 보며 말했다.

"여기선 걸어다니지도 못하게 하지?"

"아무래도."

벅벅— 하고 케릭스가 머리를 긁적이며 대답했다.

말 그대로다. 회복을 위해 치료를 하는 의사들이 하나같이 케릭스가 무리하게 움직이는 것을 반대하고 있었다. 체력이 너무 떨어져 있기 때문이었다.

눈으로 봐도 케릭스의 상태가 가히 좋지 않다는 것은 일목요연하게 드러나 보였다.

건장하던 체격이 왠지 작아진 것 같고 얼굴색도 좋지 않았다.

"마음이 편한 곳이 좋겠지."

툭툭— 셰샤크는 케릭스의 어깨를 두드렸다.

손 밑에서 느껴지는 케릭스에게선 어쩐지 미열이 느껴진다.

"어?"

셰샤크는 얼른 케릭스의 이마에 손을 대었다.

"또 열이 나는 것 같은데?"

"이 정도는 항상 그런걸. 아침나절이 되면 좀 나아져. 바쁘지 않나?"

"바빠도 들를 곳은 들러야지. 뭐 먹고 싶은 것은 없어?"

"글쎄, 술 생각이 간절하긴 한데."

케릭스가 술 이야기를 하자마자 조금 멀리 떨어져 있던 하녀 하나가 눈을 흘겼다.

"술은 안 됩니다."

딱 잘라서 들려오는 목소리에 케릭스가 키득거리며 웃었다.

"보시다시피 이런 상태라."

"딱하구만."

"몸이 좀 괜찮아지면 와. 고주망태가 될 때까지 사줄 테니까."

"듣던 중 반가운 소리군."

케릭스는 오랜만에 환하게 웃었다. 그런 그의 표정을 보며 두 사람은 나름대로 안도의 한숨을 내쉬었다.

"우리들이 시간이 되면 저택까지 데려다 주고 싶지만."

"바쁜 것 알아. 괜찮으니 어서 가봐. 둘 다 제대로 쉬지 못하고 있잖아. 게다가 그리 멀지도 않은 거리인데 데려다 주긴 뭘 데려다 줘."

"항상 바쁜데 뭘. 한숨 자고 나면 괜찮겠지. 케릭스, 넌 네 걱정이나 해."

"셰샤크 말이 맞다. 배웅은 못하겠지만 괜찮아지면 연락해. 휴가를 하루 내서라도 달려올 테니까."

"그래."

병실에 있는 근 한 달 동안 멀리 나가지 않는 이상 하루도 빠짐없이 병실에 꼭꼭 찾아왔던 두 사람이다.

그 두 사람의 얼굴을 케릭스는 하염없이 바라보고 있었다.

마치 눈에라도 새겨 넣으려는 것처럼 말이다.

"둘 다 몸조심해."

"물론."

"당연하지."

"그리고 라웬이랑 리리너스에게도 안부 전해줘."

"……그래."

"전하지."

왠지 대답하기가 망설여지는 말에 두 사람은 멈칫한다. 그것을 아는지 모르는지 케릭스는 환하게 웃었다.

"고맙다."

"무슨 말을 그렇게 해, 안 볼 사람처럼."

불안해진 세샤크가 애써 밝게 웃으며 말했다.

"하하하하."

그 뒤에 케릭스의 웃음소리가 따라온다.

"내 걱정은 하지 마. 집으로 가는데 무슨 걱정이야."

하지만 두 사람은 그런 케릭스의 얼굴 한쪽에 맺혀 있는 그늘에 자꾸만 눈이 가고 있었다.

"정말 몸조심하고."

다시 한 번 당부하는 그들에게 케릭스는 괜찮다며 어서 돌아가라고 그들의 등을 떠밀었다.

그리고 몇 번이나 자신을 바라보는 친구들에게 케릭스는 하염없이 웃어 보였다.

겉으로는 그렇게 아무렇지도 않은 듯 웃고 있었지만 케릭스의 마음속에는 어떤 다짐 같은 것이 이미 형태를 가지고 자리 잡고 있었다.

어젯밤. 그는 뜬눈으로 밤을 지새웠다.

졸음이 몰려왔지만 그는 억지로 잠을 쫓아버렸다.

그리고 깨어 있는 머리로 끊임없이 고민했다. 어떻게 하는 것이 가장 좋은 방법일지에 대해서 말이다.

"조심해라, 둘 다."

"너나 몸조심해!"

셰샤크의 웃는 얼굴, 마즈렉의 얼굴 근육 하나 변하지 않는 무표정한 얼굴.

혹여 그들의 얼굴이 변하지는 않을까?

자신이 결심한 바를 그대로 말하면 그들은 두 번 다시 자신을 보려 하지 않을지도 모른다는 생각을 했다.

'아니야. 마음 약하게 먹지 말자, 케릭스 틴들랜드.'

스스로의 이름을 부르며 그는 다시 한 번 다짐했다.

*　　　*　　　*

공기가 서늘하게 케릭스의 주위에 내려앉고 있었다.

저녁때가 되면서 서늘하게 바뀐 바람이 차가운 돌벽에 몸을 기댄 케릭스 쪽으로 불어오고 있다.

"찬바람이 부는군. 슬슬 저택으로 돌아가야겠지만 아무래도 만사가 다 귀찮아. 어떻게 생각해, 미루론?"

케릭스가 등을 기대고 있는 곳은 과거 아버지 하이리안 틴들랜드의 파트너였던 미루론의 보금자리였던 곳이다.

차가운 공기가 발목에 닿자 욱씬거리는 통증이 발목에서 시작돼 다리를 타고 기어올라 왔다.

데라즈는 이제 본격적인 여름을 맞고 있었지만 북쪽에 위치한 만큼 해가 지면 꽤 서늘해진다.

집에 돌아온 이후로 케릭스는 이렇게 날이 밝으면 미루론이 살았던 이 보금자리에 와서 하루 종일 이렇게 들판을 바라보고 있었다.

이미 머리가 새하얗게 변한 집사 필이 와서 잔소리를 해도 케릭스는 꼼짝하지 않고 이 자리에서 하루를 보냈다.

그렇게 하릴없이 들판에서 보낸 시간이 벌써 일주일.

하지만 그 외에 아무것도 할 일이 없는 케릭스는 마냥 그렇게 하늘을 바라보고 있었다.

손가락 까딱하는 것조차 귀찮았고 아침마다 축축하게 젖은 시트를 걷으며 한숨을 내쉬는 하녀들이나 어머님의 얼굴을 보는 것도 힘들었다.

"그래도 이곳이 남아 있어서 다행이야."

어디에서도 마음이 편치 않았지만 그나마 이렇게 미루론이 있던 장소에 오면 왠지 마음이 놓였다.

"여기에 있으면 왠지 미루론 너랑 같이 있는 것 같거든."

문득 미루론을 떠올리던 케릭스의 머리에 오래된 기억이 떠올랐다.

"그러고 보니 그 남자의 얼굴이 기억나지 않아, 미루론."

오래전 일곱 살의 어느 날 밤, 미루론이 자연으로 돌아가던 그날 만났던 흑발의 남자가 케릭스의 머리 속에 떠올랐다.

하지만 아무리 기억을 더듬어보아도 떠오르는 것은 그저 그와 만났었다는 희미한 기억뿐이다.

그가 했던 말도, 어떻게 생겼었는지도 기억나지 않는다.

다만 흑발의 어느 남자와 만났었다 하는 정도가 기억의 전부.

당시에는 상당히 강렬하게 뇌리에 박혔었건만 지금은 그저 기억 속에 있는 희미한 잔재일 뿐이다.

그러나 기억이 나지 않는다고 해서 그것이 안타깝거나 한 것은 아니었다. 단지…….

"시간이 지나서 너마저 잘 떠오르지 않으면 어떻게 하지, 미루론?"

곁에 없는 드래곤에게 그는 그렇게 말을 걸었다.

그때 멀리서 케릭스를 부르는 소리가 들려왔다.

"형님―!!"

"이런, 케리안이군."

주춤주춤 그는 자리에서 일어났다.

저녁 식사 시간을 또 넘긴 모양이었다.

"형님!"

멀리서 들려오던 목소리가 점점 가까워진다.

숨이 턱까지 차 오른 듯한 목소리는 계속 가까워져 가다가 이윽고 빼꼼하고 벽 뒤로 환한 황갈색 머리카락이 나타났다.

"형님, 식사 시간 어기셨어요!"

"응."

툭툭툭 바지를 털며 케릭스는 대답을 했다.

달려와서인지 얼굴이 새빨갛게 달아올라 있다.

아버지를 닮은 자신과는 달리 동생인 케리안은 어머님을 그대로 닮아 밝은 황갈색 머리에 검푸른 눈을 가진 미소년이었다.

"어머님께서 보내셨니?"

“아니요. 어머님께서는 오늘 몸이 안 좋다고 하시면서 쉬러 가셨고 필이 보냈죠.”

숨을 고르며 케리안은 형을 바라보았다.

“몸에 안 좋은데 더 계시면 안 된다고 필 아저씨가 많이 걱정하세요. 형님, 집에 돌아가요.”

“그래.”

아직도 상태가 좋지 않은 왼쪽 발목을 힘겹게 옮기며 케릭스는 미소를 지었다.

어느 누구하고도 대화를 하고 싶지 않지만 그래도 이 작은 동생은 조금 달랐다.

나이 차이가 많이 나서인지 아니면 한없이 밝은 성격 탓인지 케릭스는 이 동생이 너무나 사랑스러웠다.

“형님, 제가 부축할게요.”

“고맙다.”

다른 사람이 신경을 쓰면 왠지 기분이 상하지만 케리안이 이렇게 말하면 케릭스는 두말없이 작은 동생의 어깨에 기꺼이 손을 올렸다.

다른 사심이라고는 아무것도 없이 그저 순수하게 자신을 걱정하고 있다라는 것이 느껴지기 때문일지도 모른다.

“아직도 많이 아프시죠?”

“조금. 그래도 많이 나았다.”

케릭스가 병색이 완연한 상태로 집에 돌아왔을 때 제일 먼저 달려나와 그를 붙들고 엉엉 울어대던 케리안이었다.

지난번 보았을 때보다 한 뼘은 키가 더 큰 듯한 동생의 어깨에 몸을 의지하며 그는 발걸음을 옮겼다.

"정말 힘이 많이 세졌구나."

"헤헤헤헤. 그렇죠?"

자랑스러운 듯 말하는 동생의 머리를 케릭스는 툭툭 하고 쳐주었다.

"내년에는 훈련소에 입소할 수 있을 거라고들 해요. 아버님도 내년
이라면 좋다고 하셨구요."

"으흠. 내 생각에는 조금 이른 것이 아닐까 싶은데."

"에엑— 형님, 너무해요."

"나도 15살은 넘겼었어. 넌 이제 겨우 12살이야."

"곧 13살이 돼요."

삐죽— 하고 입술을 내미는 동생을 보고 케릭스는 미소를 지었다.

"그래. 네가 원하는 대로 해라. 안 말려."

"저도 아버님이나 형처럼 빨리 키세 나이트가 되고 싶어요."

"그래?"

"네."

밝게 웃음 짓는 동생의 얼굴이 왠지 눈부시게 느껴지는 이유는 무엇
일까 케릭스는 잠시 생각했다.

하지만 그것도 잠시, 그의 눈앞에는 벌써부터 어둠이 깔리기 시작하
는 들판이 가득 들어차고 있었다.

아무리 웃어도 세상은 밝아지지 않는다.

적어도 그의 세상은 말이다.

자신에게 부족한 것이 도대체 무엇일지 그는 계속 고민하고 있었다.
어째서 그는 그렇게나 약한 것인지 알 수가 없었기 때문이다.

"케리안."

"네, 형님."

"뭐든 좋으니까 열심히 하렴."

"물론이죠!"

힘차게 대답하는 동생, 그러나 그 곁에서 힘없이 걷고 있는 자신.

케릭스의 마음은 여전히 어둠 속을 걷고 있었다.

＊　　　　＊　　　　＊

"걱정이에요. 큰애가 도통 기운을 차리지 못해서."

"괜찮을 거요, 부인. 케릭스는 지금까지도 무사히 고비를 넘겨오지 않았소."

오랜만에 저택에 들른 하이리안은 도착하자마자 어두운 얼굴로 자신을 맞는 부인을 위로하고 있었다.

"그거 아시나요? 저와 하녀들이 매일매일 케릭스의 침대 시트를 갈아주고 있답니다."

"매일? 어째서?"

하이리안의 한쪽 눈썹이 치켜 올라간다.

"매일 악몽이라도 꾸는 것인지 아니면 몸이 좋지 않아서인지 아침마다 가면 케릭스가 누워 있던 자리가 푹 젖어 있답니다."

"흐음……."

"다리는 계속 좋지 않지만 그 때문만은 아닌 듯싶어요. 당신께서 한 번 큰애와 이야기를 나눠보심이 어떨까요?"

"……."

"무언인가 가슴속에 맺힌 것이 있는 듯해요. 멍하니 하늘만 바라보며 하루 종일 들판에 앉아 있답니다."

수심이 가득한 부인의 얼굴을 보며 하이리안은 애써 미소를 지어 보였다.

"그렇게 걱정하지 마시오, 부인. 그저 몸이 좋지 않아서일 수도 있지 않소? 의사들의 말을 들으니 그 애가 입은 상처는 지속적으로 몸이 한기를 느끼게 한다고 하더군. 약으로는 어찌할 수 없는 것이라 몸이 자연적으로 회복하길 기다리는 수밖에 없다고 했소. 잠자리가 땀에 젖는 이유는 아마도 그것 때문이라고 보는데 너무 걱정하지 마시오."

"그렇지만……."

"그리 걱정되면 내 한번 보리다. 부인의 몸도 걱정이 되니 이만 쉬는 게 어떻소?"

흐트러진 부인의 머리카락을 한쪽으로 넘겨주며 하이리안이 부드럽게 말했다.

"꼭 부탁드립니다."

"알겠소."

토닥토닥 부인의 어깨를 두드리며 품에 안고 하이리안은 말했다.

"큰애는 아주 강한 아이요. 지금까지 몇 번이나 힘든 일을 겪어왔지만 잘 견뎌내지 않았소?"

"하지만 케릭스는……."

부인이 무슨 말을 하려는 것인지 하이리안은 잘 알고 있었다.

어떤 키세 나이트도 그렇게 고된 경험을 반복하지는 않는다.

"케릭스가 좀 별난 구석이 있지 않았소? 그저 그러려니 하다 보면 사내아이는 툴툴 자리를 털고 일어나는 법이오."

"그랬으면 좋겠어요."

"우린 케릭스를 그렇게 약하게 키우지는 않았소."

“그렇지요.”

눈물을 닦아내며 그녀는 살며시 미소를 지었다.

샛별이 하나둘씩 떠올라 있는 시간이었다.

지평선 저쪽은 아직 어두웠지만 머지않아 하늘을 밝게 물들일 햇살이 가득 숨어 있는 것이 엿보인다.

평온한 수면의 공기가 가득 들어차 있는 저택 안의 복도를 누군가 발걸음 소리를 죽여 살그머니 걸어가고 있었다.

큰 키의 남자는 천천히 집 안을 한번 돌아보고는 뭔가 결정했다는 듯 고개를 끄덕였다.

그가 걸어가는 발끝에는 그의 큰 키보다 더욱 긴 그림자가 조용히 달라붙어 있었다.

한밤중 조용히 저택의 복도를 걷고 있던 사람은 다른 어느 누구도 아닌 바로 이 저택의 주인인 하이리안 틴들랜드였다.

아무도 일어나지 않은 이른 새벽 시간에 그는 조용히 저택 안을 거닐고 있었다. 아니, 정확하게는 그의 큰아들이 잠들어 있는 방으로 걸어가고 있었다.

집사인 필의 말에 의하면 케릭스는 때로 한숨도 자지 않고 밤을 꼬박 새우는 듯하다는 말을 전해 들었기 때문이다.

“몸도 좋지 않으신데 큰도련님께 뭔가 큰 근심이라도 있는 듯합니다. 물론 이런저런 일로 마음에 상처를 많이 입으셨겠습니다만, 지난번과는 또 다른 것이 저는 걱정스럽기만 합니다.”

저녁에 자신을 찾아온 집사의 얼굴에는 수심이 가득했었다.

한 사람의 기사이기 전에 또한 한 집안의 가장인 그에겐 집안에서 일어나고 있는 일을 해결해야 할 의무도 가지고 있다.

그렇기에 이렇게 이른 시간 그는 잠자리를 떠나 아들의 방을 찾아가고 있는 것이다.

아주 천천히 발걸음을 옮겨 그는 아들의 방 앞에서 발걸음을 멈추었다.

아들의 이름을 부를까 하던 그는 잠시 망설였다.

혹여 오늘은 다행히도 편히 잠들었을지도 모르는 아들을 깨우고 싶지는 않았기 때문이다.

굳게 닫혀져 있는 문 앞에서 하이리안은 문에 귀를 대고 주의를 기울였다. 깨어 있는 채라면 어쨌든 인기척이 날 것이라 생각을 했다.

하지만 한참을 기다려도 안에서는 쥐 죽은 듯이 아무런 소리도 나지 않았다.

'어떻게 한다……'

아들을 불러 조용히 대화를 나누어볼까 하는 생각도 했었지만 왠지 그렇게 하면 그저 자신이 일방적으로 케릭스에게 훈계를 해버리는 것이 아닐까 하는 걱정이 앞섰던 것이다. 그렇기에 조용히 케릭스의 방을 찾아 고민을 들어줄까 생각했던 것이다.

하지만 아무런 기척도 없는 방에 무작정 들어가는 게 조금은 꺼려지는 것도 사실이었다.

'그래, 나중에 하는 것이 좋겠어.'

지금은 곤히 잠들어 있을 것이 틀림이 없다고 생각한 하이리안은 한 번 더 망설인 끝에 다시 발걸음을 돌렸다.

그러나 하이리안이 정말 아주 한순간만, 그가 케릭스의 침실 안을 들여다보았다면 그는 절대로 그렇게 쉽게 발걸음을 돌리지 못했을 것이다.

하이리안이 등을 돌려 천천히 케릭스의 방문 앞을 떠나고 있던 그때 케릭스는 두 눈을 크게 부릅뜬 채로 침대 안에서 소리없이 부들부들 온몸을 떨고 있었기 때문이다.

아무도 보지 못했고, 어느 누구에게도 보여주고 싶지 않을 그런 광경을 케릭스는 그대로 연출하고 있었다.

크게 부릅뜬 두 눈에는 어둠밖에 보이지 않았고, 가슴을 움켜쥐고 몸을 감싼 팔에서는 감각이 느껴지지 않았다.

입을 벌리고 숨을 쉬고 있었지만 숨소리조차 나지 않았고, 가는 신음 소리 하나 흘러나오지 않았다.

허공에 손을 뻗어 그는 누군가를 부르고 있었다.

자신을 이 고통에서 해방시켜 줄 누군가를 말이다.

그것이 이미 세상을 떠난 아자리안인지, 아니면 가족 중의 누구인지, 아니면 아직 만나지 못한 인연 속의 그 누구인지 스스로도 알 수 없었다.

지평선을 넘어 조용히 떠오른 해가 방 안으로 따스하게 들어찰 때까지 홀로 그렇게 누워 보이지 않는 누군가를 부르고 있었다.

아무도 잡아주지 않은 손을 허공에 내민 채……

제4장

빈손의 기사

계절이 바뀌기 시작했다.

데라즈의 여름은 바람이 스쳐 지나가듯 어느새 지나가 버렸다. 따스했던 바람은 이제 가을이라 이름 붙이기엔 너무 짧은 계절로 접어들어 시원하다 못해 조금은 서늘하게 변해가고 있었다.

사람들은 모두 짧았던 여름을 아쉬워하며 들판의 곡식들을 거두어들이기에 분주했고, 또한 장미관의 기사들은 모두들 제 나름대로의 임무에 열중하느라 해가 지는 것도 잊은 채 하루하루를 바쁘게 살고 있었다.

"여어, 괜찮냐?"

"물론."

새하얀 의복을 머리끝부터 발끝까지 차려입은 의녀 하나가 앞을 지나간다.

그녀를 피해 살짝 몸을 돌리고 세샤크는 친구에게 인사를 건넸다.

"들었어? 케릭스 녀석에게 복귀 명령이 떨어질 것 같다는데."

"그게 정말이야, 마즈렉?"

환한 웃음을 지어 보이며 세샤크가 물었다.

"그런 것 같아. 그 녀석 말고도 현재 휴직 상태에 있는 기사 몇까지 모두 불러들일 듯해."

"흐음."

"올 여름 동안 순직자가 몇 있었잖아."

"그렇게 따지면 별로 반가운 이야기는 아니군."

"그건 그래."

3일 밤낮을 숲에서 보내고 조금 전 장미관으로 복귀한 세샤크는 아직 꾀죄죄한 몰골 그대로였다.

"그건 그렇고, 넌 가서 좀 씻고 오지 그랬어?"

"아, 이거? 좀 그런가?"

세샤크는 꾀죄죄하다 못해 조금은 너덜너덜한 거지꼴을 하고 있는 자신을 한번 돌아보았다.

"당연하지. 병실에 그렇게 하고 오다니, 신경 좀 써."

"아하하하. 그냥 네가 다쳤다고 하니 걱정이 돼서 말이야. 3일 동안 잠도 안 자고 버티면서 고생하는 바람에 너덜너덜해져 돌아왔는데 오자마자 들은 게 네가 부상을 당했다는 소식이었어. 내가 얼마나 놀란 줄 알아?"

"부상은. 그냥 조금 피부에 독이 스친 것뿐이야."

그렇게 말하며 마즈렉은 다리를 들어 보였다.

독이 있는 몬스터를 죽이다가 상처에서 튄 피가 스며드는 것을 모르고 있다가 피부가 상해 버린 것이다.

"별것도 아닌데 소란을 피워서 말이지."

어디까지나 아무렇지도 않은 듯한 평온한 표정이다.

하지만 셰샤크는 마즈렉의 피부를 태운 독이 맹독성의 체액을 가지고 있는 몬스터 가라이노아(도마뱀을 닮은 몬스터로 두 다리로 서서 걸어다닌다. 주로 여름에 늪지 근처에 숨어 있다가 동물이나 사람들을 습격하며 그 체액은 맹독성이다)의 피라는 것을 이미 들은 뒤다.

단지 스민 정도로 끝났기 때문에 이 정도이지 물리기라도 했다면 아무리 체력이 좋은 기사라 해도 버티기가 힘들었을 것이다.

"별것이 아니긴. 쉽게 말하지 마라. 네가 다쳤다는 소릴 들었을 때 얼마나 놀랐는데."

"하하하."

"뭐, 여하튼 무사하니 다행이다. 이제 케릭스만 돌아오면 딱 좋겠어."

"소식이 있으니 곧 복귀하겠지, 특별한 문제만 없으면."

"특별한 문제라……."

마즈렉의 말을 되풀이하면서 셰샤크는 고개를 갸우뚱했다.

"부디 아무 일 없기를 바랄 뿐이지."

그런 셰샤크의 얼굴을 보며 마즈렉은 한 번 더 기원을 담아 말했다.

마치 필연적으로 무슨 일이 벌어질 것을 예견이라도 하고 있는 듯이…….

*　　　*　　　*

“지금 뭐라고 했나?”

“…….”

굳은 표정의 케릭스는 부동 자세로 손가락 하나 움직이지 않은 채 그 자리에 서 있었다.

“지금 한 말을 다시 한 번 되풀이해 주겠나?”

“……궁정 기사로 복무하고 싶습니다.”

“…….”

침묵이 그 뒤를 따른다.

흔들림없는 케릭스의 표정에서는 그가 한 말이 진심에서 나온 말이라는 것을 증명하고 있었지만 상대방은 믿을 수 없다는 표정을 하고 있었다.

“케릭스 틴들랜드.”

“예!”

“지금 자네는 자네가 한 말이 무슨 뜻인지 알고 있나?”

“알고 있습니다.”

후우— 하고 한숨을 내쉬며 기사단장 시엘 랜드리크는 몸을 뒤로 젖혔다. 딱딱한 등받이에 등을 기대며 그는 앞에 서 있는 케릭스의 얼굴을 뚫어져라 바라보았다.

도대체 그가 무슨 생각을 하고 있는지 고민하면서 말이다.

“키세 나이트가 궁정 기사로 근무한다는 소리는 들어본 적이 없네, 케릭스 틴들랜드.”

“키세 나이트로서 궁정 기사가 되겠다는 것은 아닙니다.”

“그럼 도대체 무슨 생각으로 그런 말을 하는 건가!!”

쿠웅— 하고 랜드리크가 책상을 내려치는 소리가 방 안을 울렸다.

그의 목소리는 열려진 창밖으로도 흘러나간 듯 밖에서 들려오던 약간의 소란스러운 소리마저 수그러들어 버렸다.

"키세 나이트가 키세 나이트가 아닌 기사가 되겠다니, 지금 그게 말이나 되는 이야기라고 내 앞에서 하는 건가?"

"죄송합니다."

천천히 케릭스는 고개를 숙였다.

예상은 했지만 역시 이렇게 기사단장에게 직접 말을 하는 것은 어려운 일이었다.

인상을 찌푸리고 있던 랜드리크는 문득 생각나는 것이 있어 케릭스에게 물었다.

"자네 아버님께는 허락받은 일인가?"

"……아직 아닙니다."

"그럼 말은 끝났네. 가서 자네 아버님께 말해 보고 그래도 마음이 바뀌지 않는다면 다시 오게. 나는 더 이상 자네와 할 말이 없네."

"단장님, 저는…….."

"그만."

"……."

"지금 들은 이야기는 안 들은 것으로 하겠네. 무슨 생각으로 그런 말을 하는지 모르겠지만 복무 중에 드래곤을 잃은 기사는 자네 하나가 아니야. 무엇보다도 이미 한번 어려운 경험을 한 자네라면 더 더욱 지금이 어려운 시기라는 것을 잘 알고 있을 걸세. 가서 머리를 식히고 다시 돌아오게. 그때 이야기하도록 하지."

그렇게 말한 랜드리크는 먼저 자리에서 일어나 밖으로 나가 버렸다.

쾅 소리를 내며 닫혀진 문이 부르르르 떨린다.

홀로 남겨진 케릭스는 그 자리에서 또 한 번 한숨을 내쉴 수밖에 없었다.

"어렵군."

얼굴을 들고 그는 딱 한 번 더 심호흡을 했다.

어차피 결심한 일이라고 그는 스스로를 위로했다.

아자리안이 숙고 그리고 홀로 병상에 누워 있을 때부터 그는 생각을 굳혀왔다.

두 번 다시 드래곤과는 계약하지 않겠다고 말이다.

자신의 욕심 때문에, 혹은 주위의 강권에 못 이겨 드래곤과 계약해 일방적으로 그들의 도움을 받는 것이 힘에 겨웠다.

물론 그들은 그렇게 말하지 않을지도 모른다. 그저 케릭스 혼자만의 생각일 수도 있을 것이다.

케릭스에게 있어서 드래곤과의 계약이라는 것은 그저 단순하게 드래곤들을 계약이라는 이름 하에 인간에게 묶어두는 것 이외엔 다른 의미가 없는 것 같았다.

인간과 계약하지 않고도 드래곤들은 얼마든지 자유롭게 살 수 있는 최강의 생물 중 하나.

'계약이라는 것이 어째서 생겨난 걸까?'

지금까지 몇 번씩이나 케릭스는 자신의 파트너인 드래곤들에게 같은 질문을 해왔다. 그러나 그에 대한 답을 들은 적은 단 한 번도 없었다.

주위의 동료들에게 같은 질문을 해도 아무도 그에 대한 대답을 해주지는 않았다. 오히려 케릭스를 별종 취급했을 뿐이다.

‘납득할 수 있는 대답이 있기 전엔 나는 두 번 다시 드래곤과 계약하지 않겠어.’

스스로 납득하지 못하는 일은 절대 두 번 다시 되풀이하지 않으리라 그는 다짐했다.

장미관으로 복귀하라는 명령을 받은 것은 어제 저녁 무렵이었다.

키세 나이트 단장의 문장이 찍힌 양피지를 받아 들고 그는 잠시 고뇌했었다.

과연 자신이 이대로 돌아가는 것이 좋은 것일지를 말이다. 하지만 이미 결심한 뒤였다. 그것을 위해서라도 그는 장미관에 일단 돌아와야 했던 것이다.

하지만 이미 하고 싶은 말은 해버린 뒤다.

“잠시 셰샤크와 마즈렉이라도 보고 갈까?”

기분 전환이든 뭐든 상관없었다. 지금 셰샤크와 마즈렉을 만나지 못한다면 언제 또 볼 수 있을지 알 수 없는 일이다.

앞에 쌓여 있는 일들은 아직 까마득했다. 그러니 아주 잠시만이라도 좋다고 그는 생각했다. 한숨을 돌릴 아주 잠깐의 시간이 그에게는 간절했다.

하지만 신은 케릭스에게 그 조금의 여유 시간도 허락해 주지 않았다.

그가 장미관의 기사단장의 방에서 나오자마자 그의 아버지인 하이리안 틴들랜드가 세상에 둘도 없을 무서운 얼굴을 한 채 기다리고 있었던 것이다.

“앉아라.”

“…….”

원래라면 케릭스는 상관과 함께 동석할 수 없는 계급이다. 하물며 그 상대가 아무리 아버지라고 해도 지금 케릭스가 있는 곳은 최고위 키세 나이트만이 출입할 수 있는 회의실, 애초 같은 자리에 앉으라고 하는 하이리안의 말에 무리가 있었다.

“어떻게 된 거냐?”

“죄송합니다, 아버님.”

“죄송하다면 다냐? 아침에 집을 나설 때는 아무 말이 없었는데 이게 도대체 무슨 날벼락인지 말해 봐!”

“오래전부터 생각해 온 바입니다.”

케릭스의 말에 하이리안은 순간 아득해졌다.

“오래전부터?”

“그렇습니다.”

“지금 네가 내게 오래전부터라고 말한 게 맞느냐, 케릭스?”

“…….”

불같이 화를 내는 하이리안과 대면해 보지 않은 것은 아니지만 케릭스는 순간 숨을 멈출 수밖에 없었다.

그의 아버지 하이리안은 진심으로 화가 날 때면 절대로 소리를 지르거나 얼굴을 붉히지 않는다.

오히려 지금처럼 착 가라앉아 바닥을 기는 듯한 차가운 목소리로 조용하게 말할 뿐이다.

“너는 키세 나이트를 무엇이라 생각하고 있느냐.”

“…….”

“내 질문이 무슨 의미인지 모르지는 않을 텐데?”

“죄송합니다, 아버님.”

“이유가 뭐냐.”

넓은 테이블 위에 얹어진 하이리안의 손에 힘껏 힘이 들어가 있는 것이 보였다.

“이유를 들어보고 대답하겠다.”

“……저는 더 이상 드래곤과 계약을 할 수 없습니다.”

쿠웅― 하고 하이리안의 심장이 내려앉는다.

그의 아들은 도대체 무슨 말을 하고 있는 걸까?

“그게 무슨 말이냐.”

“아버님께서는 항상 자신과 가장 잘 맞는 파트너를 만나야 한다고 말씀하셨습니다. 저는 저와 맞는 드래곤을 만날 수가 없습니다.”

“뭐라고?”

아들이 하는 말을 하이리안은 이해할 수 없었다.

한두 번도 아니었다. 케릭스는 지금까지 네 번이나 드래곤과 계약을 해왔다. 그런 경력이 있는 기사가 자신과 맞는 드래곤을 만날 수 없다니 말이 되지 않는다고 그는 생각했다.

“그럼 지금까지 너와 계약했던 드래곤들은 도대체 어떻게 된 거지?”

드래곤과 기사가 서로 마음이 통하지 않았다면 계약 자체가 불가능한 것이 사실이다. 적어도 하이리안은 그렇게 알고 있다. 아니, 모든 키세 나이트가 그렇게 알고 있다 해도 과언이 아니다.

“우연일 뿐입니다. 제가 부족한 탓에…….”

콰앙―

하이리안이 내려친 주먹 때문에 테이블이 부르르르 떨렸다.

“무엇이 우연이란 말이냐!! 그렇다면 너는 지금까지 거짓으로 계약을 했다는 소리를 하고 있는 게냐? 지금 내게 무슨 말을 하고 있는지 알고 있느냔 말이다!!"

"……."

케릭스는 살며시 눈을 감았다.

아버지의 낮고 차가운 목소리도 자신의 결심을 바꿀 수는 없다고 그는 생각하고 있었다. 아버지의 호통에 바뀔 만한 결심이라면 굳이 결심이라고 이름 지을 필요도 없는 것이다.

"아버님, 저는 키세 나이트가 될 만한 인물이 아닙니다."

"……!"

"아버님께서 항상 말씀하셨습니다. 키세 나이트는 드래곤들과 함께 일생을 살아 나간다고 말입니다. 하지만 저는 그렇지 못했습니다. 네 마리의 드래곤들이 저와 계약을 했습니다. 하지만 그중 단 하나도 저와 일생을 보내지 못했습니다."

케릭스의 목소리에는 뼈를 깎아내는 듯한 고통이 스며들어 있었다.

화가 나 있는 하이리안이었지만 아들이 어떤 심정으로 그 말을 하는지는 느낄 수 있었다.

"그것이 무엇을 의미하는지, 어째서 저만이 그런 일을 겪은 것인지 저는 잘 모르겠습니다. 다만 한 가지……."

케릭스는 아버지의 눈을 똑바로 바라보았다.

"저는 키세 나이트로서 부족한 인물이라는 것만은 깨달을 수 있었습니다. 이런 마음으로는 두 번 다시 드래곤과 계약할 수 없습니다. 저는 그들과 일생을 같이할 수도 없고 이심전심의 마음으로 함께 전투에 임할 수도 없습니다."

두렵다라고, 드래곤과 계약하는 일이 두려워서라는 말은 차마 입에서 나오지 않았다.

"동료들이 저를 무어라 부르는지 알고 계시지요, 아버님?"

그 말에 하이리안의 눈동자가 순간 흔들렸다.

"제가 또 한 번 드래곤과 계약해 또다시 같은 일이 벌어지지 않을 것이라 누가 장담할 수 있겠습니까?"

실제로 그 말에 대답할 수 있는 사람은 아무도 없을지도 모른다.

네 번의 계약을 통해 남은 것은 오명뿐이다.

둘은 죽었고 둘은 떠나 버린… 드래곤들로부터 버림받은 기사.

"그래서 어쩌겠다는 거냐."

"가능하다면 궁정 나이트로서……."

쿠우웅—

한 번 더 하이리안이 탁자를 내려쳤다.

그리고 그는 벌떡 일어나 아들을 노려보았다.

"말이 되는 이야기를 해야지. 그것이 가당키나 한 소리라고 지금 네가 내 앞에서 되는대로 주워섬기는구나."

"아버님……."

"못 들은 것으로 하겠다."

하이리안이 하는 말은 조금 전 기사단장이 케릭스에게 한 말과 다를 바가 없었다. 아니, 결국 같은 말이다.

특히 하이리안은 자신이 모든 이유를 말했음에도 불구하고 같은 태도를 보이고 있는 것이다.

"아버님, 제 결심은 바뀌지 않습니다."

"……."

"궁정 나이트로서 복무하고 싶습니다, 아버님. 제가 할 수 있는 일은 그뿐입니다."

나이트라는 신분에 집착하는 것은 아니다.

하지만 케릭스는 나이트로서 자신과 자신의 가족과 이 왕국을 위해 살아가는 것보다 더 좋은 일은 없을 것이라 생각하고 있었다.

굳이 키세 나이트여야 한다는 규칙은 없다.

한 사람의 기사로서 홀홀 단신, 그의 힘만으로도 충분히 그는 그가 하고 싶은 일을 한 수 있는 것이다.

"기각한다."

어느 순간 하이리안은 케릭스 틴들랜드의 아버지에서 한 사람의 상관으로 돌아와 있었다.

"……."

순간 변해 버린 하이리안의 태도에 케릭스는 잠시 할 말을 잃었다.

"키세 나이트는 어디까지나 키세 나이트. 다른 길은 없다. 드래곤과 계약할 마음이 없다면 즉시 기사의 증표인 검을 반납하고 집으로 돌아가도록."

"……!!"

"내가 할 말은 이것뿐이다. 랜드리크 경께도 그렇게 전해두도록 하겠다."

"아버님……."

설사 기사의 신분을 박탈당하는 한이 있더라도 자신이 결심한 것은 지키리라 마음먹었던 케릭스였지만 그 말을 다른 사람도 아닌 아버지로부터 듣게 되자 순간 마음이 흔들렸다.

서 있는 바닥은 아무렇지도 않은데 마치 그 바닥으로 빨려 들어가는 것 같았다.

두려움과는 또 다른 불안감마저 그를 엄습했다.

"검을 반납하지 않는다면 내일부터 복귀하는 것으로 알고 북쪽 숲으로 떠날 준비를 해두겠다."

"……."

아무 말도 없이 바닥만을 바라보고 있는 케릭스에게 하이리안은 한마디를 덧붙였다.

"키세 나이트가 아닌 네 자신을 네가 인정할 수 있을지 생각해 보거라."

하이리안의 말은 케릭스의 귀를 때렸다.

암울하게 새카매져 버린 주위가 궁지에 몰린 케릭스를 더욱더 위축시키고 있었다.

'키세 나이트가 아닌 나 자신?'

케릭스는 자신도 모르게 하이리안이 한 말을 되뇌고 있었다.

시간이 어떻게 흘러가고 있는 것인지 케릭스는 알 수 없었다.

그리 크지 않은 조그마한 자신의 방이 너무나 넓게 느껴지고 있었다.

세상에 단 혼자뿐이라는 고독감이 엄습해 온다.

무릎을 세워 다리를 끌어당기고 두 팔에 얼굴을 묻는다.

서늘한 밤 공기가 어깨에 닿아 춥게만 느껴지는 한밤. 케릭스는 몇 번이나 자신에게 같은 질문을 던지고 있었다.

'키세 나이트가 아닌 나 자신……?'

드래곤과 계약하고 싶지 않았을 뿐이다. 그래서 그저 단순하게 생각했다. 드래곤과 계약하지 않고 이대로 홀로 기사로서 살면 된다고 말이다.

하지만 그의 아버지가 던진 질문은 케릭스의 단순한 생각을 뿌리부터 뒤흔드는 것이었다.

어렸을 때부터 오직 키세 나이트가 되기 위해 살아왔다.

단지 20년과 몇 개월의 그리 길지 않은 시간이라고 해도 그것은 케릭스가 살아온 모든 시간.

그 시간 동안 케릭스는 오직 한 길을 목표로 노력해 왔다.

키세 나이트가 아닌 케릭스 틴들랜드는 존재 가치가 없을지도 모른다라는 공포가 그를 짓누르고 있었다.

두 번 다시 드래곤과 계약하여 키세 나이트가 되고 싶지 않다. 그러나 케릭스는 자신의 평생을 모두 키세 나이트가 되기 위해 살아왔다. 그렇기 때문에 드래곤과의 계약을 거부하는 것은 지금까지 자신이 쌓아 올렸고 걸어온 길을 모두 부정하는 일이다.

'어떻게 해야 하는 거지?'

순간 흔들린 결심. 그리고 결정해야 할 것들.

그러나 다시 생각해 보아도 한 가지는 이미 정해져 있었다.

드래곤과 계약하지 않는다라는 기준이 그것이다.

'그것만큼은 절대 뒤바꿀 생각이 없다. 그렇다면…….'

두 팔에 파묻고 있던 얼굴을 케릭스는 천천히 들었다.

벌써 하늘에는 새벽이 오는 것을 알리는 샛별이 떠올라 있었다.

시간이 조금씩 흘러가듯 케릭스의 생각은 조금씩 변해가고 있었다.

바꾸는 것이 불가능한 것이 이미 하나 존재하는 이상은 어찌할 바가 없다.

아무리 고민해 봐도 지금 당장 답을 찾을 수 없는 이상 무조건 고민하며 답을 찾아내려 해도 소용이 없다.

'하나씩 해보는 거야.'

오랜 시간 고민하는 것은 기본적으로 자신답지 않다라고 케릭스는 생각했다.

말보다 손이 나가는 타입은 아니다. 하지만 지나치게 고민하며 그것으로 허송세월하는 것은 질색이었다.

고민은 이미 몸을 자유롭게 움직이지 못했던 시간에 충분하게 했다고 생각했다. 평생 할 고민은 다 해버렸다고 생각할 정도로 말이다.

'더 이상의 고민에는 의미가 없어.'

물론 고민을 멈춘다고 해서 생각의 흐름이 멈추는 것은 아니다.

단지…….

지금은 먼저 생각한 것을, 먼저 결심한 것을 행동에 옮기려는 것이었다. 고민을 미루는 것은 아니다. 그저 하나하나 할 수 있는 일들을 해보려는 것이다.

"좋았어."

생각을 굳히자 가슴 한 켠에 남아 있던 망설임이 이상하게도 순식간에 사라져 버렸다.

자신이 어째서 그렇게 흔들렸나 의심스러울 정도로 말이다.

벌써 밖은 어슴푸레하게 밝아지고 있었다.

자리에서 일어난 케릭스는 방 한쪽에 있는 자잘한 물건들을 정리하기 시작했다.

미련이라는 것을 가질 것도 없었다.

2년 남짓한 키세 나이트로서의 생활에서 아쉬움이 남는다면 그의 친구들뿐. 하지만 키세 나이트를 그만둔다고 해서 셰샤크와 마즈렉과의 관계가 끝나는 것은 아니다.

"그 친구들에게는 정말 거나하게 술이라도 사야겠군."

혼잣말을 중얼거리며 그는 짐을 쌌다.

하나둘씩. 마음을 정리하며……

이른 아침. 장미관에서는 작은 소동이 일어났다.

키세 나이트 케릭스 틴들랜드가 장미관에 복귀한 지 하루 만에 자신의 이름이 새겨져 있는 검을 장미관의 입구에 둔 채 조용히 사라져 버렸기 때문이다.

그것을 제일 먼저 발견한 것은 당번병이었다. 그는 얼굴이 새하얗게 질려 케릭스 틴들랜드의 이름이 새겨진 검이 장미관의 입구에 놓여 있다는 사실을 자신의 상관에게 보고했다.

케릭스가 검을 두고 떠났다는 소식은 곧 차례차례 상부로 전해져 올라가고 아침 식사 시간이 끝나갈 무렵에는 장미관에서 숙식하는 거의 모든 키세 나이트들과 견습 기사들에게까지 알려졌다.

케릭스의 검은 반나절이 지나도록 새벽에 그가 내려놓은 자리에 그대로 놓여 있었다. 어느 누구도 키세 나이트의 문장과 함께 섬세하게 드래곤의 얼굴이 새겨져 있는 그 검과 검집에 손을 대려 하지 않았다.

그것은 데라즈 왕국의 수많은 기사들 중에서도 드래곤과 계약을 마치고 돌아온 키세 나이트에게만 내려지는 검이며 소유자가 키세 나이트라는 것을 증명하는 유일한 물건이었다.

*   *   *

“이곳에서 한 발자국도 움직이지 마라.”

그것이 그의 아버지가 집에 돌아와 케릭스에게 던진 단 한 마디였다.

쓴웃음을 지으며 케릭스는 아직도 얼얼한 턱을 손으로 문질렀다.

저녁 무렵 급히 집에 들른 듯한 아버지가 다짜고짜 그의 안면을 후려쳤던 것이다. 물론 아버지에게 호통 들을 각오는 하고 있었지만 손찌검까지 하실 줄은 몰랐던 케릭스는 조금 어안이 벙벙했었다.

하지만 손찌검은 단 한 대뿐. 하이리안은 그의 아들에게 방에서 한 발자국도 나오지 말라는 말을 남기고는 곧바로 돌아가 버렸다.

“어떻게 해석을 해야 할지.”

허탈한 듯한 웃음을 지으며 그는 턱을 괴었다.

어느새 하릴없이 창틀에 앉아 창밖을 보는 것이 일과가 되어버린 케릭스는 그로부터 이틀후 장미관에서 만나지 못했던 친구들의 방문을 받았다.

“어떻게 된 거야, 케릭스.”

“아. 아아.”

“아아가 아니야, 아아가!!”

퍼억 하고 셰샤크가 벽을 걷어찼다. 장미관에서도 괄괄한 성격으로 유명한 그인만큼 나머지 두 사람은 그다지 놀라지도 않았다.

“어쩌자고 검을 놓고 나간 거야? 응? 무슨 생각이냐구.”

“특별한 생각은 없었어. 그저 그렇게밖에는 달리 할 방법이 없어서 말이야.”

“웃기는 소리 하지 마, 케릭스! 방법이 없다니.”

"셰샤크 말이 맞아. 케릭스."

셰샤크와 표정은 전혀 다르지만 마즈렉도 한마디 덧붙인다.

"아직 돌아올 생각이 들지 않았다면 단순히 휴가 기간을 좀 늘려달라고 간청할 수도 있었다. 너무 무모했어."

"하. 하하하하."

진심으로 자신을 걱정하고 있다는 것을 잘 알 수 있는 케릭스는 난감한 표정을 지을 수밖에 없었다.

도대체 이들에게 어떻게 설명을 해야 할까?

"웃지 마, 임마. 그냥 화악 몇 대 패주고 싶은 걸 지금 간신히 참고 있는 거라고."

"그거라면 이미 아버님께 한 대 맞았어. 봐, 여기 멍든 거."

손가락으로 자신의 턱을 가리켜 보이는 케릭스를 보고 있던 셰샤크와 마즈렉은 웃지도 화를 내지도 못했다.

"내가 너희 아버님이었다면 턱으로 끝났겠어? 석 달 열흘은 자리에서 일어나지도 못하게 두들겨 패버렸을 거다."

"앞으로 태어날 네 아이에게 꼭 그 말 전해줄게."

"흥!"

셰샤크에게 올해 17살이 되는 약혼녀가 있다는 사실을 떠올리며 케릭스가 웃었다.

"다 좋다 이거야. 이유나 좀 들어보자. 네가 검을 놓고 나간 후 얼마나 시끄러웠는 줄 알아? 아무것도 모르는 녀석들은 우리한테 와서 성화지, 네 추종자였던 후배 기사들 몇은 우리를 잡아먹을 것처럼 이틀 내내 따라 다녔어."

"추종자는 무슨."

특이한 경력 때문에 케릭스를 경원시하는 사람도 있었지만 그와 반대로 케릭스를 따르는 기사들도 많았다. 물론 별 이상한 놈들도 다 있다며 세샤크의 빈축을 사기도 했지만 말이다.

"그리고 정말 진심으로 말하지만 다른 방법이 없었을 뿐이야. 드래곤과 계약하고 싶지 않다면 검을 반납하고 집으로 돌아가라고 아버님이 말씀하셨거든."

말은 가볍게 하고 있지만 마즈렉은 세샤크의 얼굴에서 묘한 흔들림 같은 것을 발견해 낼 수 있었다.

그리고 동시에 세샤크와 마즈렉은 케릭스가 아무렇지도 않게 한 말에 놀라 버렸다.

"뭐?"

"계약을… 하고 싶지 않다고?"

마즈렉이 보기 드물게 당황한 얼굴로 물었다.

"응."

케릭스는 고개를 끄덕였다.

너무나 평온해 보이는 케릭스의 표정에 두 사람은 무엇이라 말해야 할지 갈피를 잡지 못했다.

"어째… 서 그런?"

마즈렉이 당황해하며 물었지만 케릭스는 대답을 피한 채 창밖으로 시선을 돌려 버렸다.

무엇을 어떻게 설명을 해야 할지 생각해 본 적도 없고 굳이 말하고 싶지도 않았다. 이미 변명이니 뭐니 할 상황은 지나 버리기도 했거니와 그것에 대해서 누군가에게 구구절절 말한다는 것도 우습게 생각되었기 때문이다.

바람 부는 창밖의 풍경은 평온해 보이고 그저 나른할 뿐이다.

지금은 이렇게 하릴없이 앉아 있는 것만으로도 케릭스는 만족스러웠다.

아무 말 없는 케릭스를 바라보고 있던 두 사람도 어느새 케릭스의 시선을 따라 창밖으로 눈을 돌렸다.

한참을 그렇게 앉아 있던 케릭스는 문득 한마디 하고 싶었던 질문을 두 사람에게 던졌다.

"드래곤이……."

"응?"

"드래곤이 왜 인간과 계약하는지 알고 있어?"

"……."

"……."

두 사람 모두 갑작스런 케릭스의 질문에 당혹해한다.

"킥— 아냐. 지금 질문은 잊어버려."

대수롭지 않다는 듯이 케릭스는 질문을 한 사실을 넘겨 버린다.

"오랜만에 보니 좋구나, 둘 다. 술이라도 한잔할래?"

"케릭스, 말 자꾸 돌리지 말고 대답해 봐. 앞으로 어떻게 할 생각이야?"

세샤크가 심각한 얼굴로 묻자 케릭스는 고개를 갸우뚱하며 대답했다.

"글쎄? 아버님이 허락해 주시면 기사 견습생으로라도 다시 들어가볼까 하는 중인데."

"……그게 무슨."

"역시 힘들려나?"

쑥스러운 듯 케릭스는 머리를 긁적였다.

"이봐, 케릭스!! 말이 되는 소리를 해. 이미 기사인 네가 다시 견습 기사라니."

"할 줄 아는 게 없잖아. 그래도 검은 좀 쓴다고 생각하니. 아니면 어딘가의 용병이라도 되어볼까? 경호원 같은 거라면 나 꽤 잘하지 않을까 생각하는데?"

웃으며 대답하는 케릭스를 두 사람은 어이없다는 듯이 바라볼 수밖에 없었다.

그들의 친구는 도대체 무슨 생각을 하고 있는 것일까?

"자자, 적당히 하고 술이나 마시자. 나는 여기서 나가기 그러니 미안하지만 마즈렉, 필에게 말 좀 전해줘."

움직이려 하지 않는 마즈렉의 등을 두드리며 케릭스는 최대한 가볍게 말했다.

앞으로 무엇을 해야 할지 케릭스는 사실 전혀 생각해 본 적이 없었다.

아니, 생각하지 않았다는 말은 좀 틀릴지 모르지만 앞날이 캄캄하다는 것만은 자각하고 있었다.

'그것이야말로 지금 내게 있어서 최대의 고민거리지.'

웃는 얼굴에는 침을 뱉지 못한다고 결국 마즈렉은 케릭스의 말대로 필에게 말을 전하기 위해 내키지 않는 얼굴을 한 채 방을 나갔다.

그리고 사건은… 다음날 저녁때 일어났다.

"머리에 생각이라고는 손톱만큼도 없구나, 케릭스."

"아버님, 저는……."

늦은 시간 케릭스의 방을 찾은 아버지에게 그는 오전에 우스갯소리처럼 한 이야기를 그대로 하이리안에게 했다가 있는 대로 야단을 맞고 있었다.

"얼마나 더 집안에 먹칠을 해야 만족하겠다는 거냐. 이 아비가 너를 잘못 키웠구나."

"……."

"틴들랜드 집안에서 용병이니 하는 개뼈다귀 같은 짓을 하는 놈이 나온 적이 있는 줄 아느냐?"

"…죄송합니다."

다른 말은 할 수 없었다. 하지만 동시에 케릭스는 조용히 화를 내고 있었다.

무슨 말을 해도 하이리안의 화를 막을 방법이 없었다. 그리고 동시에 어떤 짓을 해도 하이리안이 자신에게 만족해 줄 리도 없는 것이다.

만족해 주길 바라는 것은 아니나 아주 조금은 마음속 깊은 곳에서 같은 키세 나이트로서 자신을 약간이라도 이해해 주길 바라고 있었던 것이다.

"하지만… 아버님, 직업에는 귀천이 없다고 저는 생각합니다."

"아비 앞에서 못하는 소리가 없구나!!"

"사실이지 않습니까? 이 집안에도 사용인들은 얼마든지 있습니다. 그들에게……."

케릭스는 나름대로의 생각을 말하고 싶었지만 그의 말을 하이리안이 잘라 버렸다.

"입 닥쳐라! 케릭스. 사람에겐 나름대로의 길이 있는 거다. 너는 지금 그 길을 잘못 걷고 있다. 생각이 조금이라도 있다면 그렇게까지는 못하지. 어디 감히 전하께서 하사하신 검을 제멋대로 내버릴 수 있는지 알 수 없다.”

“내버린 것이 아닙니다!!”

“그것이 내버린 것이지 아니라고 내게 말할 수 있느냐? 이 아비의 말은 새겨들어야 하는 것.”

“충분히 심사숙고하고 한 행동이었습니다. 후회는 없습니다.”

“이놈이 그래도!!”

“그래도라뇨? 드래곤과 계약할 생각이 없다면 검을 반납하고 집으로 돌아가라 말씀하신 분은 아버님이십니다. 저는 추호도 두 번 다시 드래곤과 계약할 생각이 없습니다. 때문에 말씀하신 대로 했을 뿐입니다.”

“도망친다고 모든 것이 해결되는 게 아니다.”

그 말은 순간 케릭스의 가슴에 비수가 되어 박혔다.

고여 있던 마음이 순간 피가 되어 흘러내린다.

정말로, 정말로 마음 한구석에 있었던, 잊어버리려 했던 단어.

그것은 인정하고 싶지 않았던 진실의 그것.

하지만 케릭스는 있는 힘껏 항변했다.

“도망친 것이 아닙니다.”

“네가 한 행동은 도망친 것이다. 키세 나이트로서!! 데라즈의 기사로서!! 그리고 이 아비의 아들이라는 자리에서!! 어디까지 도망을 칠 거냐.”

“절대 그런 것이 아닙니다. 저는⋯⋯.”

“말을 해도 소용이 없구나. 키세 나이트가 드래곤과 계약을 하지 않겠다니. 그럼 무슨 생각으로 지금까지 살아온 거지? 지금 네가 하고 있는 행동이 도망친 것이 아니라면 도대체 왜 그런 행동을 하고 있는 것이냐?"

"……."

말이 막혔다.

입은 열리지만 할 수 있는 말이 없었다.

"죽어도 드래곤과 계약하지 못하겠다면 나가라, 이 집에서."

"……!"

선뜩한 한기가 등줄기에서 흘러내렸다.

"나는 키세 나이트가 아닌, 제 갈 길을 잃어버린 아들 따위는 없다."

하이리안은 진심으로 화를 내고 있었다.

"나는 어린 시절부터 키세 나이트가 되겠다는 아들을 키워왔다. 키세 나이트가 되기 위해 노력하는 아들을 키워왔다. 차라리 네가 아무 능력 없는 그런 놈이었다면 바라지도, 기대하지도 않았다. 누가 네게 키세 나이트가 되라고 강요라도 했느냐? 네가 되겠다고 말했고 아무도 반대하지 않았다. 그런데 이제 와서 중간에 모든 것이 무서워 도망치는 아들 따위 키운 적 없어."

가라앉아 가는 목소리는 비수보다 더한 것이 되어 케릭스의 심장을 도려내기 시작했다. 하이리안의 목소리가 스며든 가슴은 이제 고통으로 신음하고 있었다.

"드래곤 한 마리 따위 죽은 것이 뭐가 그리 대단하지? 드래곤들도 역시 이 땅 위에서 살아가는 하나의 생물이다, 인간과 똑같이!"

"……."

"다소 힘들고, 다소 괴롭고, 때로는 죽을 만큼 힘이 들었다 해도 네가 이렇게까지 할 수는 없는 거다."

눈에 넣어도 아프지 않을 만큼 사랑하고 또한 자랑스러웠던 아들이었다.

한 번도 자신의 기대에 어긋나지 않았던 아들이었다.

"마지막으로 말하겠다. 드래곤과 계약할 생각이 추호도 없다면 나가라. 나는 키세 나이트인 아들밖에 모른다."

"……아버님."

"아버님이라 부르지 마라. 나약한 아들 따위 난 키운 적 없다."

"……."

말을 하고자 하는 의지마저 꺾여 버린 케릭스는 그 자리에 우두커니 서 있을 수밖에 없었다.

하이리안은 한마디를 남기고 케릭스의 방에서 나갔다.

"드래곤과 계약하여 키세 나이트로 내 앞에 서지 않겠다면 두 번 다시 내 앞에 얼굴을 보이지 마라."

쾅아앙―

문이 케릭스의 눈앞에서 닫혔다.

그것은 눈앞이 캄캄한 어둠 속에 케릭스를 가두어 버리는 소리였다.

어둠이 케릭스의 주위에 깔리며 점점 그의 마음속으로 침투하기 시작했다.

아무것도 없는, 보이는 것조차 없는 어둠은 케릭스를 감싸고 스며들어 무엇 하나 생각할 수 없는 침묵 속으로 몰아넣었다.

그는 그 자리에 그렇게 우두커니 선 채 어둠에 잠겨 있었다.

＊　　　＊　　　＊

“이 시각에 어딜 가십니까?”

“아… 필.”

소리없이 발걸음을 옮기던 케릭스는 주춤거리며 제자리에 멈추어 섰다.

“그게 말이지, 필. 아하하하하.”

어색하게 웃는 케릭스를 바라보고 있는 필의 눈은 어둠 속에서도 크게 확대되어 있었다.

그도 그럴 것이 아직 해도 뜨지 않은 이 시각에 어울리지 않게 케릭스의 차림이 심상치 않게 보였기 때문이다.

평소에는 잘 걸치지 않는 긴 망토와 케릭스가 기사가 된 이후로는 만지지 않았던 오래된 검 하나가 허리에 매달려 있고 종아리까지 올라오는 부츠까지 신은 케릭스는 어깨 위에는 꽤나 묵직해 보이는 짐을 메고 있었다.

“지금 도련님…….”

“아아. 그게 말이지, 필.”

아무의 눈에도 띄지 않게 홀로 조용히 집을 나서려던 케릭스는 속으로 혀를 찰 수밖에 없었다.

‘하필이면 하고많은 사람 중에 필에게 걸리다니. 참 나도 재수가 없군.’

“도련님, 어딜 가시려면 마님께는 말씀을 드려야 하지 않습니까?”

무슨 말을 해야 할까 고민하던 필이 간신히 꺼낸 말이었다.

“사정이 좀 있어서 필. 미안하지만 못 본 체해줘. 어머님께는 글을 남겼으니 오후 느지막이 해서 전해주면 좋겠어. 아무도 눈치 못 채게.”

"도련님……."

들고 있던 짐이 왠지 묵직하게 어깨를 내리누르기 시작한다.

"가볍게 여행을 가는 거니까 너무 걱정하지 마, 필. 응?"

더 지체하다가는 또 누군가에게 눈치 채일지도 모른다는 생각에 케릭스는 말을 돌렸다.

"가뿐해지면 돌아올게. 부탁이야."

"하지만 도련님, 이러시면……."

무슨 수를 써서라도 케릭스를 붙잡아야 하건만 필은 어떻게 해야 할지 갈팡질팡하고 있었다.

케릭스가 무슨 이유에선지 집으로 돌아온 지 아직 며칠 되지 않은 시점이다.

하이리안과 무슨 일이 있었다는 것도 그는 알고 있었고 동시에 케릭스가 눈에 띄게 생기를 잃고 있다는 사실도 그는 잘 알고 있었다.

"괜찮아, 필. 때로는 이럴 때도 있는 거지 뭐. 그냥 천천히 여기저기 가고 싶었던 곳이나 좀 구경해 볼까 해서."

핑계는 좋았지만 그것이 사실 말이 되지 않는다는 것은 누구보다 케릭스 자신이 잘 알고 있었다.

키세 나이트로서 데라즈 구석구석 안 가본 곳이 없는 그다. 이제 와서 여행이라니 어불성설인 것이다.

"……."

입술을 깨문 채 자신을 가로막고 서 있는 필을 케릭스는 하염없이 바라보고 있었다.

백발이 성성한, 이제는 나이를 먹어 어깨마저 조금 구부정해진 필이다.

어린 시절부터, 아버지나 어머니보다도 훨씬 더 많이 그를 돌보아준, 대부와 다름없는 사람.

그런 그에게 아무런 말도 해주지 못하고 이리저리 둘러대야 한다는 사실이 케릭스의 마음을 아프게 했다.

"…곧 돌아오시는 겁니다."

한참을 묵묵히 서 있던 필이 간신히 말을 꺼냈다.

"물론이야."

최대한 밝은 표정으로 케릭스는 웃어 보였다. 진실을 말한다면 필은 틀림없이 자신의 발목을 붙들 것이다.

"당연히 곧 돌아오지. 내가 가봐야 어딜 가겠어."

"도련님, 약속해 주십시오."

"그래. 약속할게, 필."

"……."

그렇게 말해도 필은 한동안 자리에서 움직이지 않았다.

그런 그가 간신히 꺼낸 말은 케릭스의 가슴을 조용하게 울렸다.

"여비는 있으십니까?"

걱정스러움이 가득한 따듯한 말이었다.

"아아. 뭐. 그냥 말 한 필이면 되지 뭐. 그거면 여행자에겐 최상의 조건이지."

"잠시만 기다려 주시겠습니까?"

"에?"

"잠시만, 아주 잠시만 기다려 주십시오."

"아냐, 필. 신경 쓸 거 없어. 멀리 갈 것도 아닌데."

"아닙니다, 도련님. 부탁드리니 잠시만 기다려 주십시오. 마구간에 제가 말안장을 얹고 준비해 드릴 테니 조금만 기다려 주세요."

"…필."

나이가 든 필이다. 눈치에 있어선 둘째가라면 서러워할 정도의 노련한 집사이니만큼 케릭스의 태도에서 무엇인가를 느낀 것일지도 모른다.

"이 시간에 나서시는데 아무 채비도 없이 보내면 집사인 제 자존심에 먹칠을 하는 행위입니다. 모르면 몰랐지 이렇게 제가 본 이상 그냥 보내 드릴 수는 없습니다. 정말 아주 잠시면 됩니다. 마구간에서 기다려 주십시오."

"……."

진심을 담아 말하고 있는 필의 태도에 케릭스는 더 이상 거절이라는 말을 입에 담을 수 없었다.

"알았어, 필. 하지만 시간이 없으니까……."

"제가 뭐든 준비하는 데 있어 시간 지체하는 것을 보신 적이라도 있으십니까? 맡겨주십시오."

그리고 공손히 머리를 숙인다.

자신보다도 훨씬 어린 케릭스에게도 예를 다하는 집사의 행동에 케릭스는 자신도 모르게 숙연해진다.

"그래. 부탁할게, 필."

따스함이 묻어 나오는 케릭스의 얼굴에 필은 조용히 미소를 되돌려 주었다.

"그럼… 잠시 후."

총총히 걸음을 옮기는 필의 뒷모습에서는 당황스러움도 서두름도 없다. 그저 평상시와 전혀 다를 바 없는 걸음걸이.

그것을 보며 케릭스는 쓰라린 가슴을 다시 한 번 쓸어 내렸다.

멀리 지평선 너머에서 아침해가 떠오르고 있었다.

귀에 들려오는 것은 규칙적인 말발굽 소리와 풀벌레 소리들뿐.

몸이 흔들리는 것에 맞추어 말등에 실린 묵직한 짐도 함께 흔들리고 있었다.

정말 짧은 시간이었는데도 불구하고 집사인 필은 무엇인가 잔뜩, 말안장에 이것저것 준비하여 묵직한 짐을 잘도 묶어놓았다.

삐죽하게 입구 사이로 튀어나와 있는 것들을 미루어 짐작해 볼 때 곧 겨울이 닥쳐올 데라즈를 여행할 케릭스를 위한 옷가지라던가, 한쪽이 울룩불룩한 것을 보아 건식량이라도 꾹꾹 우겨 넣은 모양이었다.

말안장도 가장 최근에 손질한 것으로 번쩍번쩍 빛이 날 정도다.

나름대로 아무 말 없이 집을 나서는 케릭스에게 필이 신경을 쓴 것이다.

"후우……."

케릭스는 깊이 숨을 들이쉬었다가 내쉬었다.

아침 안개가 스멀스멀 빛나는 햇살에 녹아내리고 있다.

안개가 사라지기 시작한 공기는 더욱 깨끗해져 케릭스의 어지러운 마음을 조금이나마 깨끗하게 씻어 내리고 있었다.

"집을 나왔다는 사실을 알게 되시면 또 한바탕 난리가 날지도 모르겠군."

듣는 사람도 없는데 케릭스는 소리 내어 말을 했다.

"필이 혹시나 이런저런 소리를 하면 안 될 텐데 말이야."

푸르르르 하고 말이 고개를 젓는다.

오랫동안 타지 않았던 말이라 그런지 조금은 어색한 느낌마저 들었지만 케릭스는 말의 목덜미를 쓸어주며 다정하게 말을 걸었다.

"벤. 이런 여행에 동참시켜서 미안하다. 이른 새벽부터 너도 고생이구나."

집을 나오려고 마음먹은 것은 한밤중의 일이었다.

기억도 나지 않는 꿈속에서 또 한 차례 헤매던 케릭스는 소스라치게 놀라 자리에서 일어난 후 다시 잠들지 못했다.

"드래곤과 계약하여 키세 나이트로 내 앞에 서지 않겠다면 두 번 다시 내 앞에 얼굴을 보이지 마라."

하이리안이 했던 말이 다시 한 번 머리 속에 떠올랐다.

물론 하이리안이 한 말에 무조건 글자 그대로 반응해 버린 것은 아니다.

단지 그는 하이리안이 했던 말 중에 하나를 되새겨 버린 것이다.

"도망친다고 모든 것이 해결되는 것이 아니다."

"아버님께서 정확하게 보신 건지도 몰라, 벤."

들어주는 사람이 없으니 케릭스는 그저 타고 있는 말에게 말을 걸 뿐이다.

"나는 도망치고 있는 걸지도……."

마음 한구석에서는 아니라고 계속 외치고 있었지만 실제 그가 한 행동은 현실 도피나 다름없었다.

그러나 직접 대면한 상태에서 하이리안의 입에서 그 말이 나오는 순
간, 그는 그것을 절감해 버린 것이다.

집을 떠나 무엇을 어떻게 하겠다는 생각조차 지금의 케릭스에게는
없었다.

단지 그는 떠나려고 마음먹었을 뿐이다.

"아버님 말씀대로 도망친다고 모든 것이 해결되는 것은 아니지. 하
지만 말이야, 벤."

그는 하늘을 올려다보았다.

어지리운 그의 마음속과는 달리 하늘은 너무나도 파랗고 또한 너무
나도 고요해서 가슴이 시릴 정도로 깨끗했다.

"설사 도망쳐서 '모든 것'이 해결되진 않더라도 '몇 가지'는 해결
되는 게 아닐까 하는 생각이 들었거든?"

말 그대로였다.

도망친다고 해서 모든 것이 해결되진 않는다. 아니, 오히려 더 어려
워질 수도 있다.

하지만 한두 가지 해결되는 것이 있을지도 모른다.

적어도 지금 아무것도 할 수 없는 케릭스에게 있어서는 비록 한두
가지의 일이라고 해도 커다란 것이 된다.

"둘도 바라지 않아. 그게 무엇이 되든 간에 하나라도 해결이 되었으
면 좋겠어."

그렇게 생각하고 케릭스는 집을 떠나기로 마음먹었던 것이다.

가족 모두에게 말하고 떠나는 여행은 의미가 없었다.

"도망을 친다면 기왕이면 모든 것에서 도망치는 게 좋지 않겠어?"

그렇게 말하면서도 결국 집사인 필의 배웅을 받아버렸지만 그것은

아무래도 좋았다.

　기사라는 신분도, 집도, 가족도 현재의 케릭스에게는 버겁기만 했다.

　"미안하지만 벤, 당분간은 잘 부탁해."

　말의 목덜미를 툭툭 손으로 치며 그는 다정하게 말했다.

　대답은 없지만 그저 곁에 있는 것으로도 이상하게 마음이 놓이는 것은 어찌할 수 없었다.

　정말 홀로 묵묵히 길을 걷고 있었다면 한순간 집으로 돌아가고 싶은 마음이 생겼을지도 모른다.

　하지만 말을 타고 있으면 케릭스가 가만히 말고삐만 쥐고 있는 채로도 그저 하염없이 움직이게 된다.

　자신도 모르는 사이에……

　"그런데 벤. 우리가 지금 어디로 가고 있는 걸까?"

　일단 마음먹은 이상 확실히 하는 것이 케릭스의 성격이다.

　"흐음. 아무래도 노숙을 하고 그러려면 역시 조금 따듯한 곳이 낫지 않을까 싶은데."

　북쪽에 위치한 데라즈 왕국엔 겨울이 빨리 찾아온다.

　"한 길가에서 노숙을 하다 얼어 죽는 것은 질색이거든."

　킥킥— 하고 그는 혼자 웃어버렸다.

　"남쪽에 있는 눌리안 쪽으로 가볼까?"

　커다란 강 하나를 사이에 두고 있는 눌리안 왕국은 비교적 어려움없이 갈 수 있는 나라다.

　물론 강을 건너기까지는 데라즈 왕국을 거의 삼 분의 일 정도 가로질러야 하지만 말이다. 그래도 몬스터들이 우글거리는 숲 대신 상대적으로 몬스터의 수가 적은 강을 건너야 한다는 점은 아주 높이 사줄 만한 것이다.

"그래, 결정했다!"

해가 떠오르는 방향을 확인한 후 그는 말고삐를 고쳐 잡았다.

모든 것 중의 하나일지라도 없는 것보다는 나으며 또한 그 하나가 클 수도 있다라고 그는 생각했다.

"아무것도 없는 길을 혼자 걷는 기분도 꽤 좋은걸?"

즐겁게 웃으며 그는 살짝 말의 배를 걸어찼다.

신호를 받은 말이 조금 속력을 올리기 시작했다.

그의 등에 앉아 있는 사람은 데라즈 왕국의 영광스런 키세 나이트의 지위에 있는 사람도, 또한 무거운 드래곤 슬레이어를 허리에 찬 기사도 아니었다.

오래되어 낡은 검 한 자루를 허리에 찬 빈손의 기사.

가진 것을 모두 남긴 채 떠나고 있는 한 사람의 남자였다.

제5장

이방인

"후우. 오늘은 어딘가 여관을 찾아야겠군."

기본적으로는 가을이라고 하지만 벌써 데라즈는 겨울의 문턱에 다다라 있었다. 아침저녁 쌀쌀하게 불어오는 바람을 무시했다가는 아직 본격적인 겨울이 시작되지도 않은 들판에서 동사해 버릴지도 모른다.

몇 차례 바람을 피해 조그마한 동굴이나 바위틈에서 노숙을 해왔지만 그것도 나름대로는 한계 상황에까지 와 있었다.

나중에 뒤져 보니 필이 준비해 준 짐 속에는 여비에 보태라는 듯 상당량의 은전도 들어 있었기에 사실 돈은 그리 궁하지 않았다.

원래 돈에 그다지 구애받지 않은 생활을 해온 케릭스였다. 때문에 돈을 물 쓰듯 써버릴 수도 있었지만 그동안 키세 나이트로 지내오며 워낙 돈 쓸 일이 없었던 탓인지 케릭스는 직접 돈을 쓰는 것에도 익숙하질 못했다. 그러다 보니 식량을 보충한다던가 우연치 않은 폭풍을 만나 여관에서 밤을 보내는 것 이외에는 돈을 쓸 일도 없었다. 거기다 한 가지 더, 얼마나 길어질지 모르는 여행길이다 보니 자연스럽게 돈을 아끼는 버릇이 들어버린 것이다.

"하루쯤은 따듯한 스튜를 먹어도 좋고 너도 바람막이가 있는 마구간에서 좀 쉬어야 할 테니까."

집을 떠난 후 한 달 남짓, 케릭스는 말과 함께 걷고 또 걸어왔다. 서두르지도 않고, 그렇다고 해서 느긋하지도 않게 그저 벤이 걷는 속도에 맞추어서 말이다.

숲을 만나면 숲을 지나고 조그마한 강을 만나면 강을 건넜다.

자신이 그런 식으로 집을 나온 이상, 하이리안이 사람을 풀어 그를 찾을 리도 없기에 굳이 서둘러 도망치듯 할 필요도 없었다.

'도망' 친 것은 사실이지만 그래도 그는 마음만은 가벼웠다.

그는 대충 자신이 지금 서 있는 곳에서 멀지 않은 마을이 어디쯤일지 더듬어보았다.

키세 나이트로서 데라즈 구석구석 안 가본 곳이 없는 그의 머리엔 데라즈의 지도 정도는 머리에 훤하게 들어 있다.

"대략 일주일 정도면 리하라 강에 도착하겠군."

리하라 강은 데라즈와 눌리안 왕국 사이에 있는 커다란 강의 이름이다.

"그렇다면 조금 서두르면 밤까지는 라킨스에 도착할 수 있을 것 같구나, 벤."

멀지 않은 곳에 조그마한 성이 있는 것을 머리에 떠올리며 그는 오늘 밤을 지낼 장소를 정했다.

요새로서의 가치라던가 지리적으로 중요한 위치에 있지 않은 성이며 그저 조그마한 시골 영지다. 그곳이라면 케릭스도 신경 쓰지 않고 지낼 수 있을 것이라 생각했다.

"그것참 웃기지, 벤? 데라즈는 내가 태어나 자란 나라인데 편한 마음으로 여행하는 것이 힘들다니 말이야. 마음이 가벼운 것과는 별개로……."

케릭스는 쓴웃음을 지었다.

그것은 참으로 아이러니컬한 문제였다.

당연히 가장 편하고 가장 포근해야 할 자신의 나라다. 그럼에도 불구하고 케릭스는 여행하는 데 약간의 불편함을 느끼고 있었다.

조금만 커다란 성이라던가 몬스터들이 자주 출몰하던 지역, 즉 케릭스가 키세 나이트로서 방문했던 곳은 아무래도 그저 스쳐 지나가는 것이라고 해도 왠지 껄끄러웠기 때문이다.

"뭐, 어쩔 수 없는 일이긴 하지만."

혹여 자신을 알아보는 사람이라도 있다면 그것도 곤란했다.

아버지의 말대로 가문의 영광이니 하는 것에 연연하는 것은 아니다. 단지 그도 어느 정도는 자신의 입장이 결코 떳떳하지 않다는 것은 자각하고 있기 때문이었다.

하지만 이미 케릭스가 지금까지 해온 일은 충분하다 못해 과할 정도로 그의 아버지 하이리안 틴들랜드와 그의 가문에 먹칠을 해온 터다.

지금은 모든 것을 버리고 떠난 만큼 사소한 일에서도 두고 온 과거에 대해 누군가에게 책 잡히는 것은 달갑지 않은 것이다. 또한 자신 때문에 가족들이 좋지 않은 소리를 쓸데없이 듣게 되는 것도 원하지 않는 일이었다.

"라킨스에는 한 번도 가본 일이 없으니 괜찮겠지."

케릭스는 그렇게 말하며 자신의 약간, 아니, 상당히 너덜너덜해진 망토를 쳐다보았다.

일단은 누군가 묻는다면 여행은 그리 어렵지 않았다라고 말할 테지만 사실 그동안 그도 꽤 고생을 해왔다.

숲을 지나면 반드시라고 할 정도로 그의 목숨, 또는 말을 노리는 몬스터들이 한둘씩 앞을 가로막았기 때문이다.

어떤 날은 떠돌이 늑대 떼에 쫓기는 바람에 상당히 곤욕을 치르기도 했다.

아자리안의 일 때문인지 그는 늑대 떼라면 치가 떨릴 정도로 싫었기에 뒤도 돌아보지 않고 줄행랑을 쳐버렸기는 했지만 말이다.

"새 망토도 하나 사야겠군."

피식 하고 웃음이 나온다.

홀로 이렇게 여행을 떠난 뒤로 케릭스에게는 작은 버릇이 생겼다.

중얼중얼 홀로 말하면서 피식피식 웃는 버릇이 바로 그것이었다.

원래 그다지 웃음이 없었던 그에게 있어 그것은 눈에 띄는 변화 중에 하나였다. 본인이 그것을 과연 자각하고 있는지 아닌지는 물론 알 수 없지만 말이다.

그는 그렇게 조금씩 변하고 있었다.

*　　　*　　　*

"그러게 지금 어디서 어떻게 사람을 보충하느냐고. 망할!!

"그래도 어쩔 수 없잖아, 이번에는 우리 실수였으니."

"아아. 정말이지 짜증이 빠져 죽을 정도로 솟아오른다."

투덜투덜대며 한 남자가 자신의 모자를 바닥에 내팽개쳤다.

그 옆에 있던 꽤나 험상궂게 생긴 사내가 바닥에 떨어져 먼지투성이가 된 모자를 집어 올렸다.

"나도 마찬가지라구. 하지만 어쩌겠어? 우리는 계약에 따라서 움직인다. 다른 것은 몰라도 그것 하나만큼은 확실히 지켜야 해. 총인원은 7명이라고 계약을 했으니 그 인원은 채워야겠지."

"내 말이 그 말이야!! 지금 이 시간에 어디서 사람을 구해! 이놈의 촌구석에는 그 흔한 용병 길드 사무소도 제대로 없다고. 아— 열받는다."

화를 내는 남자의 말에 동감한다는 듯 험상궂게 생긴 남자도 인상을 찌푸렸다.

"그건 그렇지. 이 새벽에 어디서 사람을 구해야 할지……."

후욱— 하고 한숨을 내쉬며 그는 주위를 두리번거렸다.

그러던 그의 눈에 아까부터 움직이지 않고 있던 한 사람이 들어왔다.

잠시 실눈을 뜨고 그는 그 사람을 한참이나 바라보았다.

그리고 잠시 후 그는 결심한 듯 들고 있던 모자를 원래의 주인에게 돌려준 후 발걸음을 떼었다.

시끌시끌한 선착장 한구석에서 케릭스는 사람들이 오가는 모양을 멍하니 보고 있었다.

그가 이른 새벽에 선착장에 앉아 있는 이유는 다른 이유에서가 아니다. 당연하게 아침 일찍 눌리안으로 가는 배를 타기 위해서랄까?

이유는 어쨌든 간에 그는 선착장에 앉아 있었고 그 주위로는 그와 마찬가지로 배를 타기 위해 사람들이 모여들고 있었다.

‘눈이 침침하군.’

아직 잠이 덜 깨서 그런 것인지, 아니면 아직 해가 떠오르지 않아 어둑어둑한 탓인지 멀리까지 시야가 확보되지 않는다.

하지만 그럼에도 불구하고 주변에 많은 사람들이 오가고 있다는 것을 케릭스는 잘 알 수 있었다.

‘뭔가 사람 사는 분위기라는 것이겠지.’

언제나 새벽부터 일사불란하게 훈련을 하거나 기사들이 삼삼오오씩 모여 체력 단련을 하는 것으로 아침을 시작했던 케릭스에게 있어서 지금까지 여행하면서 보아왔던 농가들의 아침은 꽤나 한가롭게 느껴졌었다.

하지만 이웃 나라인 눌리안으로 가는 이 작은 선착장에서 벌어지고 있는 풍경은 그가 익숙했던 광경과는 전혀 달랐지만 또 다른 의미로 활발하게 비추어지고 있었다.

‘이런 식의 활달함도 나쁘지 않군.’

왁자지껄하게 움직이는 건장한 체격의 남자들과 그 사이를 뛰어다니는 어린 소년들의 모습이 그에게는 사뭇 신선하게 느껴지고 있었다.

그런 광경을 지켜보고 있던 케릭스의 얼굴에는 어느덧 희미한 미소 같은 것이 어리기 시작했다.

하지만 단지 이곳저곳을 바라보고 있을 뿐인 그에게 불만을 느낀 사람이 있는 듯했다.

“이봐. 뭘 그렇게 실실거리고 있는 거야? 아앙?”

조용히 앉아 있는 케릭스에게 누군가 시비를 건다.

“예?”

“뭐가 그렇게 웃겨? 으응?”

새벽녘, 술에 취해 집으로 돌아가던 사람인 듯했다.

"무슨 말씀이신지?"

어리둥절해진 케릭스는 엉거주춤한 자세로 엉덩이를 들었다. 그것은 말하자면 술주정뱅이의 하릴없는 시비로 케릭스 역시 몇 번쯤은 겪어본 일이었지만 낯선 곳에서의 이런 일은 아무래도 당혹스러운 법이다.

그 순간이었다.

"당신 뭐야?"

스윽 하고 산만한 덩치의 사내가 케릭스의 앞을 가로막았다.

"히끅—"

케릭스에게 시비를 걸던 남자가 순간 숨을 들이쉬는 소리가 났다.

케릭스의 앞을 가로막은 사내는 시비를 걸던 남자보다 머리 하나는 큰 데다가 덩치는 1.5배, 팔뚝과 허벅지는 두 배 이상 차이가 나 보였다.

"이 녀석은 우리 동료다. 뭔가 불만있어?"

그러면서 그 남자는 쓰윽 하고 턱을 들며 눈을 내리깔았다.

"아아… 그것이 뭐……."

시비를 걸던 남자의 목소리가 순간 주눅 들어 작아진다.

"없으면 꺼져!"

팔짱을 끼기 위해 남자가 두 팔을 드는 순간 술 냄새를 풍기던 남자가 흠칫하면서 뒷걸음질을 치더니 이내 줄행랑을 쳐버렸다.

그때까지 어떻게 돌아가는 상황인지 몰라 멍하니 바라보고 있던 케릭스는 산만한 덩치의 남자가 자신을 돌아보자 엉겁결에 감사의 인사말을 중얼거렸다.

"가… 감사합니다."

"흐음."

그는 치켜올렸던 턱은 내릴 생각조차 하지 않은 채 그대로 내리깐 눈으로 케릭스를 머리끝에서 발끝까지 서너 번 왕복하며 쳐다보았다.

도대체 왜 이 사내가 이러나 싶어 케릭스는 조금 마음이 불편해졌다.

"저어……."

입을 열려는 케릭스의 말을 가로막으며 사내가 말했다.

"틀림없이 고맙다고 생각하는 거겠지, 자네?"

"예? 아. 예, 물론."

뭐가 고마운 것인지 정확하게 판단은 안 가지만 일단 앞에 선 사내가 시비를 걸려던 남자를 쫓아버린 것만은 틀림이 없기에 케릭스는 고개를 끄덕였다.

"그래, 고맙게 생각하고 있다는 거지. 그럼 됐어."

휘익— 하고 사내의 팔이 케릭스의 목에 감겼다.

"에? 에에?"

"나는 빈즈. 넌?"

"예? 케, 케릭스라고 합니다."

"으하하하하하하."

그대로 목에 감긴 팔이 케릭스를 끌어당기기 시작했다.

질질 빈즈라고 자신의 이름을 밝힌 남자에게 끌려가며 케릭스는 도대체 무슨 영문으로 그가 이런 행동을 하는지 알 수 없어 버둥거렸다.

"이봐, 자네."

"예?"

“눌리안에 갈 거 아냐?”

“그렇습니다만. 저어, 이 팔 좀 풀어주시겠습니까?”

당황해하는 케릭스에게 빈즈는 큰 눈을 희번덕거리며 말했다.

“뱃삯 안 들고, 오히려 돈 받으면서 눌리안에 도착할 수 있는 자리가 있는데 말이야.”

“예?”

“어때? 구미가 당기지 않아?”

빈즈는 나름대로 그 짧은 시간에 케릭스를 요모조모 잘도 뜯어보고 있었다.

빈즈의 체격에는 못 미치지만 케릭스는 일단 보통 사람에 비하면 상당히 건장한 체격을 가지고 있었다. 거기에 얼굴은 곱상한 데 비해 어렸을 때부터 거친 일을 해온 듯 손마디는 꽤나 거칠어 보였던 것이다. 손마디는 거친데 얼굴이 반듯하다면 경우는 두 가지뿐이다. 아직 생초 보이던가 아니면 얼굴을 다치지 않을 정도의 실력을 갖추고 있다는 소리.

거기에 마지막으로, 하고 있는 행색이 보기보다는 꽤 꾀죄죄하고 초라해 보였달까?

물론 결정을 내린 것은 어딘가 모르게 아방해 보이는 표정 때문이었지만 말이다.

‘이놈은 다루기 쉬운 놈이야, 틀림없이. 분명 세상 물정 모르는 녀석임에 틀림이 없어.’

빈즈는 그렇게 생각하며 속으로 히죽거렸다.

아니나 다를까, 케릭스는 빈즈의 말에 엄청 고민하는 눈치다.

“당기지? 그렇지?”

“에에…….”

대답을 확실히 하는 대신 케릭스는 어느새 빈즈의 팔에서 벗어나고 있었다.

‘호오, 이 녀석.’

살짝 몸을 비틀어 빠져나가는 솜씨는 절대로 초보의 솜씨가 아니다. 빈즈의 팔에서 벗어나기는 결코 쉬운 일이 아니라는 것을 그 스스로가 잘 알고 있다.

팔에서 힘이 빠지는 타이밍과 그 타이밍을 잡아 몸에 힘을 주는 방법까지 절대 무리가 없다.

빈즈는 자신이 사람을 잘 보았다는 생각이 들어 흐뭇한 미소를 지었다.

“할 일은 돈 많은 상인 녀석들의 경호원이지. 리하라 강엔 보기보다 자잘한 몬스터들이 많거든.”

“그렇… 습니까?”

“나쁘지 않은 조건이라고 보는데?”

씨익 웃으며 자신을 바라보는 남자의 얼굴을 보며 케릭스는 잠시 갈등했다.

‘연유는 알 수 없지만 나쁜 조건은 아니야. 하지만…….’

조건은 나쁘지 않지만 도무지 영문을 알 수가 없다.

“제가 묻는 말에 대답해 주신다면 수락하겠습니다.”

“좋아. 물어봐.”

결국 케릭스는 단도직입적으로 묻기로 했다. 조건이 나쁘지 않은 이상 굳이 튕길 필요는 없다. 이유만 알 수 있다면 말이다.

“제가 눌리안으로 가는 걸 어떻게 아셨는지와 어째서 저를 선택하신 것인지 알려주십시오."

특별히 사람을 의심할 필요는 없지만 그래도 사람이라는 것은 언제나 조심을 해야 한다라는 것이 케릭스의 지론이다.

"호오~ 보기보다 딱딱하구만."

빈즈는 정색한 케릭스의 얼굴을 보며 히죽 웃었다. 그러자 험상궂은 얼굴이 조금이나마 부드러워졌다.

"별다른 이유가 있을 리가 없지. 나는 사람이 필요했고, 주위를 돌아보니 자네가 있더군. 보아하니 타지에서 온 듯한데 이곳에 있는 이유는 결국 배를 타는 것밖에 더 있겠어? 그리고 허리춤의 검을 보아하니 검 좀 쓰겠다 싶어서지. 당연한 것 아니야? 조금만 돌아보면 그 정도는 쉽게 알 수 있다고."

물론 거기에 이런 일에는 초짜로 보여 다루기 쉽겠다고 생각했다는 말은 쏙 빼버린다.

"그렇습니까?"

하는 말을 들어보니 틀림없이 보기보다는 상당히 딱딱한 타입일 수도 있다는 생각이 들어버렸기 때문이다. 곧이곧대로 말했다가는 '삐져 버리지' 않을까 하는 생각도 들었다.

그 생각을 하자 순간 웃음이 터져 버렸다.

"큭큭. 자, 됐나?"

히죽히죽 웃고 있는 장신의 남자는 물론 아직 정체는 알 수가 없다. 하지만 일단 그가 말한 대로 경호원이라는 일을 할 수 있을 정도의 실력이 있음에는 틀림이 없었다.

허술하게 서 있는 것처럼 보이지만 보기보다는 빈틈이 없다. 어떤 기술적인 면보다는 풍부한 실전 경험에서 우러나오는 일종의 분위기 같은 것이 그에게서 풍기고 있었던 것이다.

경험이 풍부하다고는 하지 못할지라도 나름대로 사람을 보는 눈이 있는 케릭스의 눈에도 앞에 있는 빈즈라는 남자가 결코 헛소리를 하는 것은 아니라는 것이 보였다.

잠시 고민하던 케릭스는 결심한 듯이 대답했다.

"…좋습니다."

빈즈의 말대로 케릭스는 눌리안으로 가는 배를 타려고 했었다. 이미 결정된 일에다가 여비도 절약하고 딤으로 돈노 벌 수 있다면 나쁜 일은 아닌 셈.

말하자면 일석이조.

'이런 식으로 돈을 벌 수 있다면 앞으로도 도움이 될 수 있을지도 모르겠어.'

"오오. 시원시원해서 좋구먼, 자네. 아, 케 뭐라고 했지? 자네 이름?"

"케릭스입니다."

"좋아. 좋아."

턱턱 하고 그는 케릭스의 등을 두들겼다. 어찌나 힘이 센지 한 번 두드릴 때마다 숨이 턱턱 막힐 정도다.

"짐은 그것뿐인가?"

"아니오. 근처에 제 말이 있습니다."

"말?"

"불가능합니까, 같이 가는 게?"

"아니아니. 설마 그럴 리가. 우리 물주의 배는 그래도 꽤나 크거든. 자네 말 한 필 정도야 얼마든지 들어갈 수 있을 게야."

빈즈는 손을 내저었다.

"자세한 사항은 배에서 설명해 주지. 저기 큰 배 보이지?"

그러면서 빈즈는 손을 들어서 돛대에 꽤나 화려한 무늬가 그려져 있는 배를 가리켜 보였다.

"네."

"그쪽으로 와. 너무 늦지 말고."

"알겠습니다."

대답을 하면서 케릭스는 살짝 몸을 빼서 또 한 번 그의 등을 치려는 빈즈의 손을 피했다. 그러자 빈즈가 의외라는 듯 한쪽 눈을 치켜뜨고 힐끔 케릭스를 바라보았다.

케릭스는 그 시선을 피하며 고개를 돌렸다.

"어이, 늦지 말라고!!"

"곧 가겠습니다."

반듯하게 대답하고 목례까지 해 보이는 케릭스를 보며 빈즈는 픽―하고 입술 사이에서 공기를 빼냈다.

그리고는 조금 멀리 사라져 가는 케릭스의 뒤통수를 보며 중얼거렸다.

"거참. 예의가 바르다고 해야 하나 아니면……."

뒤에 붙일 말을 찾다가 그만 그는 포기해 버렸다.

케릭스는 빈즈의 예상과는 뭔가 조금 다르게 빡빡한 느낌이 드는 성격인 듯싶었다. 눈초리의 날카로움은 빈즈가 만났던 어떤 사람에게도 뒤지지 않는다. 순간순간 표정없이 변하는 눈빛을 케릭스는 가지고 있었다.

"뭐, 아무렴 어때."

빈즈는 두 팔을 허리에 얹으며 중얼거렸다.

“자아. 남은 것은 이제 둘인가.”

그는 주위를 둘러보기 시작했다.

“시간이 없는데 하나라도 더 찾아야…….”

빈즈는 바쁘게 걸음을 움직이기 시작했다.

안개가 서서히 걷히며 날이 밝아오고 있었다.

아침 햇살에 안개는 거의 사라지고 주위는 점점 밝은 햇빛을 받아 환해지고 있있다.

한 달 반이나 같이 여행해 온 벤을 먼저 배 위에 올려 보내고 케릭스는 그 뒤를 따르고 있었다.

서두르라는 말을 들어 일찌감치 벤과 함께 배 앞에 도착했지만 결국 상선인 듯한 배에는 이런저런 짐들이 먼저 실렸다. 경호원들은 맨 마지막.

그를 동료로 삼은 빈즈를 비롯해 같은 경호원으로 보이는 일행들을 소개받은 뒤 케릭스가 배에 오를 때 즈음에는 여기저기에서 아침 식사를 마친 어린아이들이 뛰어다닐 정도의 시간이 되어 있었다.

“뭐 하는 거야. 서둘러!”

“네.”

조금 전 소개받은 남자 하나가 케릭스를 재촉했다.

케릭스는 짐을 들고 한 발 발을 디뎠다.

“……”

순간 무엇인가 그의 몸을 멈추게 하는 것이 있었다.

끼이익— 하며 배가 흔들리는 소리가 타이밍 좋게 귓전에 들려왔다.

‘아……!’

그 자리에 멈추어 서서 케릭스는 자신도 모르게 고개를 돌렸다.

풍경은 낯설지만 그래도 이곳은 그가 태어나고 자란 나라의 한 귀퉁이.

순간 묘한 뭉클함 같은 것이 가슴속에서 솟아올랐다.

'떠난다는 게 이런 건가……'

키세 나이트가 된 이후로 데라즈 구석구석을 누볐던 케릭스지만 단 한 번도 국경선을 넘어가 본 적은 없었다.

고향을 떠나 한 달이 넘게 여행해 왔지만 그래도 그곳은 자신의 고향과 연결된 같은 하늘 밑이라는 생각 때문인지 이런 기분이 들지도 않았다.

하지만 지금 그가 내디딘 발걸음은 국경선이라는 개념을 넘어 무엇인가 보이지 않는 한 선을 넘기 위해 디디는 한 걸음.

순간 몸을 돌리고 싶은 충동이 치밀어 올랐다.

하지만 이내 케릭스는 고개를 돌려 버렸다.

'아니야. 마음은 이미 오래전에 굳혔잖아?'

스스로에게 들려주듯 그는 작은 소리로 중얼거렸다.

'그리고 도망을 치려면 확실하게 쳐야 하니까……'

"이봐!! 어서 올라가."

다시 한 번 그를 재촉하는 목소리에 케릭스는 짐을 들고 있던 손에 힘을 주었다.

주사위는 던져졌다.

그리고 그는 이미 한 발자국을 디뎠다.

'떠나는 게 그리 어려운 일이 아니었잖아, 케릭스 틴들랜드?'

자신도 모르게 그의 입술 끝이 슬며시 말려 올라가 미소를 짓고 있다는 사실을 그는 눈치 채지 못했다.

바람이 불어오는 뱃전에 서는 순간 망설임 따위는 사라져 있었다.

"어이— 거기 케릭스라고 했나?"

"예! 그렇습니다."

자신의 이름이 불리워지자 그는 큰 목소리로 대답했다.

'망설일 필요는 없어. 갈 데까지 한번 가보는 거야.'

굳게 마음먹은 케릭스의 발걸음은 너무나 확고해져 있었다.

*　　　*　　　*

"오른쪽!!"

촤아아— 하는 물소리와 함께 강물이 파도처럼 치솟아올랐다.

"후아악!!"

순식간에 머리끝부터 발끝까지 강물을 뒤집어쓴 케릭스는 입 안에 들어온 비릿한 물기를 뱉어버렸다.

"퉤!!"

스윽— 하고 손으로 입가를 닦으며 케릭스는 물에 젖은 손으로 검의 손잡이를 다시 한 번 고쳐 쥐었다.

"젠장. 뭐가 자잘한 몬스터야!!"

이를 부드득 갈며 화를 내보지만 그의 말을 들어주는 사람은 아무도 없었다.

그그그그—

나무들이 부딪치며 나는 이상한 소리가 또 한 차례 들려온다.

'으윽—'

순간 등골을 따라 소름이 좌악 돋아 오르는 것은 어쩔 수 없었다.

미끌거리는 타액이 조금 전까지 몬스터의 다리로 추정되는 촉수가 감겨 있던 밧줄에서 주르륵 흘러내리는 것이 보였다.

역겨운 비린내가 코를 찌른다.

"우욱―!"

코가 마비될 정도의 냄새에 케릭스는 코를 틀어쥐었다.

너무나 지독한 비린내 때문에 정신이 다 혼미할 지경이다.

'정말 내 팔자야라고 신세한탄이라도 하고 싶어지는군.'

케릭스는 그렇게 한숨을 내쉬며 다시 그를 향해 다가오는 촉수를 향해 검을 휘둘렀다.

말하자면 '작은 나루터'에서 출발한 '비교적' 큰 상선인 아이라 호가 리하라 강줄기를 따라 천천히 짧은 '항해'를 시작한 지 얼마 지나지 않은 때였다.

크다면 크지만 역시 개인 상선에 불과한 아이라 호가 이상한 소리를 내면서 그 자리에 멈추어 버렸다.

"배를 멈추게 할 정도로 큰 몬스터가 있다는 소리는 안 했잖습니까!!"

라고 항의를 해보았자 그 목소리는 해일처럼 밀어닥쳐 오는 물소리에 휩쓸려 사라지고 말았다.

"신참!! 투덜거리지 말고 후미로 가!!"

거대한 창처럼 생긴 작살을 든 남자가 케릭스를 다그쳤다.

"알겠습니다!!"

"다른 데 노리지 말고 다리란 다리는 다 잘라 버려! 놈들의 다리는 칼이 닿기만 해도 자동적으로 떨어져 나가니까 걱정 말고!"

흔들리는 배 위에서 어떻게 해서든 균형을 잡으며 후미로 걸어가는 케릭스의 등 뒤에서 동료들이 소리를 질렀다.

'젠장. 얼마나 됐다고……'

궁시렁거려 보지만 사건은 이미 벌어진 후다.

눈에 보이는 주위의 풍경에는 변함이 없다. 하지만 강물은 여전히 흐르고 있는 것이다.

"도대체 어떤 녀석이지?"

육지에 살고 있는 몬스터늘 중에 케릭스는 모르는 몬스터가 없을 정도로 꽤나 해박한 편이다.

하지만 모습을 드러내지 않는 상대의 이름까지 알아맞힐 방법은 없다.

그그그극— 하는 이상한 소리가 들리며 배가 기우뚱했다.

"윽. 이거 장난 아니잖아."

물론 일에 있어서는 어디까지나 진지하게 임하는 케릭스지만 아무래도 각오라던가 준비라던가 하는 것이 조금 부족했던 듯싶다.

왠지 허둥거리고 있는 스스로가 묘하게 이상하게 생각되는 것도 그 이유일지도 모른다.

'뭔가 상당히 위험한 상황인데 내가 왜 이러지?'

그 기분을 굳이 설명하자면, 이름 붙일 수 없는 기묘한 여유로움이 그에게 생겨나고 있었다.

최근 그는 무엇인가를 즐기며 해본 기억이 없다.

몬스터와 일 대 일로 붙든, 다른 기사들과 한 마리의 위험한 몬스터와 대치하든 언제나 괴로웠었다.

"뭔지 모르겠지만 말이야—!!"

물과 함께 불쑥 뱃전으로 기어드는 물컹거리는 물체에 케릭스는 손에 들고 있던 검을 있는 대로 커다랗게 휘둘렀다.

"이것도 나쁘지는 않은 것 같다구!"

콰앙―

검이 닿는 순간 다른 사람이 말했던 대로 흐물거리는 다리가 뚝 하고 끊어져 나뒹굴었다.

나무에 박힌 검을 빼 들며 케릭스는 주위를 둘러보았다.

'이게 다리인가?'

고개를 돌리자마자 다른 쪽에서 스멀스멀 기어오르는 다리가 보였다.

케릭스는 뒤도 돌아보지 않고 그대로 그쪽으로 뛰어갔다.

상대는 절대 '자잘한' 몬스터 따위가 아니다.

케릭스는 검을 휘두르며 머리 속에 기억하고 있는 모든 종류의 몬스터들을 하나하나 떠올리기 시작했다.

'물에서 살고 거기다가 배를 덮칠 수 있을 정도의 크기를 가진 놈이라…….'

물과 함께 비릿한 액체가 몸을 덮친다.

욕지기가 올라올 정도의 비린내 때문에 생각을 제대로 할 수가 없다.

'뭔가 약점이 있을 텐데.'

하지만 이런 상황 속에서도 케릭스의 이성은 냉철하게 돌아가고 있었다.

순간순간 사면을 돌아보며 경계를 늦추지 않고 케릭스는 신경을 긴장시켰다.

키세 나이트로서 드래곤과 함께 싸우는 법을 익히기 이전에 케릭스는 일반 기사가 배워야 할 모든 기술을 습득했다.

'검이라면 나도 뒤지지 않는다고.'

"오른쪽이다!!"

파아아— 하고 솟아오르는 물줄기 소리가 들리기 무섭게 사람들의 고함 소리가 귀를 찔렀다.

배가 기우뚱하며 비스듬하게 기울어지기 시작했다.

"으윽—"

카앙— 하고 케릭스의 검이 바닥에 박힌다.

바닥에 박은 검에 몸을 지탱하며 케릭스는 힐끔 검을 바라보았다.

손질은 잘되어 있지만 아무래도 오랫동안 사용해 온 검인지라 꽤 낡아 있는 것이 사실이다.

'검날을 대기만 하면 잘려 나가니 문제는 없지만 눌리안에 가면 좀 더 좋은 검을 구해야겠어.'

지금까지 기사단에서 지급받은 최고급품의 검만을 써왔던 케릭스다.

뛰어난 장인은 도구를 가리지 않는다고도 하지만 그래도 자신의 기술과 힘에 걸맞는 검을 쓰는 것도 일종의 실력.

'하지만 도구에 연연해서는 안 돼.'

실력에는 자신이 있다.

남은 것은 상대를 파악하는 것.

"확인해 보자."

케릭스는 검에 의지해 한 걸음 앞으로 나섰다.

*　　　*　　　*

"어이, 신참. 실력 좋던데."

"……."

"빈즈. 이 녀석 어디서 찾아온 거야?"

린슨이라고 이름을 밝힌 남자가 호탕하게 웃으며 빈즈에게 물었다.

"아아. 그게 내 미래안이랄까. 아하하하하."

타악― 하고 빈즈가 케릭스의 등을 쳤다.

하지만 뭔가 불만이 있는 듯한 케릭스는 그런 빈즈의 손을 쳐내 버렸다.

"그러니까 미리 제게 말씀을 해주셨으면 좋지 않았습니까?"

케릭스는 아직도 비릿한 냄새가 가시지 않은 자신의 팔을 보며 투덜거렸다.

오른쪽 뱃전으로 기어오른 것은 딱딱한 외피를 가진 몬스터의 두부.

황급하게 그 딱딱한 외피 사이와 물렁한 몸체 사이에 케릭스가 검을 박은 순간 작살 같은 것을 들고 있던 린슨이 몬스터의 약점을 공략하는 것으로 일단의 몬스터 습격 사건은 막을 내렸다.

"아아. 메리아리아(수십 개의 팔에 두부를 딱딱한 껍질로 감싸고 있는 몬스터로 물에 서식한다. 물속에 있다가 지나가는 배들을 습격해 인간과 동물들을 노리는 거대 몬스터)는 원래 그 머리에 있는 틈이 약점이지. 놈의 머리를 물 밖으로 끌어내는 게 쉽지 않아서 잡기는 어렵지만 일단 머리만 들어내면 그것으로 끝이랄까?"

"어떤 몬스터가 습격해 오는 것인지 미리 알려주셨다면 쓸데없이 검을 놀리는 법도 없습니다. 어째서 그렇게 계획성없이……."

케릭스의 항변에 빈즈가 가볍게 그의 말을 자르며 대답했다.

"이봐, 신참."

"네?"

"몬스터라는 것은 말야, 언제 어디서 어떻게 나타날지 모르는 종류
야. 솜씨를 보아하니 몬스터들과 안 싸워본 것도 아닌 듯한데 그런 소
리를 하는 게 아니야."

"예? 하, 하지만."

"하지만은 무슨. 어떤 녀석들이 덤비든 간에 순간의 판단이 목숨을
좌우하는 거라고. 어둠 속에서 목을 노리는 괴물 같은 녀석들에게 '너
는 누구냐? 어디서 왔어?' 라고 물은 다음 싸우거나 하는 게 가당키나
해?"

"……."

키득거리는 남자들의 앞에서 결국 케릭스는 입을 다물 수밖에 없었
다.

사실 빈즈가 하는 말이 틀린 것은 아니다. 언제 어디서 어떤 몬스터
가 나타날지는 사실 모르는 일이다. 미리 보고를 받고 그에 대처해 왔
던 이전과는 다른 것이 지금의 상황.

케릭스가 그렇게 꿍한 표정을 하고 있자 린슨이 너털웃음을 터뜨렸
다.

"하지만 자네 말도 틀린 게 아니야. 적을 알면 승리가 눈앞에 있다!
라는 것은 절대의 진리 중에 하나이니까. 하지만 제일 곤욕스러운 놈
은 아까 같은 메리아리아가 아니야. 배에는 좀 부담을 줬겠지만 그 정
도는 아무것도 아니거든."

"그렇다면 또 다른 몬스터가 있다는 겁니까?"

"있지."

쩌업— 하고 입맛을 다시는 사람들을 보며 케릭스는 고개를 갸우뚱했다. 모두가 떨떠름한 표정이었기 때문이다.

"이 배는 최단거리로 리하라를 건너는 게 아니라 좀 더 남쪽으로 가서 키단에 도착하게 되어 있는데 대충 이틀에서 바람이 잘 불지 않으면 삼 일도 걸리지."

"요는 밤을 새야 한다는 말인데."

"밤이요?"

"그래."

린슨이 기분 나쁜 얼굴로 말했다.

"밤의 리하라는 아주 곤란스러워. 그놈의 세이렌들이 나타나거든."

"세이렌… 이라면."

커다란 강이 없는 데라즈에서는 드물게밖에는 볼 수 없는 몬스터 중 하나인 세이렌은 한밤중에 정신을 혼미하게 하는 노래를 불러 인간을 노리는 몬스터다.

하지만 몬스터치고는 인간 이상의 미모를 가지고 있기 때문에 여간 처치가 곤란한 것이 아니다.

주로 세이렌이 있는 강을 통과할 때는 아예 잘 안 들리도록 귀를 틀어막고 선실 안에 틀어박혀 버리는 것이다.

물론 키세 나이트들의 경우엔 그들의 파트너에게 세이렌의 노랫소리를 무력화시키는 공명음을 내도록 해 그리 큰 문제가 아니지만 지금의 케릭스에겐 파트너 따윈 없다.

"세이렌이라면 귀를 막으면 그만 아닙니까?"

다들 기분 나쁜 얼굴을 하고 있는 것을 이상하게 생각한 케릭스가 물었다.

“그게 아니야, 이곳에선.”

빈즈가 손을 흔들었다.

“낮부터 메리아리아가 나왔다는 게 주의를 기울여야 할 점이지. 이곳에선 항상 메리아리아와 세이렌이 같이 나오거든.”

“에엑—!!”

케릭스는 입을 떠억 벌릴 수밖에 없었다.

그다지 해치우는 데 힘든 몬스터는 아니었지만 그것이 세이렌과 함께 습격을 해온다면 곤란해진다.

귀를 막으면 경호원들끼리의 의사 소통이 불가능해지기 때문이다.

오늘의 경험으로 미루어보건대 메리아리아는 일단의 연동 공격이 필요하다.

“그건 확실히 문제군요.”

고개를 끄덕이는 케릭스를 보며 다른 경호원 하나가 중얼거렸다.

“하아. 이럴 때 용기사라도 하나 껴 있으면 좋은데 말이야.”

“에?”

흘리듯 한 말이었지만 케릭스는 그것을 흘려들을 수가 없었다.

“워낙 임금이 비싸니 선주도 그런 녀석까지 고용하긴 힘들었을 거야.”

케릭스의 의문에 가득한 얼굴은 제쳐 두고 경호원들은 자기들끼리 이야기를 주고받는다.

“게다가 데라즈에선 드래곤들은 전부 그놈의 키세 나이트인지 뭔지로 전부 데라즈 국왕의 직속으로 되어 있으니 자유 용기사를 구하는 것도 쉽지 않지.”

“하기사 그것도 그렇군.”

그들이 하는 말을 듣고 있던 케릭스는 궁금증을 참을 수 없어 입을 열었다.

"자유 용기사가 있습니까?"

"응?"

빈즈를 비롯 경호원들의 얼굴은 뭐 이런 세상 물정 모르는 놈이 있나 하는 표정이다.

"이봐, 신참. 자네 어디 시골구석에서 튀어나오기라도 한 거야? 아는 거라고는 하나도 없네그려."

"그, 그것이……."

역으로 질문을 받아버린 케릭스는 순간 당황했다.

"뭐, 그럴 수도 있지. 자네, 데라즈 토박이지?"

"그렇습니다만."

"그렇다면 신기해할 수도 있지 뭐. 데라즈에선 드래곤 나이트들은 전부 키세 나이트라고 불리는 데다가 모조리 왕국의 정식 기사니까."

그의 말대로다.

데라즈에서는 키세 나이트가 아닌 드래곤 나이트라는 것은 존재할 수가 없다.

아니, 아예 그런 개념조차 이해가 되지 않는 나라다.

"설마 자네, 드래곤들을 부리는 녀석들은 모조리 데라즈 인이라고 생각하는 것은 아니겠지?"

"물론 그런 것은 아닙니다만."

"보라고. 데라즈는 눌리안과 억양은 달라도 같은 말을 쓰고 있잖아? 마찬가지야. 데라즈에 용기사가 있다면 다른 나라에도 같은 용기사들이 있을 수 있는 거야. 물론 왕궁에서 호의호식하는 기사들은 어디나 있지만 우리가 말하는 놈들은 말이 용기사지 실제로 작위를 받은 기사들은 아니거든. 말하자면 용병이야."

"그렇… 군요."

사실 세상 물정을 모른다고 해도 과언은 아니다.

데라즈에 한해서는 구석구석 안 다녀본 곳이 없지만 케릭스는 어디까지나 정말 데라즈 토박이에다가 만나는 사람도, 그리고 주변의 사람들도 결국 한정되어 있었다.

다른 나라에 대한 실정에 대해서 민감할 필요도 없었던 것을 생각하면 용병이니 하는 개념을 설사 알고 있었다고 해도 제대로 이해하지 못하고 있는 것이 당연했다.

"예를 들면 눌리안에서는 용을 부린다고 해도 제대로 된 집안 핏줄이 아니면 왕으로부터 정식으로 서임 따위 받는 게 불가능하지. 뭐, 아예 그런 것이 싫어서 떠도는 놈들도 있지만 말이지."

"수가… 많은 겁니까?"

"무슨?"

"용기사, 아니, 용병이라고 해야 하나요?"

"아아. 뭐, 그렇게 많지는 않지만 그렇다고 해서 적다고도 할 수 없지. 조금 큰 성 같은 곳에 가면 한둘쯤은 어렵지 않게 찾아볼 수 있으니까. 그런데 자네, 왜 그리 용기사에 관심이 많은 거야?"

아무 생각 없이 대답을 해주던 빈즈는 문득 케릭스가 용기사에 대한 화제가 나오자마자 꽤나 적극적으로 대화에 끼어들었다는 사실을 떠올렸다.

"아, 아닙니다. 데, 데라즈라고 해도 키세 나이트의 수가 그리 많지 않은데 다른 나라에 자유 용기사가 있다는 사실이 뭐랄까 좀……."

"하하하. 뭐, 데라즈 인이라면 그렇게 생각할 수도 있지."

그러고 보니 말하는 사람들의 억양이 조금씩 다르다는 것을 케릭스는 깨달았다.

모두들 비슷한 말을 하고 있고 알아듣기 어려운 것도 아니지만 한 명 한 명 모두 억양이라던가 말하는 것이 달랐다.

"여러분들은 모두 데라즈 출신이 아닙니까?"

"아아, 나는 데라즈 출신이야. 좀 외곽이긴 하지만."

한쪽에서 누군가 손을 든다. 키가 조금 작고 왜소한 체격의 남자다.

"이쪽은 모두 눌리안 출신. 저기 린슨만 좀 멀어. 슈테른 출신이니까."

슈테른은 대륙의 동남쪽에 위치한 커다란 왕국이다. 데라즈까지 오려면 국경선을 세 번은 넘어야 하는 먼 나라로, 슈테른 인은 데라즈 인의 입장에서 보면 평생 한 번 보기도 힘들 정도로 완전 먼 나라의 사람이다.

"꽤 멀리까지 오셨군요."

케릭스의 말에 린슨이 히죽거리며 대답했다.

"응? 아아, 내 취미는 대륙 종횡단이거든."

"슈테른은 언어도 많이 다를 텐데."

"그렇지, 완전히 다르지. 왜? 슈테른에 관심있나?"

오랜만에 모국의 이름이라도 들으니 반가운 모양이다.

"아. 기왕 여행을 떠났으니 갈 수 있는 곳이라면 가볼 생각이라서요."

"호오— 그럼 나한테 슈테른 말이나 배워볼래?"

"예? 그, 그런……."

갑작스럽게 튀는 화제에 케릭스가 잠시 당황했다.

일단 마음은 있지만 슈테른은 마음을 먹는다고 그렇게 쉽게 갈 수 있는 가까운 나라가 아니다.

"뭘 사양하고 그래. 슈테른의 말은 데라즈나 눌리안하고는 완전히 달라. 어지간히 익히지 않으면 가서 완전히 무시당한다고."

큭큭큭 하고 린슨이 웃어버린다.

"어디서 저런 놈이 왔나 하고 말이야."

출신을 알고 보니 왜 그렇게 린슨이 다른 사람들과 달라 보이는지 이해가 갔다.

린슨은 새카만 고수머리에 피부색도 다른 사람들에 비해서 상당히 가무잡잡했다.

"그렇게 말하는 자네도 데라즈 인으로는 잘 안 보이는데 말이야. 데라즈 인들의 머리 색은 좀 밝은데 말이지."

그렇게 말하며 린슨이 케릭스의 머리 쪽으로 손을 뻗었다.

케릭스의 머리는 새카만 직모다.

"아아."

케릭스는 린슨의 손을 자연스럽게 피하며 대답을 했다.

"많지는 않습니다만 저 같은 머리 색을 가진 사람도 꽤 있습니다."

"흐음."

손을 내밀다 그만 멋쩍어진 린슨은 팔짱을 껴버렸다.

"어때? 배울 생각 있어? 밤을 새려면 좀 자야겠지만 아직은 약간 시간이 있으니까. 긴장도 좀 풀 겸 해서 말이야."

린슨은 케릭스의 잔뜩 긴장해 있는 어깨를 힐끔 보며 말했다.

나이는 어려 보이지만 실력으로만 따지면 주위에 있는 친구들에 못 지않아 보인다. 아니, 일 대 일로 싸운다면 훨씬 웃도는 실력을 가지고 있을지도 모른다는 생각마저 든달까?

출신 성분이 어떻든 간에 이런 일을 할 때는 믿을 수 있는 정도의 실력이 모든 것을 말해 준다.

등을 맡길 수 없는 동료는 사실 가치가 없는 것이다.

물론 케릭스가 무슨 생각을 하고 있는지는 알 수 없지만 일단 동료로서 확실히 믿음직스러운 것은 사실이다.

케릭스의 입장에서는 린슨이 자신에게 친근하게 구는 것이 뭘까 약간 껄끄러웠지만 그의 호의만큼은 일단 받아들이기로 마음먹었다.

배워서 나쁠 것은 없다. 슈테른까지 가든 안 가든 말이다.

"피곤하지 않으시다면 부탁드립니다. 그리고 호의 감사합니다."

반듯하게 감사의 인사를 하는 케릭스를 보며 남자들은 모두들 뭐 저런 놈이 다 있나 하는 얼굴들이다.

"뭐, 가정교육은 나쁘지 않았던 모양이군."

린슨은 여전히 킥킥거리며 웃었다.

이렇게 여기저기 떠도는 생활을 하다 보면 별의별 놈들을 다 만난다.

그동안 만난 사람들 중에 이렇게 깍듯이 예의를 지키는 사람을 그는 본 적이 없었다. 물론, 모르는 사람끼리는 더 더욱 예의를 차린다. 하지만 케릭스가 그들을 대하는 태도에는 그저 모르는 사람이라기 보다는 어딘가 윗사람을 대하는 듯한 그런 양식미 비슷한 것이 섞여 있었다.

말하자면 신선미랄까? 그런 것이 린슨의 호의를 만들어내고 있었다.

"이쪽으로 오라고. 자네 머리가 얼마나 좋은지 한번 보자고."

"예."

"아! 그전에!"

"네?"

딱 잘라 끊는 린슨의 말에 케릭스는 뭔가 자신이 잊은 것이라도 있나 해서 멈칫했다.

"지금 입고 있는 옷이나 좀 갈아입어. 아직도 구역질이 날 정도라고."

"아. 예에."

어느새 익숙해졌는지 비릿한 냄새를 거의 느끼시 않고 있던 케릭스의 얼굴이 빨개졌다. 아무래도 그런 일에는 여간해서 익숙해지지 않는 케릭스이기 때문이다.

"무, 물은 어디서 길면……."

그 말에 주위 남자들이 한꺼번에 웃음을 터뜨렸다.

"푸하하하! 똘똘한가 싶은데 맹한 구석이 있구만. 주위가 전부 물인데 어디서 길면… 이라니. 푸하하하하하!"

"에. 에에."

빨개진 얼굴을 숙이며 케릭스는 자리에서 일어났다.

강물에 떠 있는 배다.

단지 배를 타본 적이 없어서라는 말을 하기엔 이미 모두들 배를 잡고 웃어대고 있으니 늦어버렸다.

"그럼 옷을 갈아입고 오겠습니다."

"그래그래, 서두르라고."

웃고 또 웃다 못해서 눈꼬리에 눈물이 맺힐 지경이 된 린슨이 대답했다.

밤의 시간은 생각보다도 훨씬 느리게 흐르고 있었다.

미리 준비한 대로라고 하면서 빈즈가 선원 중 하나의 허리를 밧줄로 묶어 돛대에 묶어놓은 지도 벌써 한참이 지났다.

나머지 선원들은 모두 귀를 막고 선실에 들어가 있었고 경호원들인 케릭스 일행만이 갑판에 나와 있었다.

물론 그들 역시 소리가 들리지 않도록 귀를 막고 있었다.

세이렌이 나오게 되면 이 배에서 단 혼자 귀를 막지 않고 앉아 있는 선원이 반응을 하게 된다.

한 사람을 일단 돛대에 묶어놓고 세이렌이 나타나는 시점을 알아내는 것은 이미 리하라 강을 운행하는 거의 모든 배에서 쓰고 있는 방법이었다.

케릭스가 원한 대로 다들 미리 대책을 강구한 뒤다.

후미 쪽에서 돛대에 묶인 선원이 보이는 자리를 차지하고 앉아 있던 케릭스는 멀뚱멀뚱 흐르는 강물을 바라보며 멍하게 앉아 있었다.

물론 긴장을 늦춘 것은 아니다.

그는 강물을 바라보며 낮 무렵 린슨으로부터 배운 슈테른 어를 머리 속으로 하나하나 복습하고 있었다.

많이 다르다고는 했지만 기본적으로 어순은 다르지 않았기 때문에 생각보다는 그렇게 어렵지 않았다.

책을 읽기 좋아하던 마즈렉 정도는 아니지만 그래도 케릭스 역시 몸을 움직이는 것 이외에도 이런저런 공부를 싫어하는 것은 아니었기 때문에 배우는 것은 그렇게 어렵게 느껴지지 않았다.

가르치던 린슨이 오히려 놀랐을 정도이니 말이다.

그렇게 혼자서 중얼중얼 단어를 외우고 있는 케릭스의 모습을 선수

쪽에서 바라보고 있던 린슨은 생각에 빠진 표정을 하고 있었다.

'분명 너절한 농부의 자식은 아닌 듯한데 말이야.'

슈테른의 말을 아는 것은 물론 자신이 슈테른 사람이기 때문이지만 글을 배운 것은 사실 나이가 꽤 든 후였다.

용병 길드에 들어가 이런저런 일을 하게 되면서 글을 배우는 쪽이 훨씬 좋다는 것을 깨닫고 힘들게 글을 배웠던 것이다.

사실 농부의 자식으로 태어난 그로서는 그대로 농부로서 살았다면 평생 글이니 하는 것과는 인연이 없는 삶을 살았을지도 모른다.

하지만 그는 밭고랑을 파고 있는 것보다 검을 쓰는 것이 좋았고 검에 대한 센스나 감각도 남달랐는 데다 천성이 여기저기 나돌아다니는 것을 좋아해 지금은 이런 삶을 살고 있다.

'내가 석 달이나 걸려서 배운 걸 단박에 외워 버리다니, 참나.'

생긴 것이 곱상한 데다 어딘지 모르게 귀티가 나는 것으로 보아 부잣집 도련님이 아닐까 생각해 보았다. 게다가 예의도 바르고 말투에도 거친 기미가 없다.

하지만 왜소해 보이는 듯하면서 건장한 체격과 검을 휘두를 때의 모습으로 보아 그저 그렇게 자란 부잣집 도련님으로 보기엔 무리가 있었다. 게다가 글을 가르쳐 주며 힐끔 훔쳐본 케릭스의 손은 아무리 잘 봐 주어도 곱상하다고 말하기엔 상당한 무리가 있었다.

'평생 이런 일을 해온 내 손과 비교해도 뒤지질 않는단 말이야.'

혼자서 이런저런 생각을 하던 린슨은 결국 기사가 되고 싶어서 무던히 훈련을 했지만 출신이 허접해 기사가 되지 못한 상인의 아들이 아닐까 하는 결론을 슬그머니 내리고 있었다.

완전히 빗나간 예상은 아니었지만 사실 그의 입장에서는 그것이 최대한 내릴 수 있는 결론이었을 뿐이다.

'그나저나 시간 한번 지지리도 안 가는군.'

쩝— 하고 입맛을 다시며 그는 투덜거렸다.

'올해는 이상하게 몬스터들이 늘었단 말이야.'

몬스터를 상대하는 것, 그것도 세이렌이 나타날지도 모르는 이런 항해에 대한 보수는 꽤나 짭짤하다. 하지만 그만큼 위험 부담이 많은 것도 사실이다.

"으아아아—"

린슨은 기지개를 켜며 하품을 했다.

어서 날이 밝았으면 좋겠다고 생각하며.

기미를 느낀 것은 아주 한순간의 일이었다.

"…뭐지?"

소리가 들리지 않기에 어딘가 모르게 감각이 예민해져 있던 케릭스는 몸으로 느껴지는 묘한 감각에 고개를 들었다.

시선을 돌려 귀를 막지 않은 선원 쪽을 바라보았지만 이상은 없어 보인다. 그는 여전히 맹한 표정으로 사방을 두리번거리고 있다.

'세이렌은 아닌 것 같은데.'

그럼에도 불구하고 케릭스의 감각은 무엇인가 위험이 다가오고 있다는 것을 그에게 알려주고 있었다.

찌릿찌릿하며 신경이 살아난다.

긴장감이 온몸을 감싸고 케릭스의 감각을 더욱더 예리하게 만들고 있었다.

톡— 하고 건드리면 터져 버릴 것 같은 긴장감은 아무 일도 없어 보이는 주위와는 전혀 상반된 것이었다.

'어째서 이런 기분이 드는 거지?'

슬슬 기분이 나빠지기 시작했다.

이런 이상한 감각은 이전에도 몇 번 느꼈었다.

그때마다 케릭스는 대항하기 힘든 몬스터들과 마주쳤었다.

'세이렌이 그렇게 위험한 상대는 아니라고 했는데……'

린슨과 빈즈들이 설명해 준 대로라면 까다롭기는 해도 세이렌은 그렇게 위험한 몬스터는 아니었다.

그럼에도 불구하고 케릭스의 감각은 곧 닥쳐올 위험에 대해 미친 듯이 경고를 보내고 있었다.

케릭스는 자신도 모르게 허리춤에 있는 검에 손을 대었다.

한쪽에 떨어져 있는 것은 린슨이 넘겨준 작살처럼 생긴 거대한 창.

그것을 주워 들며 케릭스는 자리에서 일어났다.

아무래도 빈즈나 다른 사람들에게 주의를 주어야 한다는 생각이 들었던 것이다.

세이렌이나 메리아리아가 나타나면 바닥을 힘주어 세 번 두드리는 것을 신호로 하기로 했다. 하지만 아직 나타나지도 않은 위험에 대해서는 어찌해야 할지 고민스러웠다.

세이렌에 대한 위험만 없다면 소리를 지르면 그만이다.

'무엇인가 온다!!'

라고 말이다.

'젠장, 어떻게 해야 하지?'

케릭스가 잠시 망설이는데 순간 서 있던 바닥이 크게 요동을 쳤다.

"우앗!!"

들고 있던 검을 바닥에 찍어 몸을 지탱하려는 순간 귀를 막고 있음에도 불구하고 어디선가 날카로운 소리가 희미하게 들려왔다.

"……!!"

카아아악— 하는 소리는 꽉 틀어막은 귀에도 너무나 선명하게 들려왔다.

뒤를 이은 쾅쾅쾅— 하는 울림.

몬스터가 나타났음을 알리는 울림이었다.

기우뚱하던 배는 그대로 멈추어 몸을 움직이기 힘들게 만들고 있었다. 하지만 문제는 그것뿐만이 아니었다.

얼굴을 스치는 바람은 절대로 자연적인 산들바람이 아니었다.

그것은 날갯짓으로부터 느껴지는 부자연스러운 공기의 흐름.

고개를 들어 하늘을 바라보는 순간 달빛에 비치는 거대한 피막이 케릭스의 시선을 가렸다.

"그라인더(박쥐와 닮은 거대한 피막으로 된 날개를 가진 몬스터. 하늘을 날아다니며 날카로운 부리와 발톱으로 공격을 한다. 생김새는 박쥐와 비슷하지만 그들은 피보다는 인간과 동물의 살을 노린다. 주요 서식지는 깊은 산속으로 알려져 있다)!!"

케릭스의 외침을 들은 선원의 얼굴이 순간 새파랗게 질려 버렸다.

그라인더는 세이렌이나 메리아리아와는 비교가 되지 않는다.

하늘을 날아다니는 몬스터처럼 성가시며 위험한 존재는 없다.

"젠장, 어떻게 그라인더가!!"

산속, 그것도 테라즈에서는 험준한 산속에서나 볼 수 있는 몬스터다.

겨울이 되어 동물들만으로 만족하지 못한 그라인더 떼가 인간의 마

을을 습격하고는 하지만 그것은 어디까지나 산에서 가까운 마을에 해
당하는 소리다.

이렇게 넓은 강 주변에 어떻게 저런 몬스터가 있는 것인지 케릭스는
이해할 수가 없었다.

배가 미세하게 뒤틀리고 있는 것으로 보아 배 밑에는 메리아리아가
있는 것이 틀림없었다.

순간 케릭스의 눈에 돛대에 묶여 있던 선원의 행동이 바뀐 것이 비
추어졌다.

그는 팔을 앞으로 내밀고 어떻게든 앞으로 걸어나가려고 애를 쓰고
있었다.

"세이렌!!"

하늘에는 그라인더, 배 밑에는 메리아리아, 거기에 설상가상으로 세
이렌마저 나타났다.

"이런 재수없는 일이……."

잘못하면 돛대에 묶여 있는 선원이 희생될지도 모른다는 생각에 케
릭스는 미친 듯이 기운 바닥을 박차며 뛰어갔다.

비릿한 내음이 코를 스치며 케릭스의 옆으로 거대한 물줄기가 튀어
올랐다.

'오히려 물이 도움이 될지도 몰라.'

물줄기를 피하기는커녕 케릭스는 되는대로 그 물줄기를 검으로 갈
랐다.

'감각이 있어!'

한 번의 경험으로 케릭스는 물이 솟아오르는 순간 메리아리아의 촉
수가 배 위로 올라온다는 것을 깨닫고 있었다.

중심부를 향해 휘두른 검에는 분명 무엇인가가 잘려 나가는 감촉이
있었다.

검을 잡고 있는 케릭스의 손이 부르르 떨렸다.

그는 쏟아지는 물줄기 안으로 파고들었다. 일단 물밑으로 가면 그라
인더의 눈에서 벗어날 수 있기 때문이다.

하지만 그것은 한순간뿐. 케릭스는 최대한 몸을 숙이며 돛대 쪽으로
다가갔다.

무방비로 있는 것은 그 선원 하나뿐이다.

'분명 선원을 노릴 거다.'

물줄기 사이로 케릭스는 다시 한 번 검을 휘두르며 하늘을 보았다.

다행히 그라인더의 수는 둘, 그의 눈에 띄지 않은 놈이 있다고 해도
하나둘이 고작일 것이다.

무리를 지어 다니는 것이 그라인더의 습성이긴 하지만 일단 지금의
상황으로 보면 어쩌다 무리에서 떨어져 나온 낙오된 놈들로 보였다.

실제로 이전에 케릭스가 보았던 그라인더들보다는 크기도 작다.

그리고 그들의 크기와 현재 날고 있는 간격을 보면 아무리 많아도
네 마리 이상은 주변에 있기 힘들다.

분명 상황은 나쁘지만 승산이 없는 것은 아니라고 그는 판단했다.
하지만 그는 자신도 모르게 주위를 살피다가 어떤 한 사실에 직면했
다.

스스로가 하고 있는 행동이 어떤 행동인지 깨달았기 때문이다.

"……!"

그는 아자리안을 소환할 넓은 지면을 찾고 있었던 것이다.

이곳은 배 위고 흙 같은 것은 있을 리 없다는 사실은 두 번째다.

어려운 상황에 처해 순간적으로 드래곤을 소환하려 했다는 것 그 자체가 그에게 충격을 주고 있었다.

'이런 말도 안 되는……'

당혹스러움이 온몸으로 밀려온다.

그는 무의식 중에 드래곤과 함께 싸우는 것을 상정하고 있던 것이다.

카아아아―

희미하게 그라인더의 울음소리가 들렸다.

케릭스는 다음 순간 한 손에 들고 있던 창을 곧추세우며 위로 힘껏 찔러 올렸다.

크아아아아아아아―

퍼덕퍼덕이는 날갯짓에 머리카락이 휘날린다.

"으아아―!"

케릭스는 그대로 그라인더를 찌른 창을 있는 힘껏 옆으로 끌어내렸다.

물이 파도와 같이 솟아올랐다.

카아아악!!

파도 사이로 솟아오른 메리아리아의 촉수가 케릭스가 뱃전으로 끌어내린 그라인더의 몸에 휘감겼다.

무의식 중에 한 행동이지만 케릭스는 기막힌 타이밍을 잡은 것이다.

손에 잡힌 창이 끌려가는 것을 느끼고 케릭스는 창에서 손을 떼었다.

메리아리아의 촉수에 감긴 그라인더가 비명을 지르고 있었다. 그 소리에 하늘에 떠 있던 두 마리의 그라인더가 케릭스 쪽으로 날아오기 시작했다.

'역시 한 마리가 더 있었군.'

그 외의 그라인더는 눈에 띄지 않는 것을 보면 케릭스의 짐작이 들어맞은 듯했다.

'다행이다. 하나라도 수가 적은 쪽이 이쪽의 입장에선 좋으니.'

자신이 아자리안을 소환하려 했다는 사실을 케릭스는 잠시 의식의 저편으로 밀어버렸다.

지금 눈앞에 닥친 상황이 문제다. 처음의 그 위험을 알리던 긴장은 조금 수그러들었지만 아직 상황은 끝난 것이 아니었다.

주위를 둘러보자 빈즈를 비롯 다른 이들은 물살을 피해가며 배를 휘감은 메리아리아의 촉수들을 끊어내고 있는 것이 보였다.

대부분이 그라인더의 존재를 눈치 챈 듯 그들은 메리아리아의 촉수를 끊어내면서도 끊임없이 고개를 위로 올려 그라인더의 위치를 확인하고 있었다.

'창이 하나 더 필요해.'

그라인더는 무리를 지어 다니며 그들의 동료가 당하면 그쪽으로 날아간다. 그리고 정확하게 남은 두 마리의 그라인더는 케릭스를 향해 날아오고 있었다.

일단 남은 검을 손에 들고 케릭스는 선원의 옆으로 갔다. 이미 눈이 혼미해진 그는 완벽하게 세이렌의 노랫소리에 홀려 있었다.

'젠장. 난감하군.'

세이렌은 무시해 버리면 그만이다.

처음부터 그것을 상정한 작전이니 말이다.

카오오오—

날개를 퍼덕이며 내려온 그라인더가 길게 찢어진 입을 벌리며 케릭스의 쪽으로 하강했다.

"으윽—"

급하게 몸을 숙이는 순간 날카로운 그라인더의 발톱이 케릭스의 어깨를 살짝 스치고 지나갔다.

'아뿔싸!!'

순간 그는 자신이 잠시 잊었던 사실을 떠올렸다.

그는 몸을 숙여 그라인더의 공격을 피할 수 있었지만 그렇지 못한 사람이 있었던 것이다.

그것을 깨닫자마자 그는 몸을 일으켜 선원 쪽을 바라보았다.

"…이런."

아니나 다를까, 그 선원은 미처 몸을 피하지 못해 머리와 어깨에 깊은 상처를 입고 피를 흘리고 있었다.

피를 흘리면서도 그는 여전히 팔을 내민 채 세이렌의 노랫소리에 홀려 있었다.

'이쪽으로 오는 게 아니었어.'

이미 그라인더는 케릭스를 적으로 인식하고 있다.

어느 누구보다도 케릭스를 먼저 노리고 있는데 그런 그가 선원 쪽으로 온 것은 계산 착오였다.

'이런 실수를 하다니!'

피를 흘리고 있는 선원의 상처는 생각보다 훨씬 심각한 듯 주위엔 메리아리아가 퍼부은 물에 선원의 상처에서 흘러내린 피가 섞여 피바다가 되어가고 있었다.

미끄덩거리는 바닥에 간신히 몸을 세우고 케릭스는 고심했다.

‘생각을 해내, 케릭스. 어떻게든!!’

스스로를 다그치며 케릭스는 그라인더를 해치울 방법을 고민했다.

이렇게 서 있다가는 백 날이 가도 그라인더를 처리할 수 없다.

그렇게 그가 고민하는 와중에도 그라인더는 두 마리가 번갈아 케릭스를 공격해 오고 있었다.

주르륵 미끄러져 뱃전에 몸을 기댄 채로 케릭스는 간신히 그라인더의 공격을 검으로 막아내고 있었다.

몇 번 쳐내지도 않았는데 한 번씩 부딪칠 때마다 팔이 저려온다.

언제 그가 기대고 있는 뱃전으로 메리아리아의 촉수가 기어오를지 모른다.

‘요행을 바라는 것은 금물이야.’

조금 전 자신이 창으로 찌른 그라인더를 메리아리아가 붙들게 했지만 그런 운 좋은 타이밍은 기대하기 힘들다.

오히려 그전에 자신이 안 당하면 그것이 천운.

그것을 생각하기 무섭게 뒤에서 물줄기가 솟아올랐다.

케릭스는 한쪽 무릎에 힘을 주며 몸을 앞으로 내밀었다.

순간 그의 앞으로 그라인더의 넓은 피막으로 된 날개가 비추어졌다.

“젠장!!”

검을 내지르며 그는 나머지 한쪽 다리에 힘을 주며 힘껏 찼다.

내지른 검에 무엇인가 부우욱— 잘려 나가는 감촉이 손에 전해졌다.

카아아앙—!

그라인더의 비명 소리와 함께 찢어진 날개에서 뿜어져 나온 피가 화악 하고 케릭스의 얼굴을 덮쳤다.

“크윽—”

앞으로 쏠리던 몸을 지탱하지 못하고 순간 무릎이 꺾였다.

날개를 잘린 그라인더의 발톱이 케릭스의 어깨를 할퀴며 지나갔기 때문이다.

"윽……."

피가 흐르는 어깨가 순간 뒤로 당겨진다.

어느새 뱃전을 넘어 올라온 메리아리아의 촉수가 케릭스의 팔을 당기고 있었다.

케릭스는 다음 순간 자신의 팔에 감긴 메리아리아의 촉수를 잘라내 한쪽 날개를 잃고 케릭스의 바로 옆에 떨어져 괴성을 지르고 있는 그라인더에게 던져 버렸다.

꿈틀거리는 메리아리아의 잘린 촉수가 그라인더의 다리에 휘감기는 순간 케릭스의 검이 움직임이 둔해진 그라인더의 목을 날렸다.

캬—!!

괴성을 미처 다 지르지도 못한 그라인더의 목이 하늘로 날아올랐다.

"헉— 허억—"

가쁜 숨을 내쉬며 케릭스는 남은 한 마리를 쳐다보았다.

흉흉해진 눈빛으로 변한 그라인더는 하늘에서 케릭스를 노려보고 있었다.

"남은 것은 하나인가?"

통증을 호소하는 어깨를 움켜쥐고 케릭스는 숨을 몰아 내쉬었다.

다른 사람들은 한쪽으로 몰려가 어떻게 해서든 메리아리아의 머리를 끌어올리려 하고 있었다.

그 증거로 케릭스가 서 있는 쪽으로 기울었던 배가 반대 편으로 기울어지기 시작하고 있었다.

"이봐!! 괜찮아?!! 조금만 기다려!"

빈즈가 소리를 질렀지만 케릭스의 귀에는 그가 입을 뻥긋거리며 자신을 바라보는 것으로밖에는 보이지 않았다.

"젠장. 뭐라고 하는 거야. 한 사람이라도 이쪽으로 와주면 좋을 텐데."

검을 휘두를 힘은 남았지만 한쪽 팔을 제대로 쓸 수가 없었다.

상처는 크지 않았지만 꽤나 깊은 듯싶었다.

"젠장. 그라인더 따위에게 당하다니."

순간 그의 마음에 드래곤이 있었으면 하는 생각이 들었지만 그는 이내 그 생각을 머리 속에서 지워 버렸다.

자신은 더 이상 드래곤과 계약하지 않겠다고 마음을 먹었다. 이제 그는 키세 나이트가 아니다.

"아무것도 없으면 어때!!"

오기가 치밀어 오른다.

이전 같으면 그라인더를 홀로 둘이나 해치운 것 정도는 아무것도 아니었을 것이다. 드래곤과 함께라면 말이다.

하지만 지금 그는 혼자였고 손에 든 것은 달랑 검 한 자루뿐.

"퉤!!"

얼굴을 따라 흘러 입 안으로 스며든 피를 침과 함께 뱉어내고 그는 옷자락으로 얼굴을 닦았다.

그의 눈에 죽은 그라인더의 발에 감겨 아직도 꿈틀대고 있는 메리아리아의 촉수가 보였다.

"될 대로 되라지."

그는 촉수를 억지로 그라인더의 발에서 떼어냈다.

하늘을 빙빙 돌고 있던 그라인더는 케릭스가 죽은 그라인더의 시체

옆으로 가자 괴성을 지르며 쏜살같이 하강하기 시작했다.

이미 죽은 조각에 불과한 촉수엔 아직도 힘이 남아 있었다.

팔에 메리아리아의 촉수가 감기는 감촉에 그는 몸서리를 쳤다.

다친 어깨 쪽의 팔의 감각이 둔해진다.

"올 테면 와봐!!"

기합을 넣으며 케릭스는 그라인더를 바라보았다.

노리는 것은 그라인더의 날카로운 발톱.

휘이익—

바람이 케릭스의 얼굴 곁을 스쳐 지나갔다.

"우아아—!!"

고함을 지르며 케릭스는 메리아리아의 촉수가 감긴 팔을 위로 찔러 올렸다. 그 팔에 그라인더의 발톱이 감겨든다.

몸이 부웅 하고 위로 뜨는 느낌이 든다 싶은 순간, 케릭스는 다른 한쪽 손에 들고 있던 검을 그라인더의 다리 위쪽으로 깊게 찔러 넣었다.

투두둑— 하고 주위로 메리아리아의 촉수가 조각이 되어 떨어졌다. 발톱이 닿은 자리부터 촉수들이 갈라졌기 때문이다.

날카로운 발톱은 케릭스의 팔을 파고드는 대신 그대로 하늘로 날아 올랐다.

미처 검을 당겨 빼지 못한 케릭스는 그대로 검 손잡이를 놓아버릴 수밖에 없었다.

캬오오오—

괴성이 조금씩 멀어져 가기 시작했다.

배에 검이 박힌 그라인더는 그대로 멀리 사라져 가기 시작했다.

그라인더가 날아간 쪽에서부터 하늘이 밝아오고 있었다. 그리고 그의 뒤쪽에서는 남자들의 함성 소리가 들려왔다.

결국 그들은 메리아리아의 머리를 끌어올려 죽이는 데 성공한 모양이었다.

케릭스는 그 자리에 털썩 주저앉았다.

세이렌은 날이 밝으면서 사라졌고 남은 그라인더는 도망쳤으며 배를 위협하던 메리아리아는 죽었다.

순간 긴장이 풀렸다.

스윽― 그의 몸이 뒤로 넘어가는 순간 누군가가 케릭스의 몸을 부축했다. 그리고는 그의 귀를 막은 솜을 제거했다.

"어이, 신참. 자네 대단한데. 혼자서 그라인더를 세 마리나 상대하다니."

빈즈였다.

"맞아. 굉장했어."

환한 얼굴들이었다.

"이쪽도 임무 완료라고. 해가 뜨기 무섭게 세이렌도 사라진 모양이야."

"아. 예에."

"내참. 그라인더를 세 마리나 당해벌 줄이야. 자네 같은 용병은 처음이야. 노련한 사람들이 그라인더를 한두 마리 처리하는 것은 보았지만."

"그렇… 습니까?"

힘이 잘 들어가지 않는 손을 케릭스는 천천히 쥐었다.

손 안에 남은 것은 아무것도 없다.

‘결국 빈손이 되는군.’
눈앞이 흐려지기 시작했다.
‘혼자라는 건 이런 건가?’
그는 누군가에게 묻고 있었다.
‘이런 거야, 아자리안?’
그 질문에 대답하는 사람은 아무도 없었다.

제6장

우연과 필연

"이쪽에 이름을 적고 사인을 하게."

퉁명스러운 목소리가 이것저것 케릭스에게 지시를 내렸다.

케릭스는 시키는 대로 그가 내민 낡은 양피지를 받아 들었다.

그것을 받아 들고 슬쩍 윗부분을 읽어 내리던 케릭스는 자신도 모르게 그만 웃어버리고 말았다.

"…풋."

과연 이것을 글씨라고 말할 수 있는 것일지…….

남자가 내민 양피지에는 위에부터 차례대로 이런저런 이름들이 적혀 있었다. 그중 반은 한 사람의 글씨였으므로 큰 무리가 없었지만 나머지는 완전 제멋대로였다.

삐뚤빼뚤, 어린아이가 쓴 것이 아닐까 하는 글씨부터 시작해서 설마 발로 쓴 것은 아닐까 하는 글자까지 가지각색이었다.

“흐음……..”

양피지의 명단을 주욱 읽어 내리던 케릭스는 그 명단에서 한 가지 눈길을 끄는 부분을 발견해 냈다. 아는 사람의 이름이 있다거나 하는 것은 아니다.

명단에 적혀 있는 것은 단순했다. 출신지와 이름. 당연한 것이겠지만 그런 간단한 명단이 케릭스의 주의를 끈 것은 써 있는 이름들이 모두 달랑 이름뿐이라는 데 있었다. 말하자면 ‘성’이라 이름 붙일 수 있는 단어를 쓴 사람이 거의 없다는 것이다.

‘과연 그런 것인가?’

평민 중에 성을 가진 사람이 그리 많지 않은 데라즈의 경우를 생각해 봐도 사실 그것은 당연한 것일지도 모른다.

그런 당연한 사실에 케릭스는 남몰래 안도의 한숨을 내쉬고 있었다.

차마 자신의 출신을 나타내는 성을 적을 수는 없지 않을까 하고 생각했기 때문이다. 적당히 가명을 쓸 수도 있지만 여하튼 뭔가 속인다는 것이 개운치 않았던 것이다.

“뭐 하는 거야? 글자 몰라?”

“아, 아닙니다.”

케릭스가 멀뚱멀뚱 명단을 바라보고만 있자 뒤에서 빈즈가 물었다.

“당연하지. 내가 가르쳐 준 슈테른의 글자도 하루 만에 다 외운 녀석인데 글을 모를 리가 있겠어?”

“그럼 우물쭈물거리지 말고 어서 쓰게나.”

“아아. 예.”

거친 깃털로 된 펜을 케릭스에게 내미는 남자는 이 도시의 용병 길드 서기관.

그리고 지금 케릭스는 빈즈와 린슨의 도움으로 눌리안의 도시 하라인에 위치한 용병 길드에 새로운 용병이 되고자 ‘신청’ 이라는 것을 하러 왔다.

짧은 일정을 마치고 난 후 린슨과 빈즈는 케릭스에게 앞으로 어떻게 할지 그의 거취에 대해 물어왔다. 그 질문에 케릭스는 앞으로 당분간은 여행을 할 것 같다고 간단히 대답했지만 린슨과 빈즈는 그 대답에 만족하지 않았다.

앞으로 무슨 일을 할 것이냐, 어디로 갈 예정이냐며 꼬치꼬치 캐물어왔던 것이다.

그저 일단은 ‘여행을 한다’ 라고 막연하게 방향만 잡고 길을 떠난 케릭스는 그들이 꼬치꼬치 캐묻자 결국엔 아직 정확하게는 아무것도 정하지 않았다고 그만 말해 버린 것이다.

케릭스의 그런 대답을 듣자 두 남자는 입이 오른쪽 귀에서 왼쪽 귀까지 쭈욱 걸린 상태로 좋다구나 히히덕거리며 케릭스에게 용병 일을 전문적으로 해보지 않겠느냐고 권했다.

여행을 할 것이라면 용병으로서 이리저리 상인 일행을 따라다닌다거나 해서 기왕이면 돈도 벌어가며 여행하는 것도 나쁘지 않다며 케릭스를 꼬신 것이다.

처음에는 시큰둥했던 케릭스도 앞으로의 일정 중에서 예상외로 돈이 필요하게 되는 경우 일을 해 돈을 벌 수도 있다는 점에 생각이 미치자 선선히 승낙을 했다.

“이름은 케릭스. 출신은 데라즈. 이봐, 살던 마을은 어디야?”

“예?”

케릭스가 또박또박 글자를 적어 넣은 명단을 받아 든 서기관은 톡톡

하고 빈자리를 두드리며 말했다.

"아, 그건······."

케릭스는 잠시 대답을 망설였다.

뭐라고 적으면 좋을까?

"그, 데라즈의 수도성입니다."

아주 잠깐 망설인 끝에 그는 간단하게 대답을 했다.

혹여 이들이 자신의 뒤를 조사한다고 해도 성도 없이 쉽사리 알아내기는 힘들 거라는 생각이 들었기 때문이다.

틴들랜드 가문의 케릭스가 아닌 '평민' 케릭스라면 데라즈에서도 사람이 많기로 유명한 수도성에는 같은 이름을 가진 사람이 많으리라는 생각 때문이었다.

실제로 케릭스라는 이름은 데라즈에서 그리 드문 이름도 아니다.

"흐음."

딱딱한 글씨로 데라즈의 수도성 미네아라고 적고 난 후 그는 뒷자리에 인장을 하나 꾹 눌러 찍었다.

"한 달 정도면 여기저기 자네 이름이 다른 길드에까지 보내질 걸세."

"예. 그럼 이것으로 된 겁니까?"

"그렇다네. 아참, 잠깐 기다리게."

그렇게 말한 후 그는 서랍 하나를 열어 뒤적뒤적 무엇인가를 찾았다.

땡그랑─

금속성의 소리가 조그맣게 울려 퍼졌다.

서기관은 그것을 케릭스에게 내밀었다.

"어디든 가서 이 뒷면에 자네 이름을 새겨두게."

"……감사합니다."

이게 뭡니까? 라고 묻고 싶었지만 뭔가 바보 같은 질문을 하는 듯한 분위기라 케릭스는 차마 질문을 하지 못했다.

'나중에 빈즈 씨나 린슨 씨에게 물어야겠군.'

"마지막으로 당부해 두겠네."

"예?"

"자네는 이것으로 우리 눌리안 왕국 데네츠 지부에 등록한 용병이 된 걸세. 어디를 가든지 우리 지부의 이름에 먹칠을 하지 않는 좋은 용병이 되길 바라네."

"아, 예……."

뭔가 굉장히 엄숙해야 할 분위기인 듯싶지만 이상하게 김이 빠진다.

하지만 낡은 검들과 지저분한 양피지들, 그리고 과연 언제쯤 마지막 청소를 한 것인지 궁금해지는 지저분한 장소에서 100다임이라는 그럭저럭 큰돈을 내고 받은 조그마한 금속 조각 하나를 들고 서서 엄숙해지라고 하는 것이 오히려 무리한 요구일지도 모른다.

"당장 일이 필요한가?"

서기관의 질문에 케릭스 대신 린슨과 빈즈가 달려든다.

"뭔가 할 만한 일이 있습니까?"

"없어."

두둥—

순간 세 사람의 표정은 멍청해진다.

"아참. 그러고 보니 아직 인원이 다 안 찬 일이 하나 있기는 한데."

그렇게 말하며 그는 때가 낀 손톱으로 머리를 벅벅 긁는다.

“어디 보자……”

아직 뭐가 뭔지 도저히 모르겠다는 표정인 케릭스는 그대로 멍하게 서서 린슨과 빈즈가 하는 모양을 지켜보고 있었다.

“이거군. 으음.”

서기관은 양피지들을 뒤적이더니 아래쪽에서 주욱— 양피지 하나를 뽑아내었다.

“대략 삼 일 정도 후에 대상 일행 하나가 남서쪽의 마디안으로 떠나는데 몬스터 퇴치에 자신있는 용기사와 용병들을 모집하고 있네. 의뢰 받은 지가 좀 지났으니 그쪽에서 알아서 사람을 더 찾았는지도 모르겠지만 원한다면 가보게.”

“마디안이라……”

“시간이 좀 지난 일이라 허탕을 칠 수도 있으니 소개비는 반만 내도 좋네.”

“에이. 될지 안 될지도 모르는데 좀 더 깎아주시죠?”

“그건 안 돼. 소개장도 써주는데.”

“그럼 이건 어떨까요? 일을 맡게 되면 돈을 더 낼 테니 지금은 반의 반만 내고 나머지는 나중에 지불하는 것으로요.”

“흐음……”

그들이 대화하는 것을 듣고 있던 케릭스는 그제야 감이 잡혔다. 이 용병 길드니 하는 게 결국 그들이 할 수 있는 일들을 소개해 주는 곳인 모양이었다.

‘일을 소개받고 그에 대한 대가를 지불하고 소개장을 받아가는 건가? 하지만 저렇게라면 일을 받은 다음 두 번 다시 이곳에 안 오면 그만인 듯한데……’

물론 케릭스의 생각에는 조금 다른 부분이 있었다.

소개장을 받은 후 제대로 돈을 지불하지 않으면 그 용병은 말하자면 불량 용병으로 블랙리스트에 오르게 되어 다른 지부에 이름이 알려지게 된다. 그렇게 되면 그 용병은 다른 지부에서는 제대로 일을 소개받을 수가 없게 되기 때문이다.

그런 사정을 알 길이 없는 케릭스로서는 앞에서 옥신각신하고 있는 그들이 이상하기만 했다.

"그럼 이렇게 하지. 자리가 없을 수도 있으니 그렇게 되면 내 특별히 소개비를 돌려주지. 일단은 5다임을 내도록 해."

"에이. 기왕 마음 쓰시는 거 좀 더 쓰시죠?"

"규칙은 규칙이야."

서기관은 딱 잘라 말한다.

"좋습니다. 일이 안 되면 돌려주신다는데 그 정도면 뭐."

빈즈가 주머니에서 동전을 꺼내며 케릭스와 린슨에게 말했다.

"린슨 자네는 2다임. 어이, 케릭스. 자네는 1다임 보태."

"우에― 차별이야."

"시끄러워. 저 녀석은 처음인데 편의를 좀 봐줘야지."

조그마한 양피지에 서기관이 무엇인가 글을 써서 인장을 찍어 내밀고 돈을 받아 들었다.

그에게서 받은 소개장을 돌돌 말아 주머니에 넣은 빈즈는 감사하다는 말을 한 후 린슨과 케릭스를 끌고 밖으로 나왔다.

"자아. 일단은 먼저 가보자구. 운이 좋으면 일을 받을 수 있겠지. 설사 일을 못 받게 되도 밑질 게 없으니 좋잖아?"

킬킬킬 웃으며 빈즈는 케릭스와 린슨의 어깨를 툭툭 쳤다.

“그런데 궁금한 것이 있습니다만…….”

“궁금한 거?”

“다른 분들은 같이 가는 게 아닙니까?”

“다른 분이라니? 누굴 말하는 거야?”

“같이 배를 타고 오신 다른 분들 말입니다.”

“아아. 그놈들은 알아서 또 일을 찾을 거야. 그 녀석들하고도 이런 식으로 만난 사이고 징혜진 일은 마쳤으니 큰 문제 없어.”

“그렇군요.”

“린슨과 같이 다닌 지는 한 넉 달되는데 이 친구하고는 마음이 잘 맞아서 말이야.”

그렇게 말하며 빈즈는 케릭스를 향해 빙긋 웃어 보였다.

“알고 보니 동갑에다가 성격도 잘 맞고 일하는 데 부담이 없더라고. 처음에는 몇 번 우연치 않게 만났지만 우리처럼 몇몇은 무리 지어서 다니는 경우도 많아. 개중에는 용병단이라고 아예 이름까지 만들어서 떼지어 다니는 놈들도 있지.”

“헤에…….”

“유명한 용병단들도 많아. 들어본 적 없어?”

“데라즈엔 용병이 별로 없으니까요.”

“그렇기는 하지.”

납득이 된다는 듯 빈즈가 고개를 끄덕였다.

“눌리안에서 유명한 용병단이라면 검은 날개라는 녀석들하고 붉은 사자의 표호인지 포효인지 하는 녀석들이 있지. 그 용병단엔 용기사도 몇 있다고 들었어.”

“포효야. 여전히 잘 틀리는군.”

“애매한 이름을 쓰는 놈들이 잘못된 거야.”

린슨이 핀잔을 주었지만 빈즈는 아랑곳하지 않는다.

“용병단에 속하면 뭐가 다릅니까?”

“뭐, 용병단쯤 되면 일도 큰 것을 맡을 수 있으니 좋다면 좋을지도 몰라. 뭐, 나름이랄까.”

“그렇군요.”

그다지 자세한 설명을 들은 것은 아니지만 케릭스는 대략 이해할 수 있었다.

용병들의 전투력은 기사들이나 병사들과는 또 다르다. 용병단이 존재할 수 있는 이유도 그런 차원의 것일지도 모른다는 생각이 들었던 것이다.

기본적으로 용병은 돈에 의해서 움직이는 존재다. 대가만 주어진다면 의외로 일반 병사들이나 징집된 병사들보다는 훨씬, 효율적으로 움직여 줄 수 있는 대상이 되는 것이다.

“무슨 생각을 그렇게 해? 용병단에 관심이라도 있나?”

“특별히 그런 것은 아닙니다.”

“뭐, 그럼 됐고. 가기 전에 뭐라도 먹고 가자고. 수당도 두둑이 받았으니까. 케릭스, 자네도 뭔가 살 게 있다고 하지 않았어?”

“그냥 이것저것.”

“그럼 일단 먹고 시장 쪽에 좀 나가 보자구.”

환하게 웃는 빈즈의 얼굴을 보고 있자니 왠지 케릭스의 표정도 자연스럽게 풀어진다.

조건없이 자신에게 친절을 베풀고 있는 빈즈가 처음에는 좀 어려웠지만 사심없는 그의 친절에 조금은 익숙해지는 중이다.

케릭스는 앞장서서 걸어가는 빈즈의 뒤를 따라갔다. 그리고 그 뒤를 린슨이 조용히 미소 지은 채 걸어가고 있었다.

＊　　　＊　　　＊

"하하하하— 그러니까 내가 이 녀석하고 말이지, 오크 소굴을 쑥대밭으로 만들었다고."

시끌벅적한 가운데 사람들이 옹기종기 모여 앉아 식사를 하고 있었다.

데네츠에서 무사히 일을 하게 되어 대상의 경호원단의 일원으로 합류한 것이 나흘 전 일이다.

목적지는 눌리안 왕국의 남서부에 있는 무역 도시인 라만.

말로 대략 일주일 정도 되는 거리지만 대상의 일행이기 때문에 대략 소요 기일은 삼 주일 정도로 잡고 있는 장거리 여행이다.

상인들이나 잡역꾼들을 제외하고도 경호원단만 해도 용기사 하나에 23명이나 되는 용병들이 포함된 대일행이기에 하루에 이동하는 거리는 예상에 크게 미치지 못했다.

"이러다가 한 달 내내 줄줄 걸어가야 하는 건지도 모르겠구먼."

말이 있는 자들이야 말을 타고 간다고 해도 기본적으로 짐을 실은 수레들의 속도에 맞출 수밖에 없는 탓에 결국 걸어가는 것이나 다를 바 없는 속도였다.

"나쁘지 않은걸요, 이런 여행도."

자신에게 주어진 음식들을 들고 온 케릭스는 빈즈와 린슨의 옆에 털썩 주저앉았다.

“얼씨구. 초짜라고 못하는 소리가 없어.”

“하하하.”

마른 육포는 적당하게 말라 있어서 씹기에 좋았다. 케릭스는 그것을
한 입 베어 물었다.

“게다가 때 되면 이렇게 먹을 것도 주고, 정말 좋은걸요.”

시간 되면 먹을 것을 주고 해가 지면 쉴 곳을 찾아 잠을 자고. 사실
근 한 달 이상 노숙을 해가며 자급자족해 오던 케릭스로서는 이만큼
편한 일자리도 없었다.

싱글벙글한 표정의 케릭스를 보고 린슨이 한마디 했다.

“그건 그렇고 자네는 왜 사서 고생을 하는 거야. 말도 있는데.”

“빈즈 씨나 린슨 씨 두 분 다 걸으시는데 저만 말을 타고 가면 죄송
하니까요. 게다가 걸으나 말을 타나 다를 바 없잖습니까?”

“그건 그렇긴 하지만 그래도 그렇지.”

대상 경호라면 말 따윈 필요없다고 말하며 두 사람 다 말을 구하지
않았던 것이다.

“그나저나 자네, 생각보다 체력이 좋군. 어젯밤에도 불침번을 서서
얼마 수면을 못 취하지 않았어?”

“잠은 두어 시간 정도로 충분합니다. 한숨도 자지 못하고 일주일이
나 숲을 헤맸던 적도 있었는걸요.”

아무 생각 없이 말하던 케릭스는 순간 입술을 깨물었다.

지금 한 말은 자신의 과거를 조금이나마 넌지시 비추는 말과 다름이
없었기 때문이다.

“흐음……”

혹시나 빈즈나 린슨이 그에 대해 말꼬리를 잡고 늘어지면 어떻게 할

까 케릭스는 가슴이 조마조마했다.

"뭐, 젊었을 때는 사서 고생을 한다고 하니 그것도 다 경험이지. 암 암."

다행히도 그 말을 대수롭지 않게 들은 듯 빈즈는 딴소리를 한다. 케릭스는 남몰래 안도의 한숨을 내쉬었다.

"그건 그렇고 저 녀석 꽤나 시끄럽네."

"예? 아아."

투덜대는 린슨의 말을 듣고 케릭스도 힐끔 용기사가 있는 쪽을 바라보았다.

그는 이 일행의 유일한 용기사로 레드 드래곤을 계약자로 가진 남자였다. 활달한 성격에 목소리도 큰 데다 대상 일행의 우두머리와도 친분이 있는 듯, 거의 이 용병 일행의 대장 역을 자처하고 있는 중이다.

"지가 용기사면 용기사지 무슨……."

그렇게 말하는 린슨의 목소리에는 희미한 질투 같은 것이 섞여 있었다.

"결국엔 저 녀석의 드래곤이 잡은 거니 저놈이 잡은 건 아니잖아. 그걸 꼭 저렇게 떠벌리고 다녀야 해?"

"용기사라는 놈들이 다 그렇지 뭐. 아닌 놈들도 있겠지만."

빈즈가 옆에서 한마디 한다.

"대부분이 저렇습니까?"

가만히 듣고 있던 케릭스가 조심스럽게 물었다.

"어? 뭐, 좀 심한 녀석들이 종종 있을 뿐이야. 신경 쓰지 마. 이런 대상 일행엔 저런 놈들이 한둘쯤은 원래 있는 법이고. 이거보다 큰 대상 경호를 몇 번 해봤는데 사실 용기사가 있는 것과 없는 것에는 차이가 많으니까 저 정도는 뭐 눈감고 봐줄 수 있어.”

“그래도 저놈은 좀 심해, 빈즈.”

“그건 나도 인정하지.”

느지막하게 일행이 되었기에 아직 다른 용병들과는 그리 친분을 쌓지 못한 탓에 세 사람은 한쪽 구석에 모여 식사를 하고 있었다.

그런 그들을 향해 멀리서 누군가가 그들을 불렀다.

“어이, 거기!”

팔을 휘두르는 남자를 보고 빈즈가 대답했다.

“누굴 부르는 거야?”

“거기 검은 머리의 젊은 녀석.”

“저 말입니까?”

먹던 육포를 내려놓으며 케릭스가 자리에서 일어났다.

“이번에는 자네 차례야.”

“아!”

그제야 케릭스는 그가 왜 자신을 부르는지 떠올릴 수가 있었다.

말이 있는 용병들이 일단 척후병 역을 번갈아 맡고 있었는데 오늘 오후에 그들이 통과해야 할 숲에 케릭스와 다른 용병 하나가 조를 이루어 수색을 하기로 되어 있었던 것이다.

“너무 편해서 제가 좀 해이해져 있었나 봅니다. 그럼 다녀오겠습니다.”

“어이. 이봐, 먹을 건 다 먹고 가라구.”

“아닙니다. 충분히 먹었습니다.”

급하게 검을 들고 뛰어가는 케릭스를 보며 린슨이 말렸지만 소용이 없었다. 케릭스는 그가 말을 하는 동안 이미 벌써 저 앞을 뛰어가고 있었기 때문이다.

"거참, 성질도 급하기는……."

린슨이 뛰어가는 케릭스를 보며 말하자 빈즈도 한마디 했다.

"저 친구 보기보다 꽤나 고생하며 살아온 것 같아."

"응?"

"아까 못 들었어? 일주일 동안 숲을 헤맸다고 하는 소리. 거기다 이 여행이 편하다라고 말하고 있잖아."

"뭐, 먹을 거나 잠자리는 분명 나쁘지 않긴 하지만."

후우— 하고 빈즈는 한숨을 내쉬었다.

"여간해선 입을 열 것 같지 않아서 묻지 않았지만 뭔가 사정이 있는 친구 같아."

"그건 그래. 뭐, 용병 일을 하는 놈들 중에 과거 없는 놈은 없겠지만."

그렇게 말하며 둘은 케릭스가 미처 먹지 못한 음식들을 주섬주섬 챙겼다.

돌아오면 꼭 챙겨 먹일 생각으로 말이다.

"앞의 숲은 오크들의 숲이 틀림없습니다."

"뭐어?"

"발자국을 많이 발견했습니다. 게다가 나무들에 표식이 있는 것으로 보아서 저곳에 정착한 지도 꽤 시간이 지난 듯합니다."

케릭스는 자신이 보고 온 것을 상세히 설명했다.

주위에는 용병들이 모여 있었다.

"하지만 지난번에는 그냥 늑대 몇 마리밖에 없던 숲이었는데 자네 잘못 본 거 아냐?”

“맞아.”

나이가 좀 든 듯한 용병들이 너나 할 것 없이 고개를 끄덕였다.

케릭스가 새파랗게 젊은 축에 속하기 때문이었다.

“오크의 발자국을 잘못 보거나 하지는 않습니다. 그 수는 짐작하지 못하겠지만… 아!”

설명을 하던 케릭스는 문득 생각나는 것이 있어 고개를 들었다.

“용기사님께서 한번 숲을 돌아보고 오시면 좋을 듯싶습니다. 잘하면 오크들의 위치를 파악할 수도 있고 그 숫자도 대략 알아낼 수 있을 듯한데요. 나무들이 그렇게 무성한 숲은 아니니까요.”

“그건 그렇군.”

케릭스의 말에 사람들이 용기사 쪽으로 일제히 고개를 돌렸다.

그러자 그가 불쑥 화를 냈다.

“뭐야!! 내게 그런 일을 시키는 거야? 무슨 상관이야! 내가 가서 그냥 확 쓸어버리면 그만인데.”

“그래도 한둘이 아닐 텐데 일단…….”

“시끄러워! 이봐, 자네 경력이 얼마나 됐어?”

“예?”

“일 시작한 지 얼마나 되었냐고!”

“…이번이 두 번째입니다만.”

오크 무리 소탕은 수도 없이 해봤지만 일단 용병으로서는 이번이 두 번째인 케릭스는 그렇게 대답을 했다.

“푸하하하하하하!”

갑자기 그가 웃음을 터뜨렸다.

　"너 같은 녀석들이나 그런 소리를 하는 거지. 경험이 없으면 가만히 선배들이 하는 거나 잘 보고 있어. 자자— 다들 무기들 들고 출발하자고. 오크 몇 마리 따위 아무것도 아닌데 괜한 시간 낭비할 것 없어."

　그의 말에 사람들이 주춤주춤 자리에서 일어나기 시작했다.

　"하지만……."

　케릭스가 무어라 더 말하기도 전에 사람들은 용기사의 말에 따라서 이리저리 흩어져 짐을 챙기기 시작했다.

　"이거 참……."

　그런 남자들을 보며 케릭스는 조금 난감한 표정을 지을 수밖에 없었다.

　단 몇 마리의 오크라고 해도 키세 나이트들은 절대 방심하는 법이 없다. 확실한 토벌 계획을 세워 일사불란하게 움직여 최소한의 병력으로 최대의 전과를 올리는 것이 그들의 방식인 것이다.

　조금 전 케릭스가 보고 온 대로라면 분명 저 숲에는 무리라고 할 정도의 오크들이 있는 것이 틀림없었던 것이다.

　'그렇지 않으면 나무들에 표식까지 해놓을 리가 없어. 게다가 그 표식들은 아직 일주일도 되지 않았는데…….'

　"어이, 케릭스."

　"예?"

　"그렇게 걱정하지 마. 저 녀석이 저렇게 나오는 데는 나름대로 자신이 있어서 그런 거니까."

　"물론 그렇겠습니다만… 아무래도 걱정이 됩니다. 저 숲은 나무는 무성하지 않지만 그래도 드래곤이 오크들을 공격할 만한 공간이 확보되지 않습니다. 결국 숲 위에서밖에는 공격할 수가 없는데 레드 드래곤이면 결국 브레스를 쓸 거 아닙니까? 그러다가 숲을 다 태워 버리기라도 하면 어쩝니까?"

"뭐, 문제가 생기면 저 용기사가 알아서 하겠지. 우리는 그냥 들러리라고."

"……."

마음을 놓으라는 빈즈의 말을 무시하는 것은 아니었지만 케릭스는 영 기분이 좋지를 않았다.

오크는 생각보다 상당히 위험한 몬스터다.

분명 인간보다 지능이 떨어지지만 그저 무작정 인간과 가축들을 공격하는 몬스터들과는 전혀 다른, 분명한 '머리'를 가지고 있는 몬스터이기 때문이다.

틀림없이 용기사는 드래곤과 함께라면 오크가 몇이 되든 혼자 상대하는 것이 가능하겠지만 그 수가 상상외의 숫자라면 문제가 달라진다. 무리가 둘로 나뉘어 한쪽은 용기사를 공격하고 한쪽은 따로 떨어져 대상 일행을 공격해 오지 않으리라는 법은 없다.

특히 그중에서 두목이 특출나게 머리가 좋은 오크일 경우 그 피해는 막대해질 수 있는 것이다. 과거 몇 번의 경험으로 인해 케릭스는 그 사실을 잘 알고 있었다.

"빈즈 씨께서 넌지시 일러주시지 않겠습니까?"

"뭘?"

"오크가 혹, 용기사 분 쪽이 아닌 우리를 직접적으로 공격해 오면 삼인 일조로 한 마리씩 상대를 하는 쪽이 좋을 거라구요."

걱정스런 표정의 케릭스에게 빈즈는 그의 어깨를 감싸 안으며 말했다.

“이봐, 케릭스.”

“예.”

“우리들도 말이야 베테랑이라고.”

“아—”

순간 케릭스의 얼굴이 붉어졌다.

“죄송합니다. 제가 주제넘게……..”

케릭스는 간과하고 있었던 것이다. 이들이 산전수전을 겪은 용병들
이라는 사실을 말이다.

스스로가 키세 나이트로서 싸웠던 경험만을 생각했던 탓이다.

“아하하하. 괜찮아. 언제나 조심하는 쪽이 좋으니까. 그래도 자네,
오크들과 싸워본 경험이 있었군. 안심이야.”

“예. 고향에 있을 때 좀… 데라즈는 몬스터가 많으니까요.”

“의외로 자네가 경험이 더 많을 수도 있겠어.”

빈즈가 호탕하게 웃으며 케릭스의 어깨를 쳤다. 말하며 사람의 어깨
를 치는 것은 아무래도 그의 버릇인 듯싶었다.

“잘 부탁해, 신참.”

“저야말로 잘 부탁드립니다, 선배님.”

빨개진 얼굴을 가리며 케릭스는 진심으로 그렇게 말하고 있었다.

*　　　*　　　*

화르르륵—

멀리에서도 화염이 보일 정도로 불길이 치솟고 있었다.

용기사가 장담했던 대로 그는 꽤나 실력이 있는 남자인 듯, 숲을 가

로질러 날아가 정확하게 오크들의 소굴을 찾아낸 모양이었다.

숲은 오크들의 독특한 체취로 가득해 말들을 진정시키는 데 모두들 신경이 곤두서 있었다.

그런 와중 멀리서 치솟아오른 불길은 그들의 불안감을 진정시켜 주는 데 상당한 영향을 미치고 있었다.

"찾아낸 모양이군."

"그런 듯싶군요."

빈즈의 말대로 일행은 숲으로 들어가자마자 이인 일조 혹은 삼인 일조로 자연스럽게 짝을 이루어 대상 일행 주위로 흩어져 있었다. 물론 마차들과 수레에서 지나치게 멀리도, 그리고 가깝지도 않은 간격을 유지한 채 말이다.

그런 그들의 행동을 보며 케릭스는 자신이 역시 주제넘은 소리를 했다는 생각이 들어 조금 반성을 하고 있었다.

'조직적인 훈련을 받은 사람들은 아니라고 해도 역시 경험이 있는 사람들이다.'

그들의 움직임은 거칠지만 군더더기가 없다.

'게다가 유동성 하나는 어느 부대에도 뒤지지 않겠어.'

아직 여행을 떠난 지 얼마 되지 않은 데다가 별다른 몬스터의 습격도 없었기 때문에 개개인의 능력을 전부 파악하고 있지는 못했지만 일단 위기 상황이 되니 그들의 움직임이 한눈에 들어오고 있었다.

23명이나 되는 사람들이지만 사실 케릭스에게는 자신을 포함 23명 '밖에' 안 되는 인원이기에 다른 이들과는 감각이 남달랐다.

'효과있는 인원 배치라고 하기엔 역시 제각각이긴 하지만 무리는 없을 듯하군.'

케릭스는 왼쪽에 찬 검집에 손을 대며 조금 긴장된 마음을 풀었다.

'하지만 용기사가 이쪽에 있어주는 게 더 좋을 텐데… 걱정되는군.'

본거지를 치는 것은 나쁜 생각이 아니지만 지금과 같은 상황에서는 그리 좋다고는 볼 수 없다는 것이 케릭스의 생각이었다.

'이미 눈치를 채고 오히려 이쪽을 노리고 있을 수도 있으니…….'

점점 더 오크들의 체취가 강해지는 것이 케릭스의 불안에 박차를 더하고 있었다.

비록 타오르는 불길이 사람들의 긴장감을 덜어주었다고는 하나 이직 숲을 빠져나가려면 한참을 더 가야 했기 때문이다. 거리적으로는 얼마 되지 않는다고는 하지만 일단 속도가 문제였던 것이다.

'부디 아무 일 없기를 바랄 뿐이야.'

그가 그렇게 생각하는 순간 갑자기 멀지 않은 곳에서 새들이 한꺼번에 날아오르기 시작했다.

"……!!"

시끄러운 새들의 지저귐 소리와 날개 소리가 요란하게 들려왔다.

'새—?

오크들은 자잘한 들새들 따위는 신경도 쓰지 않는다.

새들이 날아오른 곳은 불이 난 곳에서 얼마 되지 않은 지점.

'움직이고 있는 건가?

케릭스가 느낀 것을 다른 용병들도 비슷하게 느낀 것인지 갑자기 모두의 발걸음이 기민해지기 시작했다.

말을 끄는 마부는 말에게 채찍질을 더해 박차를 가하기 시작하고 있었다.

케릭스는 재빨리 자신의 말인 벤의 등 위에서 허리를 곧추세워 주위를 둘러보았다.

파지지직— 하고 손가락 끝의 신경이 순간적으로 타오르는 듯한 느낌이 들었다.

'온다—!'

짙어지는 오크들의 체취에 조금 진정되었던 말들이 동요하기 시작했다.

위험은 인간들보다 동물들이 훨씬 민감하게 느끼는 법이다.

새들의 날개 소리가 사방에서 들려오기 시작하자 챙 하는 금속성의 소리들이 여기저기서 들려왔다.

제각각 자신의 검을 빼어 드는 소리였다.

케릭스도 역시 자신의 검을 빼어 들고 주위의 소리에 민감하게 귀를 기울였다.

멀리 떨어졌던 드래곤의 기척이 다시 케릭스들 쪽으로 돌아오는 것을 생생히 느낄 수 있었다. 분명 용기사가 오크들의 무리를 발견한 것임에 틀림이 없었다.

그리고 멀지 않은 곳에서 나직한 위협 소리가 들려왔다.

크르르르르르—

소리가 들려온 것은 처음 새소리가 난 곳과는 정반대의 수풀 속이었다.

'역시—!'

두두두 하는 땅을 울리는 소리와 함께 시커먼 털로 뒤덮인 거대한 체격의 오크가 수풀 속에서 뛰어나왔다.

그 오크의 덩치는 케릭스가 이전에 보았던 어떤 오크보다도 커 보였다. 그 뒤로 처음 나타난 오크보다는 조금 덩치가 작은 오크들이 따르고 있었다.

'여섯— 아니, 여덟.'

숫자를 파악하기 무섭게 그 반대쪽에도 오크의 소리가 들려왔다.

"저놈이 두목이다!!"

누군가가 소리쳤는지 확인할 사이도 없이 그들은 수북하게 몰려온 오크들을 향해 달려들기 시작했다.

"고개 숙여!!"

빈즈의 고함 소리가 뒤쪽에서 들려왔다.

케릭스는 빈즈의 목소리를 듣기 무섭게 그 자리에서 몸을 숙이며 뒤쪽으로 검을 날카롭게 찔러 넣었다.

쿠오오오오—!!

푸욱— 하고 검이 이물질에 둘러싸이는 감촉이 검신을 통해 케릭스에게 전해졌다.

운이 좋았는지 케릭스의 검은 오크의 두터운 살집 중에 연약한 부분으로 파고들어 그대로 깊숙하게 박혀 있었다.

힘을 주어 검을 비틀자 검에 찔린 오크가 경련하며 그 자리에 그대로 무릎을 꿇으며 쓰러졌다.

오크에 깔리기 직전 검을 빼면서 몸을 피한 케릭스는 얼굴에 튄 피를 닦아내며 고개를 들었다. 뒤쪽에서 온 오크는 처리했지만 조금 전까지 자신과 대치하고 있던 오크는 한 팔을 잃었을 뿐 여전히 케릭스를 노리고 있었다.

'저 녀석, 제대로 알고 있잖아?!'

조금 뒤쪽에서 케릭스에게 위급한 상황을 알린 빈즈는 케릭스가 검을 비트는 것을 보며 적지 않게 놀라고 있었다.

즉사를 시키기 위해 검을 비트는 것은 머리로는 알기 쉽지만 실제로 행하긴 쉽지 않은 기술이라는 것을 알고 있기 때문이다.

게다가 그것도 검이 잘 박히거나 살이 연한 몬스터도 아닌 오크를 상대로 저렇게 깔끔하게 검을 쓰는 것은 경험 많은 용병들에게서나 볼 수 있는 장면이었다.

'아. 저 녀석에게 정신 팔 때가 아니지.'

빈즈는 사방으로 커다란 바스타드를 휘두르며 자신에게 다가오는 오크를 위협했다. 옆에 있던 린슨이 오크의 다리를 찌르는 순간 그는 오크의 머리를 향해 검을 휘둘렀다.

"우오─!!"

오크 못지않은 기합 소리와 함께 휘두른 검에 오크의 목이 또 하나 하늘로 치솟아올랐다.

'말이 둘─ 그리고 부상 셋─ 아니, 다섯인가?'

막상 오크들과 맞닥뜨리게 되자 케릭스는 자신도 모르게 린슨과 빈즈의 곁을 떠나 홀로 오크와 대적하고 있었다. 자신의 입으로 둘셋씩 짝을 지어 오크를 공격하는 게 좋다고 한 말이 무색하게 만들 정도로 말이다.

벤의 엉덩이를 쳐 멀리 피신시킨 지는 오래다.

'내가 둘, 나머지들도 한 마리씩은……'

그들을 위협하는 오크는 반수로 줄어 있었다. 하지만 맨 처음 그들에게 달려들었던 덩치 큰 오크는 세 명의 부상자인지 사상자인지 알 수 없는 피해를 입히며 아직도 건재하게 양손의 도끼를 휘두르고 있었다.

틀림없이 인간의 손으로 만들어진 듯한 도끼는 날은 무뎌 보였지만 인간보다 훨씬 덩치가 큰 오크가 휘두르는 것만으로도 살상력이 극대화된 무서운 무기로 둔갑해 있었다.

경험 많은 용병들이긴 했지만 케릭스가 맨몸으로 오크 두세 마리를 해치우는 데도 허덕이는 것만큼 그들도 마찬가지로 어려움을 겪고 있었다. 일 대 일이라 해도 힘이 드는 상대인 것이다.

'인원이 조금만 더 있었어도……'

처음 23명이 많다고 생각했던 케릭스였지만 상황이 상황이니만큼 더 많은 수의 아군이 없는 것이 아쉬울 뿐이었다.

순간순간 용기사의 기척을 찾으며 케릭스는 바쁘게 움직였다.

생각을 하기도 전에 케릭스의 눈이 먼저 오크를 찾아 그 빈틈을 노리며, 생각을 하기 전에 몸이 먼저 반응한다.

문득문득 드래곤을 의식하는 스스로를 깨달을 틈도 없었다.

'남은 것은 일곱, 아니, 여섯―'

얼마 떨어지지 않은 곳에서 또 한 마리의 오크가 쓰러지는 것을 확인한 케릭스는 마음을 굳혔다.

'가능하겠지?'

그것은 스스로에게 들려주는 최면 같은 것이었다.

그는 그대로 검을 들고 흉흉하게 쌍도끼를 휘두르는 오크 쪽으로 달려갔다.

"하앗!!"

기합을 넣으며 케릭스는 크게 검을 휘둘렀다.

자신을 향해 달려오는 케릭스를 오크도 눈치 챘는지 상대하던 두 용병의 검 중 하나를 날려 버리고 몸을 돌린다.

휘잉— 하고 왼쪽 귓가로 흉흉한 도끼가 스쳐 지나갔다.

"웃!"

도끼를 피하며 케릭스가 오크의 팔을 노렸지만 오크는 한 걸음 물러나 다시 도끼를 치켜올렸다.

'빨라!'

몸집이 1.2배쯤 큰데도 스피드는 오히려 더 빠르게 느껴질 정도다.

"이 자식!!"

옆쪽에서 다른 용병들이 달려들자 오크의 시선이 아주 살짝 움직였다.

'이때다!'

고개를 살짝 숙이며 케릭스는 검을 왼쪽으로 기울이며 앞으로 한 걸음 달려들었다.

그때였다.

'뭐지?'

순간 뒤쪽에서 인기척을 느꼈다.

고개를 돌려 확인을 하기도 전에 고함 소리가 들려왔다.

"그 자식은 우리 거야!!"

"아—윽. 저 자식이 우리 거에 손을 댔잖아!!"

케릭스의 검이 오크 두목의 위쪽 옆구리를 스치고 지나가는 순간 사람들이 우르르르 뒤에서 달려들었다.

"아우, 저 자식을 우리가 얼마나 찾아다녔는데!! 비켜!!"

오크 두목의 몸을 스쳐 지나가던 케릭스의 시선에 훤히 드러나 있는 뒤통수가 순간 또렷하게 비쳤다.

'저기다.'

그는 그대로 팔을 비틀어 오크의 뒤통수를 노렸다.

"크흑—"

다리에 오는 충격과 함께 손에 묵직한 감촉이 느껴졌다.

케릭스가 오크의 뒷덜미를 날리는 것과 정체를 알 수 없는 사람들이 오크에게 달려든 것은 거의 동시의 일이었다.

하지만 오크의 목을 날린 것은 케릭스의 검이었다.

"……."

털썩—

오크의 목이 바닥에 떨어져 굴러갔다.

"젠장. 열받는군. 어디서 말뼉다귀 같은 게 굴러 들어와서. 나머지라도 잡자!!"

우르르 몰려든 사람들은 다짜고짜 남은 오크들에게 일제히 달려들었다.

겨우 여섯에 불과한 사람들이었지만 남은 오크들은 이제 삼 대 일 혹은 사 대 일로 인간과 싸우게 되어버렸다. 결과는 불을 보듯 뻔해서 멀리서 용기사가 일을 마치고 돌아올 때 즈음엔 남은 오크들은 모두 전멸해 있었다.

"뭐야, 당신들?"

빈즈는 심드렁한 표정으로 정체 모를 사람들에게 물었다. 그러자 중간에서 잿빛 머리를 한 소녀가 툭 튀어나오더니 속사포처럼 떠들어대기 시작했다.

"그건 우리가 할 말이야. 우리가 저놈의 자식을 얼마나 노린 줄 알아? 그걸 중간에 가로채가다니."

막 돌아온 용기사는 무슨 일인지 어리둥절해하고 있었고 나머지 사람들은 모두들 황당함에 말을 잃고 있었다.

"우린 우리 할 일을 했을 뿐이다. 그리고 몬스터에 주인이라도 있었나? 그런 이야기는 또 처음 들어보는군. 요즘에는 오크도 애완 동물로 키우나?"

빈즈가 빈정대면서 그들을 향해 말했다.

"주인이고 뭐고 우리는 저 녀석을 일주일 전부터 노렸다고. 그런데 참나……."

"현상금 헌터라도 되나?"

"웃겨! 우린 그냥 용병이야. 우리가 의뢰받은 것은 저 오크 두목의 목을 가져오라는 거였어. 우리도 우리 할 일을 하려 했을 뿐인데 당신들이 중간에 가로챈 거라고."

"그러니까 우리가 댁들이 저놈을 노리는지 알게 뭐냐고. 우릴 습격하니 대항할 수밖에 없잖아. 안 그래, 꼬마 아가씨?"

"뭐가!! 내가 어디가 꼬마인데!!"

잿빛 머리의 소녀는 자신보다 머리 두 개는 큰 빈즈의 앞에 서서 허리에 손을 얹은 채 삐딱하게 빈즈를 올려다보고 있었다.

그런 그녀를 빈즈는 재미있다는 듯이 내려다보며 싱글거렸다.

"기분 나쁘게 웃지 마, 이 머저리!!"

"오호. 꼬마 아가씨, 입이 너무 험한데?"

"꼬마꼬마 하지 마!! 이 XXXX— 한 놈아— 우읍!!"

소녀가 남자 용병들도 차마 입에 담기 부끄러워하는 욕을 입에서 마구 내뱉는 순간 갑자기 어디선가 새카만 옷을 입은 남자가 나타나 그녀의 입을 막았다.

"우. 우웁─ 웁웁!!"

그는 소녀가 마구 발광을 하며 난리를 떠는 데도 꿋꿋하게 소녀의 입을 막은 채 목석처럼 서 있었다.

"죄송합니다."

그가 한 말은 딱 그 한마디뿐.

그리고 깍듯하게 사과를 한 후에야 소녀를 놓아주었다.

"뭐야!! 엘레프! 왜 입을 막고 XX이야!!"

자유로워지기 무섭게 다시 욕을 입에 담는 소녀를, 엘레프라고 불린 남자가 다시 조금 전의 자세로 그녀의 입을 막아버렸다.

소녀가 무슨 난리를 펴도 엘레프라는 남자는 결코 그녀를 자유롭게 놓아주지 않았다.

그러자 그 일행 중 하나가 조금 난처하다는 얼굴로 소녀를 향해 말했다.

"여하튼 슈틴, 너는 입이 너무 거칠어. 여자애가 그러면 안 된다고 했잖아."

"이 아가씨 이름이 슈틴이라고 하나? 거 가정교육이 좀 걱정되는구만."

빈즈의 말에 남자는 쓴웃음을 지었다.

"부모도 없이 너무 일찍부터 용병들 사이에서 자라서 그렇다는군. 우리가 슈틴을 만났을 때는 이미 저 상태였거든. 계속 주의를 주지만 좀처럼 고쳐지지 않아. 그나마 엘레프가 보시다시피 저렇게 좀 자제를 시키긴 하지만."

하지만 아무도 그의 말에 긍정의 표시를 보이진 않았다.

왜냐하면 자제라고 하는 말에 도무지 승복을 할 수 없었기 때문이다.

"여하튼 일이 좀 꼬였군. 우리가 저 녀석들을 노린 건 벌써 일주일째라 시간도 노력도 많이 들였거든. 그래서 말인데."

"으응?"

"저기 저 오크 두목의 머리를 우리에게 넘겨주지 않겠어?"

그는 나름대로는 사람 좋은 얼굴을 하고는 싱긋— 빈즈에게 웃어 보였다.

"같은 용병 처지에 보아하니 그쪽은 경호원 일을 하고 있는데 굳이 저놈의 머리가 없어도 상관없잖아."

"그건 나 말고 저 친구에게 이야기해. 오크 두목 녀석의 머리를 날린 것은 저 녀석이니까."

그러면서 빈즈는 조금 떨어져 있던 케릭스를 가리켰다.

"어이, 케릭스. 네가 잡은 오크 머리를 좀 달라는데 어떻게 할 거야?"

"예?"

갑작스럽게 지명된 케릭스는 순간 당황해 버렸다.

도대체 그에게 뭘 어쩌란 소리인지 알 수가 없었기 때문이다.

"오크 머리를 달라니요?"

"그러니까 이쪽은 그게 목표였다고 하니 말이야. 하지만 선택은 네 몫이야. 그 목에 현상금이 걸려 있는 모양이니까."

"……."

빈즈의 말에 주위에 있던 남자들이 제각각 케릭스에게 이런저런 말을 했다.

"그건 자네 거야. 자네가 잡은 거니까."

"굳이 줄 필요도 없고. 사실 그대로 그걸 들고 저 목에 현상금을 건

곳에 가서 자네가 돈을 받아도 아무도 뭐라고 못할걸?"

"맞아. 일단은 잡은 사람이 버젓이 있는데."

"뭐, 여하튼 젊은이, 수고했어. 자네 어린데 솜씨가 대단하더만."

"그래그래. 검술 수련이라도 특별히 어디선가 받은 건가?"

"일 대 일로 붙어도 절대 안 지더군. 혼자 넷은 해치운 거 같은데 오늘 최고의 수훈자야."

너덜웃음을 지어 보이는 남자들 사이에 서서 케릭스는 당황할 수밖에 없었다.

오크의 목에 상금을 건다는 것은 키세 나이트였던 케릭스로서는 들어본 적도 없고 그걸 가지고 어떻게 한다는 이야기도 경험해 보기는커녕 처음 듣는 소리였다.

게다가 일 대 일이라면 오크 정도는 어느 정도까지 잡을 수 있는 것이 당연한 곳에 살아왔던 케릭스로서는 역시 그들의 칭찬도 너무나 과분하게 들리고 있었다.

일 대 다수라면 케릭스로서도 절대 오크들에게 대항할 수가 없는 것은 자명하기 때문이다.

하물며 저런 두목급의 영리한 오크라면 말이다.

오크 두목의 목을 벨 수 있었던 것은 사실 반쯤은 주위 사람들이 그 오크의 시선을 분산시켜 주었기 때문이지 절대로 자신만의 수훈은 아니라고 그는 생각하고 있었다.

"잠깐— 잠깐!!"

주위가 시끌시끌해지려는데 갑자기 쩌렁쩌렁 주위를 울리는 목소리가 들려왔다.

"지금 이게 무슨 짓들이야? 그리고 당신들은 어디서 끼어들어서 감내놔라 대추 내놔라 하는 거지? 이 오크들은 우리가 잡았고 당연히 그에 대한 대가가 있다면 우리들의 몫이야. 너희들은 불청객이지. 그러니까 돌아가."

목소리의 주인공은 늦게 그곳에 도착한 용기사였다.

"이봐!! 멍청한 드래곤이나 부려먹으며 사는 주제에 뭐가 그렇게 건방져?"

"뭐라고?"

그사이 검은 옷의 남자의 팔에서 벗어난 소녀가 대뜸 용기사에게 따지고 들었다.

"당신은 빠져!! 오크 하나 제대로 없는 동굴 부근 태우느라 숲을 삼분의 일이나 태워 먹어버린 주제에 무슨 말이 그렇게 많아? 고생한 건 이쪽이라고!! 멍청하게."

"뭐─ 뭐라고!!"

"꼭 멍청한 것들이 열을 낸다니까."

"슈틴."

소녀의 말을 검은 옷의 남자가 가로막았다.

"아아, 알았어. 이제 욕은 안 할게. 하지만 할 말은 해야 하잖아. 이 멍청한 남자가 드래곤을 혹사시켜 가며 한 짓이 겨우 빈 동굴 근처를 태우고 주위 숲을 태워 먹은 것밖에 더 있어?"

"이 아이 말이 사실이라면 헛고생을 하기는 했군."

빈즈의 말에 모두들 동감을 표한다.

"무, 무슨 소리야! 나는 분명 오크들을 해치우고 돌아왔다고!"

"거짓말. 우리가 일주일 동안 살펴봤지만 이놈들은 여기 있는 녀석들을 빼면 기껏해야 대여섯 마리밖에 더 없어. 여하튼 잘난 척은 혼자 다해."

분명 일단 케릭스 일행은 용기사의 편을 들어줘야겠지만 신랄한 소녀의 말은 어딘지 모르게 진실을 그대로 담고 있는 듯한 느낌이 들어서인지 아무도 그를 위해 나서는 사람이 없었다.

"이, 이 발칙한 계집이!!"

"삑— 반칙."

소녀가 우스꽝스러운 얼굴을 해 보이며 혀를 쏘옥 내밀었다.

"저쪽 아저씨들 말대로 이중에서 제일 잘난 남자는 저 사람이라고. 멍청한 당신이 아니라."

소녀의 말에 열을 받을 대로 받아버린 용기사는 순간 그 자리에서 폭발하고 말았다.

"이 계집이 보자 보자 하니 못하는 말이 없군! 그리고 너희들!! 도대체 지금 누구 때문에 이런 일이 일어났는지 다 알면서 무슨 소리야!!"

용기사가 마구 열을 내는데 오히려 소녀는 검은 옷을 입은 남자가 하는 귓속말을 들으며 고개를 끄덕이면서 용기사는 거들떠보지도 않는다. 그런 행동을 보고 용기사는 더 더욱 화를 냈다.

"너!!"

"예?"

"너 말이야!! 신참, 이 소동은 다 네 탓이니 네 녀석이 책임져!! 저 오크 머리를 들고 이 녀석들에게 가버리라고!"

"그게 무슨 소리야!! 제일 고생을 한 것이 누군데!!"

빈즈가 대뜸 그의 말에 반기를 들었다.

"시끄러워!! 지금 이렇게 여기서 싸움질이나 할 시간이 있는 줄 알아? 우리는 갈 길이 바쁘다고. 문제나 일으키는 초보 녀석은 필요없으

니 저 녀석을 남기고 간다! 저런 머리에 피도 안 마른 녀석은 앞으로도
두고두고 문젯거리가 될 테니 일찌감치 그 싹을 잘라 버리는 게 좋아!"

"이봐— 할 말이 있고 못할 말이 있는 거야."

빈즈가 결국 참지 못하고 험한 표정이 되어 그에게 말했지만 용기사
는 빈즈가 하는 말을 들은 척도 하지 않고 다른 용병들을 다그쳤다.

"자! 모두 출발한다!!"

"야!! 너!!"

"죽은 말은 버리고 다른 말로 교체해! 다친 녀석들은 남고 싶으면 남
고 아니면 대충 실어!"

용병들은 어떻게 해야 할지 고민을 하다가 상인들이 주춤주춤 움직
이기 시작하자 어쩔 수 없이 용기사의 말에 따라 움직이기 시작했다.

상인들의 입장에서는 용병들끼리의 싸움이 달갑지도 않을 뿐더러
이렇게 쓸데없이 시간을 지체하는 것 역시 그들에게는 손해였기 때문
에 용기사가 하는 말대로 따르기로 했던 것이다. 그들은 사실 누가 경
호를 하든 목적지에만 무사히 도착하면 그만인 것이다.

"젠장!! 우리도 빠지겠어. 누굴 허수아비로 아나!"

버럭 화를 내며 빈즈가 수레 쪽으로 가 자신의 짐을 들어냈다. 그러
자 린슨도 묵묵히 빈즈가 하는 대로 자신의 짐을 꺼내 들었다.

그들이 하고 있는 것을 그때까지 뭐라고 해야 할지 난감해서 지켜만
보고 있던 케릭스가 당황해하며 말했다.

"빈즈 씨, 린슨 씨, 저 때문에 그런……."

"너 때문이 아니야. 저 멍청한 용기사 자식이 이래라저래라하는 게
꼴 보기 싫어서 그러는 거니까 넌 상관하지 마."

"맞아. 저 녀석 괜히 네놈한테 꿀린다 싶으니까 널 떼놓고 가려는

수작이라고."

린슨이 간단하게 빈즈의 말에 동감을 표했다.

"원래 멍청한 인간들이 그런 법이지."

그사이로 쏘옥— 잿빛 머리의 소녀가 끼어들었다.

"죽어도 저 머리를 못 준다고 하면 저 사람하고 같이 떼어달라고 할 참이었는데 잘되었네."

"저는 물건이 아닙니다. 그리고 이건 무척 실례되는 일이라는 걸 알아주셨으면 합니다, 레이디. 저희는 어디까지나……."

"……."

"……."

순간 주위가 정적에 사로잡혔다.

케릭스는 잠시 자신이 뭔가 또 말실수를 했나 해서 고민했다. 아주 가끔이지만 자신이 아무렇지도 않게 하는 말에 빈즈와 린슨이 미친 듯이 웃어댈 때가 있었기 때문이다. 아니나 다를까, 그 정적이 사라지는 순간 남자들이 일제히 미친 듯이 몸을 접고 대폭소를 하기 시작했다.

"푸. 푸하하하하하—!!"

"크하하하하하하!!"

"레, 레이디라니!!"

"레이디래!! 슈틴보고!"

"아하하하하하!"

"나 처음 봤어, 슈틴이 그 욕을 하는 것을 다 듣고도 레이디라고 부르는 놈은!!"

"크하하하하!"

웃지 않는 사람은 단 세 사람.

그 말을 한 장본인인 케릭스와 레이디라고 불린 잿빛 머리의 '미소녀' 와 그녀의 옆에 그림자처럼 서 있는 검은 옷을 입은 남자뿐이었다.

"뭐, 어쩔 수 없지. 돈은 좀 줄겠지만 사실은 자네들이 잡은 거니 우리도 뭐라고 하진 않겠어. 하지만 처음 의뢰를 받은 것은 우리들이니 같이 가야 돈을 받을 수 있을 텐데."

"저는 상관없습니다. 그저 린슨 씨와 빈즈 씨께만 어느 정도 드릴 수 있다면. 괜스레 저 때문에……."

"무슨 소리야? 그런 재수없는 자식하고는 더 다니라고 해도 못 다니겠어."

"차라리 이쪽이 재미있을 것 같은데."

린슨이 히죽 웃으며 옆쪽에 서 있는 잿빛 머리의 소녀를 가리켰다.

"뭐, 우린 지금까지 든 경비나 좀 챙길 수 있으면 만족이야. 그리고 이번에는 돈보다는 괜찮은 녀석이 들어온 듯하니 그쪽이 더 좋은걸."

잿빛 머리의 소녀 옆에 있던 남자가 빙글거리며 말했다.

"예?"

순간 케릭스는 어리둥절해져 버렸다.

"소개를 하지. 이 여자앤 슈틴이라고 불러. 나이는 어리지만 실력은 어지간한 남자한테도 절대 지지 않으니 우습게 보지 말라고. 그 옆은 엘레프. 순서대로 아인, 페쉬, 리링, 그리고 나는 핸슨이다."

"자네가 리더인가?"

빈즈가 핸슨이 내민 손을 맞잡으며 물었다.

"뭐, 특별히 그런 건 없지만 내가 나이가 많다 보니 그런 셈이랄까?"

"그렇군. 나는 빈즈. 이쪽은 린슨. 그리고 오크 두목을 잡은 건 케릭스. 용병이 된 지 이제 갓 일주일된 따끈따끈한 녀석이지."

멍청하게 케릭스가 서 있는 동안 사람들은 이미 서로 인사를 나누고 악수까지 모두 끝내 버리고 말았다.

"저어, 제 의견은……."

이라고 말해 봐야 아무도 그의 의견을 들어줄 생각은 하지 않았다.

오히려 자기들 멋대로 케릭스에게 대답을 하라고 닦달을 해댔다.

"그래, 저걸로 돈을 받으며 제일 먼저 뭐를 하고 싶어? 응?"

라고 묻는 빈즈.

"나 당신 마음에 들었어."

라며 눈을 반짝이는 슈틴.

"자네 솜씨 좋던데. 어때? 우리와 함께 다니는 건?"

스카웃 제의를 해오는 핸슨과 남자들 사이에서 케릭스는 입을 다문 채 바닥을 내려다볼 수밖에 없었다.

"응? 사고 싶은 거 더 없어? 검도 좀 더 좋은 걸로 하고 그러는 건 어때?"

케릭스가 대답없이 한참을 바닥만 내려다보자 어느새 시끌시끌 떠들어대던 남자들과 한 명의 소녀의 시선은 케릭스 한 사람에게 집중이 되어버렸다.

"이봐?"

"……."

"어이? 괜찮아?"

빈즈는 혹시나 케릭스가 얼이 빠진 건 아닌가 해서 케릭스의 얼굴 앞에서 손까지 흔들어 보았다.

"……돈을 받으면."

　혼란한 가운데서 케릭스는 자신도 모르게 간신히 한 가지 질문에만 대답을 하고 있었다.

　"일단 레이… 아니, 슈틴 양에게 신발을 하나 사주고 싶습니다."

　순간 모두의 시선이 슈틴의 발로 향했다.

　그들의 시선이 멈춘 곳에는 새하얀 살빛을 그대로 드러내고 있는 슈틴의 맨발이 가지런하게 자리 잡고 있었다.

　그 다음 다시 그들이 대폭소의 도가니에 빠져 버린 것은 두말할 것도 없었다.

　그리고 그날 밤엔 케릭스가 용병이 되고 난 후 첫 임무에서 완벽한 실패를 기록한 기념 파티가 왁자지껄하게 펼쳐졌다.

　물론 케릭스의 의사는 전혀 무시된 가운데.

〈제1권 마침〉

후기

안녕하세요. 김우인입니다.

저의 두 번째 판타지 소설 '키세 나이트'를 읽어주신 여러분께 진심으로 감사를 드립니다.

생각보다 두 번째 타이틀을 이렇게 지면에 싣는 데 시간이 많이 걸렸습니다. 속이 새카맣게 타셨을 기지님과 출판사 여러분들께 죄송하다는 말씀을 다시 한 번 드리고 싶네요.

또한 글을 쓰는 도중 여러 가지로 응원해 주신 독자 여러분들께도 감사의 말씀을 드립니다. 거기에 물심양면으로 저를 지켜봐 주시는 부모님께도 정말 감사할 따름입니다.

하고 싶은 말을 그대로 글로 옮기는 것은 어려운 일이지만 그만큼 보람도 있는 일이라 생각합니다.

글을 쓸 때는 별의별 생각이 다 머리 속을 돌아다닙니다. 구상을 하는 동안은 행복하지요. 하지만 그것을 지면으로 옮기는 일은—사실은 컴퓨터의 워드 화면에 타이핑을 칩니다만—상상을 초월하는 고뇌와 가시밭길. 크흡—

그래도 이렇게 한 권을 마감하고 나면 보람이 그동안의 모든 고생을 보상해 주는 것 같아 마냥 행복해집니다. 사실은 제가 단순한 것일지도요.

키세 나이트라는 글의 플롯이 처음 머리 속에서 자리 잡기 시작한 지 벌써 일 년이 지났습니다. 상상의 나래라는 것은 제멋대로 이리저리 날아다니는 것이더군요.

키세 나이트는 '최고의 드래곤과 최저의 인간이 만난다면?' 이라는 엉뚱한 상상에서 시작된 글입니다. 물론 결과물은 약간 다르긴 합니다만 여하튼 시작점은 저 엉뚱한 상상이었지요.

항상 정통 판타지 타입의 글을 써보고 싶었는데 막상 그것이 실체화되니 이것이 또 약간은 제멋대로 나가 버린 듯합니다.

판타지라는 세계는 적어도 하나의 작품에서는 작가의 상상력이 만들어낸 새로운 세계라는 것이 저의 생각입니다. 그래서 키세 나이트의 세계는 제가 원하는 인간들과 드래곤들이 바글바글 나오는 또 하나의 신세계입니다.

일단 모토는 영원한 판타지 최고의 이슈인 기사와 드래곤, 그리고 마법입니다만, 이상하게도 키세 나이트에는 마법사가 거의 나오지 않습니다. 오로지 인간과 드래곤들뿐이지요.

저는 일반적인 것보다는 조금 다르게 드래곤과 인간들의 관계에 대해서 표현을 해보고 싶었습니다. 무한의 능력을 가진 존재와 그 반대일 수밖에 없는 인간이 공존할 수 있는 이유에 대해서 말입니다. 그러다 보니 이런 식으로 이야기를 만들어가게 되더군요.

키세 나이트에서 '키세'라는 단어는 제가 임의로 만들어낸 단어입니다. 글 속에서는 일단 초대 데라즈 왕국의 드래곤 나이트의 이름에서 따온 명칭으로 소개를 했지요.

실제 이 단어는 제가 어느 사전에서인가—사전 읽는 것도 취미입니다—발견한 단어입니다. 자유의 의미가 담겨 있는 길고 긴 단어였지만 중간에 뚝 잘라서 제 임의대로 의미를 부여해 버렸지요.

하나쯤은 조금 자유로운 의미의 단어를 제가 원하는 대로 만들어 사용해 보고 싶었는데… 글쎄요, 그 의미의 전달을 어떤 식으로 해야 할지는 잘 모르겠습니다.

앞으로 찬찬히 이야기 속에서 만들어 가볼까 하는 중입니다.

아직 키세 나이트는 갈 길이 멉니다. 케릭스가 어떻게 그에게 허락된 시간을 자유롭게 살아갈지 지켜봐 주십시오.

저는 인간이란 유한하지만 그 유한을 무한으로 뒤바꿀 수 있을 자유 또한 내포하고 있는 존재라고 생각합니다.

하나님께서 허락하신 시간 동안 그 자유를 최대한 누리고 살며 내게 주어진 달란트를 의미있게 쓰는 것은 아주 좋은 일이라 생각합니다. 아니, 사실은 인생 최대의 목표겠지요.

언제나 그렇게 즐겁게 생을 살아가고 싶습니다.

2003년 6월
김우인 드림.

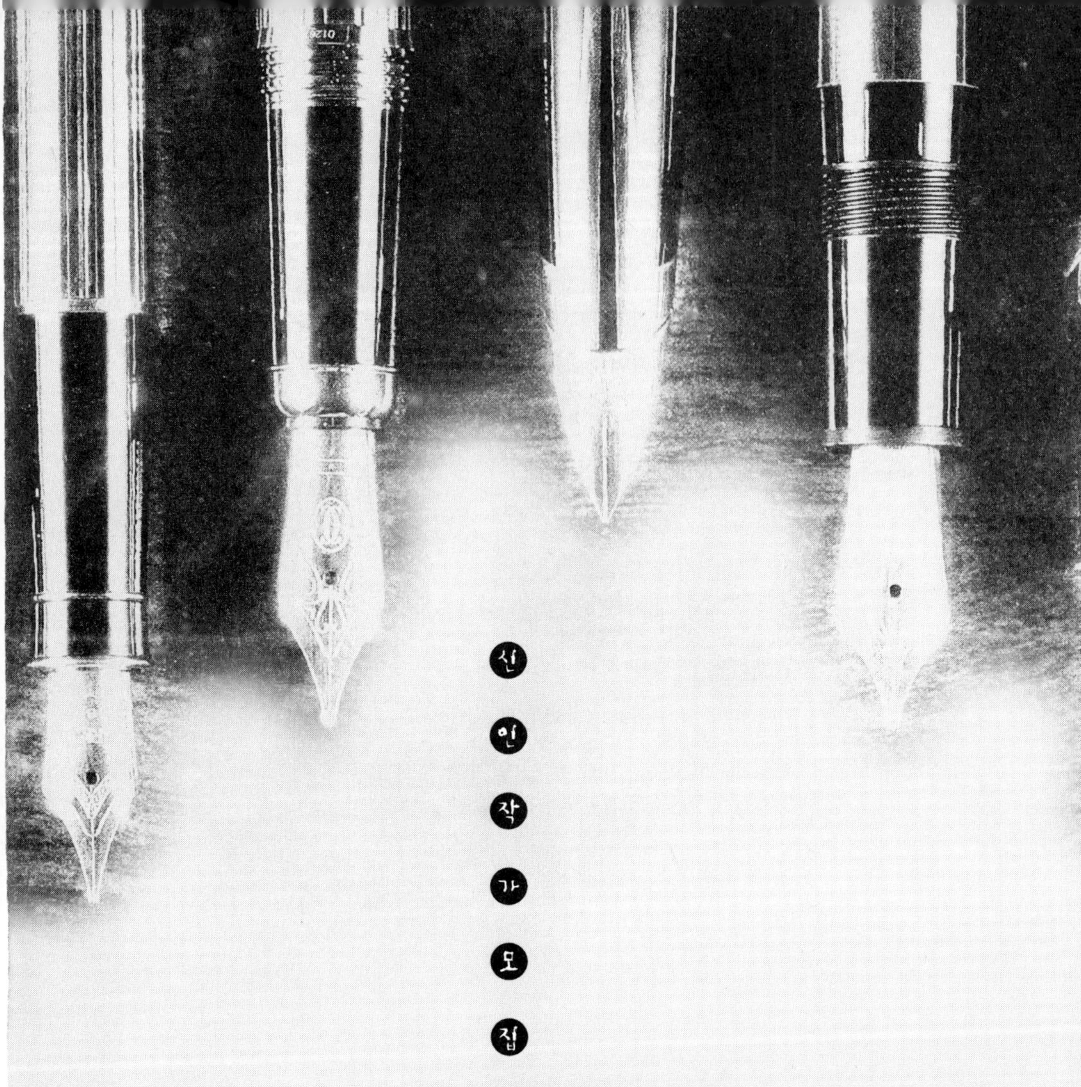

신
인
작
가
모
집